BASTEI LÜBBE

Von Ephraim Kishon bei BASTEI-LÜBBE erschienen:

12 016 Kishon für alle Fälle
12 032 Kishon für Steuerzahler
12 265 Der Fuchs im Hühnerstall
12 299 Drehn Sie sich um, Frau Lot!
12 331 Mein Freund Jossele und andere Satiren
12 432 Der seekranke Walfisch
12 452 Nichts zu lachen
12 466 Wie unfair, David!
12 554 Ein Apfel ist an allem schuld
12 742 Total verkabelt
12 786 Paradies neu zu vermieten

KISHON

In Sachen Kain und Abel

BASTEI LÜBBE

BASTEI-LÜBBE-TASCHENBUCH
Band 12 957

Printed in Germany Juni 1999
Einbandgestaltung: Roland Winkler
Titelillustration: Rudolf Angerer
Satz: KCS GmbH, Buchholz/Hamburg
Druck und Bindung: Ebner Ulm
ISBN 3-404-12957-1

Inhalt

Meine Stunde Null

Wie schreibt man eine lustige Geschichte? Genauer gefragt: warum schreibt man sie? Die Antwort lautet: weil man einen Vertrag hat. Der humoristische Schriftsteller bezieht von einem der sogenannten Massenmedien – Zeitungen, Rundfunk, Fernsehen – ein bestimmtes Gehalt und muß dafür allwöchentlich einen erstklassigen humoristischen Beitrag liefern, spätestens Donnerstag um 9.30 Uhr. Soweit ist alles klar.

Das Problem des Lieferanten besteht nun darin, daß er nicht weiß, worüber er schreiben soll. Er besitzt jedoch ein kleines gelbes Notizbuch, in das er mit Hilfe eines Kugelschreibers die brillanten Ideen einträgt, die ihm – oder einem seiner Bekannten – plötzlich eingefallen sind. Wenn der Zeitpunkt der Ablieferung herannaht, beginnt der Humorist fieberhaft in seinem Notizbuch zu blättern und findet nichts. Deshalb bezeichnet man diesen Zeitpunkt als »Stunde Null«.

Was den Humoristen besonders erbittert, sind jene eilig hingekritzelten Einfälle, die er nicht mehr versteht. Ich, zum Beispiel, stoße in meinem Ideenfriedhof immer wieder auf rätselhafte Notizen wie: »Plötzliche Geburt, ungültig« oder: »Verzweifelt. Hohlkopf verfolgt Hund. Schweißperlen.« Es ist mir längst entfallen, was diese geheimnisvollen Inschriften bedeuten sollen. Ich habe keine Ahnung, warum und wozu ein Hohlkopf in längst vergangenen Tagen einen Hund verfolgt haben könnte.

Welch ein Beruf!

Nach dem Fiasko mit dem Notizbuch begebe ich mich auf die Jagd nach neuen, ergiebigen Einfällen. Die Jagd bleibt erfolglos. Mein Kopf ist leer. Er erinnert mich an den Hohlkopf. Was war's mit dem? Ich weiß es nicht. Ich denke vergebens nach.

Kommt noch hinzu, daß mich ein unüberwindliches Schlafbedürfnis befällt, sowie ich mich hinsetze, um eine lustige Geschichte zu schreiben. Vermutlich handelt es sich hier um einen psychosomatisch-literarischen Müdigkeitskomplex oder dergleichen. Es beginnt im Kopf und breitet sich mit Windeseile bis zu den Zehenspitzen aus. Ich habe schon mehrere prominente Psychiater konsultiert. »Die Sache ist die«, so beichte ich ihnen, »daß ich nicht das geringste Bedürfnis verspüre, lustige Geschichten zu schreiben. Und zum Schluß schreibe ich sie trotzdem. Glauben Sie, daß ich krank bin?«

Die Psychiater sind sofort mit einer Erklärung zur Hand. Sie sagen, daß mir meine Mutter in meiner Kindheit einen Witz erzählt hat, den ich nicht verstanden habe, und daraus hat sich bei mir ein traumatischer Widerstand gegen jede Art von Humor entwickelt. Sagen sie. Aber auch das hilft mir nicht weiter.

Der Vorteil solcher Konsultationen besteht darin, daß man bequem auf einer Couch liegt und daß andere Menschen bzw. Mütter an allem schuld sind.

Übrigens veranstalte ich auch die Jagd nach lustigen Themen mit Vorliebe liegend. Das Blut strömt in diesem Zustand leichter und besser ins Hirn, besonders wenn man die Füße ein wenig hebt und den Kopf ein wenig senkt. Man braucht dann nur noch auf die Einfälle zu warten, die mit dem Blut ins Hirn strömen, und binnen kurzem schläft man ein.

Eine andere Lösung bietet der Schaukelstuhl. Man schaukelt sich halb blöd und hört zu denken auf. Sobald dieser Punkt erreicht ist, greife ich nach dem gelben Notizbuch und beginne zu blättern. Als Ergebnis verzeichne ich in den meisten Fällen zwei Drittel Kissinger und ein Drittel Steuerreform.

Was war das für ein Hund? Und warum hat ihn der Hohlkopf verfolgt?

Ich begebe mich zur Hausapotheke und schlucke ein Aspirin. Dann öffne ich das Fenster, damit, wenn schon kein Blut ins Hirn, so doch etwas feuchte, heiße Luft ins Zimmer strömt. Dann spitze ich sorgfältig alle Bleistifte im Haus, wobei ich die Klinge des Bleistiftspitzers zweimal wechsle, um bessere Resultate zu erzielen. Während ich mir mit demonstrativer Langsamkeit die Nägel schneide, entdecke ich im Durcheinander auf meinem Schreibtisch eine kleine Schachtel. Ich öffne sie und zähle die darin befindlichen Büroklammern. Es sind 46. Ich esse ein Biskuit. Ich esse eine saure Gurke. Ich frage mich, was ich sagen wollte. Richtig: ich wollte eine lustige Geschichte schreiben. Aber worüber?

Es dunkelt. Kein Zweifel, daß diese Zeit sich nicht für schöpferische Arbeit eignet. Das ist ja überhaupt die Schwierigkeit mit dem Schreiben lustiger Geschichten: Am Morgen ist man noch verschlafen, zu Mittag erfolgt die Nahrungsaufnahme, der Nachmittag eignet sich nicht zum Schreiben, und am Abend ist man müde. In der Nacht schläft man.

Wann soll ich also schreiben? Ich frage: Wann?

Mit Riesenschritten naht die Stunde Null. Das leere Papier auf meinem Schreibtisch starrt mir anklägerisch entgegen. Ich muß mich konzentrieren. Ich muß, es geht nicht anders. Aber auch so geht es nicht. Was ist in der letzten Zeit geschehen? Was ist mit der Steuerreform geschehen? Und mit Kissinger? Und wie komme ich auf den Gedanken, daß das lustig sein könnte?

Auf dem Fensterbrett liegt eine Fliege, lang ausgestreckt, die Füße ein wenig höher, den Kopf ein wenig tiefer. Sie denkt nach. Jetzt spitzt sie ihre Beine, obwohl sie um 9.30 Uhr keine lustige Geschichte abzuliefern hat. Ist es eine männliche oder eine weibliche Fliege? Oder ein Transvestit? Ich unternehme einen diskreten Erkundungsversuch, der zu nichts führt. Sodann beschließe ich, die Fliege zu ermorden. Es ist das erste interessante Ereignis des heutigen Tags. Zu dumm, daß ich schon mindestens ein Dutzend Geschichten über Fliegen geschrieben habe. Aber wenn ich's recht bedenke, habe ich im Verlauf meiner letzten 80 Lebensjahre schon über alles geschrieben, was es gibt.

Mir fällt ein, daß ich die Topfpflanzen gießen muß. Kein sehr zweckdienlicher Einfall, aber in Zeiten der Not darf man nicht wählerisch sein. Ich gehe ins Badezimmer, fülle ein Glas Wasser und gieße die Topfpflanzen. Und da ich schon bei der Behandlung von Pflanzen bin, gehe ich in den Garten und entferne drei verwelkte Blätter vom Hibiskusstrauch. Hierauf gehe ich ins Zimmer zurück, setze mich an den Schreibtisch und weiß nicht, was ich schreiben soll.

Leider bin ich Nichtraucher, sonst könnte ich jetzt zuviel rauchen. Nun, es gibt ja immer noch den Kaffee, wenn man sich unbedingt selbst vergiften will. Ich gehe in die Küche, koche einen sehr starken Kaffee und trinke ihn aus, ohne Milch und ohne Zucker. Dann warte ich auf die Ideen, die mit dem Kaffee in mein Hirn strömen müßten. Sie strömen nicht. Statt dessen werde ich nervös und merke, daß meine Hand zu zittern beginnt. Ich hole mir eine Flasche Bier und beruhige mich.

Vielleicht sollte ich etwas Politisches schreiben? Über Kissinger? Als Fliegentöter?

Das Bier macht mich schläfrig. Ich brauche einen Sliwowitz, um wieder lebendig zu werden. Außerdem brauche ich eine Tablette gegen Herzflattern, eine Tasse Kakao und ein Glas Wasser, um die Topfpflanzen zu gießen. Ich will das Fenster öffnen, aber es ist schon offen. Ich höre ein paar alte Schallplatten und rufe ein paar alte Freunde an, um mich zu erkundigen, was es Neues gibt. Es gibt nichts Neues. Ich esse einen Pfirsich, ich esse einen überreifen Camembert, putze die andere Hälfte von meinem Hemd weg, möchte wissen, wie Käse hergestellt wird, schaue in der Enzyclopaedia Judaica nach und finde keinen Käse. Es ist eine Schande.

Nachdem ich noch einen Kaffee, noch einen Kakao und noch ein Bier getrunken habe, rasiere ich mich. Das macht mir den Kopf frei. Einem medizinischen Fachmann zufolge gibt es funktionelle Ersatzhandlungen fürs Schlafen. Wenn man beispielsweise ein reines, weißes Hemd anzieht, so hat das den gleichen Erfrischungswert, als ob man eine halbe Stunde geschlafen hätte. Eine kalte Dusche ersetzt eine volle Stunde, ein heißes Bad eine weitere, und eine Stunde Schlaf ist so gut wie zwei Stunden. Aber dazu habe ich jetzt keine Zeit.

Ich torkle in das Zimmer der besten Ehefrau von allen und frage sie, ob sie nicht zufällig eine Idee für eine lustige Geschichte hat.

»Warum?« murmelt sie schlaftrunken. »Wieso? Es gibt doch eine Menge von Themen ...«

»Welche?« brülle ich. »Welche?«

»Was weiß ich. Kissinger.« Und sie schläft weiter.

Warum muß ich eigentlich eine lustige Geschichte schreiben? Wo steht es geschrieben, daß ich lustige Geschichten schreiben muß? In meinem Vertrag.

Die Stunde Null steht vor der Tür. Schon gut, schon gut. Ich reiße mich zusammen. Papier ... Bleistift ... Radiergummi ... noch ein Bleistift ... jetzt kann nichts mehr passieren. Alles ist vorbereitet. Die schöpferische Arbeit kann beginnen. Disziplin. Konzentration.

Der Hund war noch nicht draußen. Der Hund muß Gassi gehen. Aufatmend nehme ich Franzi an die Leine. Keine Eile, sage ich ihr. Laß dir Zeit, Franzi. Ich denke inzwischen darüber nach, was »Humor« eigentlich bedeutet. Die Wörterbücher behaupten, daß das Wort aus dem Lateinischen kommt und ursprünglich »Feuchtigkeit« bedeutet. Was soll das? Ich zum Beispiel habe einen trockenen Humor. Aber ich habe kein Thema.

Es ist Zeit, einen endgültigen Entschluß zu fassen. Ich entschließe mich deshalb zu einer kalten Dusche. Das Wasser überschwemmt mich mit einer Flut von Einfällen. Leider, und ohne daß ich es beeinflussen könnte, kreisen sie alle um die farbige Figur des internationalen Playboys Gunther Sachs. Wahrscheinlich planscht der gerade an der französischen Riviera herum, in Gesellschaft wunderschöner Mädchen, die Füße ein wenig aufwärts, den Kopf ein wenig gesenkt. Ich hasse Gunther Sachs, reibe mir den Rücken mit einem rauhen Badetuch ab und trinke einen Sliwowitz. Jetzt ist es soweit. Endlich!

Schweißperlen. Wenn ich nur wüßte, was damals mit den Schweißperlen los war.

Die kalte Dusche hat, wie es ja auch ihre Aufgabe ist, mein Schlafbedürfnis gesteigert. Ich kann nicht weiter. Ein Glück, daß das Fernsehen jetzt bald die Nachrichten bringt. Vielleicht ergibt sich da etwas Brauchbares, Kissinger oder so.

Wieder nichts. Ich bin um eine große Hoffnung ärmer. Und vom nachfolgenden Krimi ist noch weniger zu erwarten. Weniger als nichts. Genau das, was ich um 9.30 Uhr nicht abliefern kann.

Ich habe mir einen neuen, diesmal noch stärkeren Kaffee zubereitet, sehe nach, ob die Kinder schlafen, wecke sie auf, schimpfe mit ihnen, weil sie noch wach sind, gehe in mein Arbeitszimmer zurück, um zu arbeiten, erkundige mich bei der telefonischen Zeitansage nach der genauen Zeit, mit dem Summerton wird es null Uhr vierzig Minuten und fünfzehn Sekunden, um 9.30 Uhr muß ich abliefern, mein Kopf ist hohl, ich perle Schweiß, ich schwitze Perlen ...

Und so, lieber Leser, entsteht eine lustige Geschichte. Es tut mir leid, Sie enttäuscht zu haben.

Indem ich dieses Buch mit einer Geschichte über Handwerker beginne, handle ich nicht nur im Sinne einer alten jüdischen Tradition, sondern möchte zugleich die Wichtigkeit des Handwerks in unserer Konsumgesellschaft hervorheben. Am höchsten auf der sozialen Stufenleiter steht der Zimmermaler, der zwei große künstlerische oder zumindest artistische Fähigkeiten in sich vereinigt: Er kann malen – und er kann, wie Houdini in seinen besten Tagen, spurlos verschwinden.

Goldstein, kehre zurück, alles vergeben

Die Frage, wer Schlomo Goldstein aufgefordert hat, unser Schlafzimmer neu zu tünchen, ruft in unserer Familie immer noch stürmische Diskussionen hervor. Die beste Ehefrau von allen behauptet, ich hätte ihr wegen der Flecken auf der Decke das Leben zur Hölle gemacht. Ich meinerseits erinnere mich nur an ihren wenig abwechslungsreichen Ausruf: »Schau dir die Wände an! Bitte schau dir die Wände an!«

Wie immer dem sei – eines Morgens erspähte sie vor der Tür unserer Wohnungsnachbarn Seelig zwei Zimmermaler mit Leitern und Eimern, schlich sich sofort an sie heran und lud sie in unser Schlafzimmer ein. Die beiden, Schlomo Goldstein und sein Gehilfe Mahmud, sagten ja, sie würden kommen. Donnerstag um halb acht in der Früh, wenn's recht ist. Die Frage der Bezahlung blieb zunächst offen; es wurde lediglich ein Vorschuß in der Höhe von 200 Pfund zur Auszahlung gebracht.

Am Donnerstag kamen sie überpünktlich um 7 Uhr 10. Mahmud verhüllte unsere Möbel sorgfältig mit ausländischen Zeitungen, für den Fußboden verwendete er die »Jerusalem Post«. Als nächstes stellten sie eine buntfarbene Holzleiter auf, banden sich Taschentücher vor den Mund, gegen den Staub, kratzten drei Wände und die halbe Decke ab und verschwanden.

Es verschwanden allerdings nur Goldstein und Mahmud, nicht die Leiter, nicht die Zeitungen und nicht der Staub unter unseren Füßen.

Anfangs dachten wir, daß die beiden Raumpfleger nur weggegangen wären, um Farbe oder etwas Ähnliches zu kaufen, aber nach drei Tagen wurden wir doch ein wenig nervös. Es ist schwer, in einem mit Zeitungspapier tapezierten Zimmer zu schlafen und beim Aufstehen sofort in knöcheltiefem Staub zu versinken, den wir nämlich auf Goldsteins ausdrückliche Anordnung nicht wegkehren durften, weil er – der Sand, nicht Goldstein – einen natürlichen Schutz gegen herabtropfende Farbe darstellt. Aber es tropfte keine Farbe, und es war kein Goldstein zu sehen.

»Und er hat einen so soliden Eindruck gemacht ...«

Die beste Ehefrau von allen schüttelte den staubigen Kopf. »Ich hätte ihm das niemals zugetraut.«

Sie ging zu den Seeligs hinüber und fand deren Wohnung in gleichem Zustand wie die unsere: verwaiste Leitern, vereinsamte Eimer, viel Staub und weder Goldstein noch Mahmud. Die beiden hatten auch bei Seeligs nur einen halben Tag gearbeitet, und Mahmud hatte sein bevorstehendes Verschwinden vorsorglich durch die Anfrage getarnt, ob er am Morgen immer ein Glas Milch haben könnte, er sei daran gewöhnt und danke im voraus. Seither fehlte von ihm und Goldstein jede Spur.

Die Seeligs ihrerseits besuchten letzten Samstag die mit ihnen befreundete Familie Friedländer in Ramat-Gan und wurden gleich beim Eingang von einer alleinstehenden Leiter begrüßt. Sie ersetzte die Aufschrift »Goldstein war hier«. Allem Anschein nach hatte er seine dortige Arbeit unmittelbar nach seinem Abgang von uns aufgenommen. Einige Tage später erschien Mahmud mit der Mitteilung, daß ihre beiden Frauen, Goldsteins und die seine, sich im Krankenhaus befänden. Das war das letzte, was man von ihnen sah.

»Ephraim«, erklärte die beste Frau von allen, »wir haben es mit zwei Verrückten zu tun.«

Es mußte eine sonderbare Verrücktheit sein, eine Art Sprachfehler vielleicht: die beiden konnten nicht nein sagen. Nachforschungen in unserer näheren Umgebung ergaben nicht weniger als acht Goldstein-Mahmud-Spuren. Die beiden emsigen Handwerker nahmen ganz einfach jeden Auftrag an, erschienen überall pünktlich, stellten ihre Leiter hin, schabten hier ein wenig Material ab, klatschten dort ein wenig Material an und machten sich auf die Suche nach neuen Jagdgründen. Eine Familie im nächsten Häuserblock hatte drei Monate in einer Wüstenei von Farbtöpfen und Mörtel gelebt, ehe Goldstein eines Abends plötzlich auftauchte, die Wände betastete, mit dem Ausruf: »Trocken!« einen anderen Arbeitskittel anzog und für weitere sechs Monate verschwand. Er hat viele Kunden, Schlomo Goldstein. Eine Adresse läßt er niemals zurück. Er gehört zu jenem Typus, der immer sagt: »Nein, Sie brauchen mich nicht anzurufen, ich rufe Sie an.« Mahmud sagt gar nichts und glotzt stumm vor sich hin, während er die Farbe umrührt und Zigarettenstummel raucht.

Die beiden beherrschen ihr Handwerk, daran besteht kein

Zweifel. Niemand ist so gut wie Goldstein, vorausgesetzt, daß er kommt. Seine Spezialität sind Türen und Schwellen. Leider pflegt er die Türen zum Trocknen immer über zwei Stühle zu legen, aber man kann ja schließlich auf ihnen sitzen, sobald sie getrocknet sind. Zahlreiche Goldstein-Kunden speisen seit Monaten auf horizontalen Türen.

Vor ein paar Tagen besuchten wir die Spiegels. Sie hatten für die Ecke ihres Salons ein sehr geschmackvolles Leiter-und-Eimer-Arrangement gefunden, das ein wenig an Pop-Art erinnerte.

Natürlich sprachen wir über die Welt des Schlomo Goldstein und einigten uns darauf, daß er ein netter, freundlicher Zeitgenosse sei. Ein wenig müde, nicht? Das schon, aber er ist ja auch ständig unterwegs. Wie bewegt er sich eigentlich? Womit? Wann? Niemand hat ihn je unterwegs gesehen. Er ist plötzlich da, komplett mit Leiter und Mahmud.

»Vielleicht lebt er in einem Wohnwagen«, erwog Friedländer. »Das macht ihn so beweglich.«

Ein von Goldstein Aufgesuchter und wieder Verlassener war einmal von der Polizei aufgefordert worden, ihn zu Identifizierungszwecken zu beschreiben, und mußte ablehnen. Er konnte sich nur an das Taschentuch vor Goldsteins Mund erinnern und brachte ihn damit vorübergehend in den gänzlich ungerechtfertigten Verdacht, einen Raubüberfall geplant zu haben. Nichts liegt Goldstein ferner. Er erscheint zwar überfallartig, aber er raubt nicht. Im Gegenteil, er läßt etwas zurück: Leitern, Eimer, Zeitungspapier.

Die Zahl der Goldstein-Opfer beträgt derzeit etwas über hundert. Wir haben uns zu einem Verein mit dem Titel »Die Ritter der Türtafelrunde« zusammengeschlossen. Unser Doyen ist ein angesehener Schriftsteller. Er wartet auf Goldsteins Wiederkunft bereits seit achtzehn Monaten, das geht aus dem Datum der bei ihm zurückgelassenen Zeitungen klar hervor.

Zu unseren Diskussionsthemen gehört u. a. die Frage, wovon Goldstein lebt und wo er so viele Leitern hernimmt.

Wir kamen überein, daß er einen Computer haben muß, sonst hätte er längst den Überblick verloren. Seinen Lebensunterhalt bestreitet er von Vorschüssen.

Nachforschungen unseres Exekutivkomitees ergaben, daß Goldstein an einem für ihn typischen Arbeitsmorgen gleichzeitig in sieben Wohnungen erschienen war, eine davon im nördlichen Nazareth. Angeblich wurde auch Mahmud beim Ausheben einer Tür in Galiläa gesichtet, während er am Strand von Tel Aviv Ping-Pong spielte.

Da es mir immer schwerer fiel, mich an ein Leben zwischen Eimern und alten Zeitungen zu gewöhnen, stellte ich in unserer letzten Vorstandssitzung den Antrag, Goldstein durch systematische Suchaktionen stellig zu machen. Unsere Mitglieder sollten miteinander ständig Kontakt halten, zum Teil durch Sprechfunkgeräte, und sobald Goldstein irgendwo aufkreuzte, würden wir ihn mit Suchhunden einkreisen. Friedländer, der über einen kräftigen Bariton verfügt, wurde mit dem Zuruf beauftragt: »Sie sind umzingelt, Goldstein! Widerstand ist zwecklos! Ergeben Sie sich!«

In den anschließenden Verhandlungen wird Goldstein natürlich versuchen, sich durch die Zusage, morgen ganz bestimmt zu erscheinen, aus der Schlinge zu ziehen. Aber darauf gehen wir nicht ein. Wir schicken ihm einen Wagen mit Chauffeur. Goldstein windet sich. Er bietet uns Mahmud als Geisel an. Nichts da! Njet und abermals njet! Er braucht Terpentin? Wir werden es zu seiner Arbeitsstätte schaffen.

Am Abend bekommt er etwas zu essen und zwei Glas Milch, eines für Mahmud. Und übernachten muß er im Badezimmer …

Träumereien. Leere Phantasmagorien. Wenn wir das Haus, in dem wir Goldstein entdeckt haben, endlich stürmen, ist Goldstein verschwunden. Wahrscheinlich stellt er gerade an der Schwelle eines Wohnzimmers in Herzliah seine Leiter auf. Und Mahmud beginnt im Farbtopf zu rühren.

Die Kunst der Hausmaler ist eine Angelegenheit der Augen. Aber auch die Ohren wollen zu ihrem Recht kommen. Gemeint ist jener musikalische Vorgang, der bei den Nachbarn beginnt und in elektronische Unendlichkeit mündet. Gemeint ist, um es mit einem einzigen abscheulichen Wort zu sagen, das Stereo.

Trommeln und Tschinellen

Vor einiger Zeit waren wir wieder einmal bei den Spiegels eingeladen, unseren guten und nahrhaften Freunden. Während wir uns durch das hervorragende Abendessen hindurchkauten, fragte uns die Gastgeberin, ob wir nicht ein wenig stereophonische Musik hören möchten. Ohne unsere Antwort abzuwarten, schaltete sie den Apparat ein, und im nächsten Augenblick flutete von allen Seiten Musik durch den Raum. Aus dem Lautsprecher in der rechten Ecke des Zimmers drangen gewaltige Mengen von Blech, von links kamen Zimbeln und Trommeln in der Stärke von ungefähr zwölf Megatoneinheiten. Hastig würgten wir die letzten Bissen hinunter und sausten ab, noch mehrere Straßenzüge lang von dröhnenden Paukenschlägen verfolgt.

Zu Hause wandte sich die beste Ehefrau von allen an mich: »Ephraim – warum haben *wir* kein Stereo?«

»Erstens«, antwortete ich, »ist unser Plattenspieler sehr gut. Und zweitens«, antwortete ich, »hast du offenbar vergessen, daß wir uns vorgenommen haben, in der nächsten Zeit keine überflüssigen Luxusgüter anzuschaffen.«

Der Tontechniker Avigdor, dem ich am nächsten Tag zufällig in seinem Laden begegnete, dampfte nur so von Höflichkeit und Sachverstand. Er erklärte mir die Nachteile der lächerlichen altmodischen Plattenspieler, die nichts als Mono hervorbrächten – und das sei in unserem technisch fortgeschrittenen Zeitalter einfach untragbar. Sogar der staatliche Rundfunk sende nur noch Stereomusik, sagte er. Dann führte er mir das neueste, soeben eingetroffene Modell vor, das er als »automatischen Stereoplattenspieler« bezeichnete, und händigte mir eine farbige Broschüre ein, die eine genaue Beschreibung des kleinen Wunders enthielt:

»Vertikale und horizontale Tonarmeinstellung«, hieß es dort unter anderem. »Oszillograph-kontrollierter fotoelektrischer Stromkreis mit Servosystem und Digital-Computer auf Patronenbasis.«

Ich machte Avigdor darauf aufmerksam, daß ich keinen Aeroplan kaufen wollte, sondern einen Plattenspieler. Er entgegnete mir, daß dieses Modell eines der einfachsten und billigsten auf dem Markt sei. Ich erwarb es gegen eine erhebliche Anzahlung und 36 Monatsraten.

Zu Hause legte ich unsere einzige Stereoplatte, den Parademarsch des Nahalregiments, auf den automatischen Stereoplattenteller, im folgenden kurz ASP genannt, und wartete. – Nichts geschah. Man hörte nur das leise Summen der Nadel.

Meine Familie reagierte auf die stereophonische Stille durchaus unfreundlich, und mein Sohn Amir, der bekanntlich rothaarig ist, gab der Vermutung Ausdruck, daß ich einen Plattenspieler für Taubstumme gekauft hätte, hahaha.

Ich rief Avigdor an und teilte ihm mit, daß der ASP, der in

seinem Laden so wunderschön geklungen hatte, bei uns zu Hause keinen Ton von sich gab.

»Das darf Sie nicht wundern, lieber Herr«, belehrte mich Avigdor. »Seit wann funktionieren Plattenspieler ohne Lautsprecher und ohne Verstärker?«

Ein Stereo ohne Verstärker ist, wie sich zeigte, ein Ping ohne Pong. Folglich bestellte ich bei Avigdor einen Verstärker und zwei Lautsprecher für links und rechts. »18 Watt je Kanal«, verkündete die beigefügte Aufklärungsbroschüre in rotem Druck, »0,03% Harmonieverzerrung« in Grün, und »20–50 000 Hz Frequenzempfänglichkeit« in Ultramarin. Diese letzte Angabe erläuterte Avigdor wie folgt:

»Der Apparat garantiert einen ungeheuren Umfang der Klangwiedergabe. Sie hören jede Nuance, vom tiefsten Brummen der Baßgeige bis zum höchsten Wimmern der Querflöte.«

So ausgerüstet, setzte ich die Wundermaschine aufs neue in Betrieb. Das Ergebnis war von dem vorangegangenen mit freiem Ohr nicht zu unterscheiden. Es belief sich auf 0,0.

Abermals rief ich Avigdor an.

»Kein Wunder«, sagte er abermals. »Sie brauchen einen Vorverstärker.«

»Warum haben Sie mir das nicht gleich gesagt?«

»Andere Kundschaften wissen so etwas von selbst. Ich kann ja nicht an alles denken.«

Der Vorverstärker wirkte sich zwar recht günstig auf die Tonstärke aus, riß jedoch ein gewaltiges Loch in unser bis dahin auf Mono eingestelltes Haushaltsbudget. Außerdem erwies sich, daß das Nahalregiment eines Tonaussteuerungsschalters bedurfte, um seinen Empfindlichkeitskoeffizienten auf 180 000 Hz zu steigern – eine imposante Ziffer, wie sie den militärischen Erfolgen unserer tapferen Truppe angemessen ist.

»Jetzt«, sagte Avigdor, »nähern Sie sich der audiophonischen Vollkommenheit.«

Das stimmte nicht ganz. Etwas fehlte noch, zum Beispiel ein wechselseitiger Balanceregulator. Er wurde angeschafft und dem ständig wachsenden Drahtdschungel in unserem Wohnzimmer angefügt. Aber die von ASP & Co. produzierten Töne blieben immer noch dürftig. Es tröstete uns nicht, daß die Trommeln von links kamen und die Tschinellen von rechts. Und das Schlimmste: Wir konnten die kostspielige Anlage keinem Besucher vorführen. Das aber war doch von Anfang an der ganze Sinn und Zweck unserer Stereoinvestition gewesen.

Wir begannen zu experimentieren, stellten den Trommellautsprecher auf das Bücherregal und die Tschinellen unter den Tisch, konstruierten eine kunstvolle Verbindung mit dem elektrischen Mixer in der Küche, schalteten sogar die Waschmaschine ein – aber nichts von alledem half.

Ich ging zu Avigdor und gab ihm mit fester Stimme bekannt, daß ich das ganze Schaltwerk zurückzugeben wünschte.

Avigdor empfahl mir, keine vorschnelle Entscheidung zu treffen. Er hätte soeben eine neue quadrophonische Detektoranlage bekommen, die eine phantastische Verbesserung gegen die bisherige –

Nachdem er sich von meinem spontanen Griff nach seiner Gurgel befreit hatte, gab er endlich klein bei:

»Es gibt überhaupt keine Verbesserungen mehr«, gestand er. »Es gibt nur noch neue Namen für das, was sowieso schon da ist. Von Montag bis Donnerstag heißt es ›Panascop-Supersonic‹, für den Rest der Woche ›Superscop-Panasonic‹. Was es bedeuten soll, weiß ich nicht.«

Avigdor dauerte mich. Ich überließ ihn seinem stereophonischen Elend und begab mich in das meine zurück, das ungefähr die Hälfte unseres Wohnzimmers ausfüllte. Den Ohren hatte das monströse Arrangement zwar nichts zu bieten, dafür den Augen um so mehr. Und seit wir für die einzelnen Bestandteile insgesamt zwölf Plexiglasgehäuse erworben haben, thront das Ganze wie ein imposantes Statussymbol über unserer Wohnungseinrichtung. Es ist das, was man totale Dynamik-Balance nennt.

Nicht minder imposant sind die Folgen für unser Budget. Ausgang: 8734 Pfund. Eingang: Trommeln und Tschinellen.

Meine Abneigung gegen die Welt des mechanischen Lärms hat nicht nur ästhetische Ursachen, gilt nicht nur der Stereophonie. Ich bekenne mich darüber hinaus zu einem Gefühl der Mißgunst und des Neides. Es bezieht sich auf die Verfasser der erfolgreichen Schlager, auf die »Goldenen Schallplatten«, mit denen sie ausgezeichnet werden, und nicht zuletzt auf das Geld, das sie verdienen. Wenn mein Gedächtnis mich nicht trügt, und warum sollte es das, haben Komponist und Textdichter des unsterblichen Liedes »Ich küsse Ihre Hand, Madame« damit mehr Geld verdient als Dostojewskij mit seinen sämtlichen Werken. Irgendein Schmierfink, der in fünf Minuten einen Schlagertext hinfetzt, wird für sein ganzes Leben zum Millionär. Das schmerzt.

Wie paradiere ich Hit?

Wir alle kennen die Namen der Koryphäen, die allwöchentlich die Hitparade anführen. Aber haben wir auch eine richtige Vorstellung von der unendlichen Mühe und Arbeit, die sie dorthin gebracht hat?

Wir haben keine richtige Vorstellung.

Daher die Kulturkrise.

Sie begann vor einigen Jahren, als »Galei Zahal«, der Rundfunksender der israelischen Armee, eine Publikumsbefragung veranstaltete, die über den populärsten Schlager der Woche entscheiden sollte. Die Rundfunkhörer wurden aufgefordert, ihren Favoriten auf einer Postkarte namhaft zu machen und diese einzusenden. So einfach war das.

Ein begabter junger Komponist namens Gideon Wiesel wurde daraufhin von einer genialen Inspiration überkommen. Er setzte sich ans Klavier, klappte den Deckel zu und schrieb 23 Postkarten, im Stil ein wenig verschieden, aber jede mit dem Titel seines letzten Schlagers versehen. »Schließlich bin ja auch ich ein Rundfunkhörer«, sagte er sich. »Also habe ich das Recht, an der Abstimmung teilzunehmen.«

Zu seiner maßlosen Enttäuschung erreichte der von ihm sowohl komponierte als auch genannte Schlager nicht den ersten Platz. Der erste Platz ging an die ebenfalls junge und begabte Ruthi Ron, die mit Hilfe ihrer Eltern, ihres Schwagers, des Telefonbuchs und eines untrüglichen musikalischen Instinkts insgesamt 88 Postkarten abgeschickt hatte, mit dem Ergebnis, daß ihre jüngste Platte sich wie warme Semmeln verkaufte.

An diesem Punkt betrat der international bekannte Impresario Emil Jehuda Beltzer die Szene.

»Wir dürfen das Feld nicht länger den Amateuren überlassen«, wandte er sich an seinen Lakai, den Dichter Tola'at Shani. »Es wird Zeit, daß wir Profis ins Hitparade-Geschäft einsteigen.«

Das gesamte Personal der Firma Beltzer, bestehend aus Tola'at Shani, drei Sekretärinnen und dem Laufburschen Tuval, trat in Aktion und legte einen Index aller erreichbaren Rundfunkhörer sowie einen Vorrat von Kugelschreibern, Federn, Tinte, Bleistiften und Farbbändern an. Ein Gremium geschulter Psychologen verfaßte die nötigen Texte, die von Tuval in einer Mischung aus kindlicher Handschrift und eingeborenem Niveau verwertet wurden. Hier ein Muster:

»Ich glaube, daß ich das schöne Lied ›Küß mich, Mummi‹ von Tola'at Shani für das schönste Lied halte, und es gehört auf den ersten und zweiten und dritten Platz. Hochachtungsvoll Uzzi Porat, Schüler, Tel Aviv.«

Binnen kurzem erreichte der Stab der Firma Beltzer den imposanten Ausstoß von 135 Postkarten pro Stunde. Tuval bekam eine Gehaltserhöhung, und Tola'at Shani bekam die Goldene Schallplatte, was dem von ihm textierten Schlager eine Verkaufsziffer von mehr als 50 000 Exemplaren einbrachte. Der Minister für Unterricht und Volksbildung eröffnete die feierliche Preisverteilung und stellte in seiner Ansprache fest, daß »der einfache Mann auf der Straße durch sein Postkarten-Votum die künstlerisch-folkloristischen Werte unserer heimischen Produktion richtig erkannt und beurteilt hat«.

Tola'at Shani vergoß Tränen des Glücks und umarmte seinen Partner, den Komponisten Mordechai Schulchan, mehrmals vor mehreren Kameras.

Das Team hielt lange Zeit die Spitze. Seine Hauptrivalen, Gideon Wiesel und der begabte Textdichter Gogo, kamen niemals über sechstausend Postkarten hinaus. Zum Teil lag das an ihrer minderwertigen Propagandatechnik, zum Teil an internen Streitigkeiten. Jeder bezichtigte den anderen der Zeitvergeudung und warf ihm vor, Songs statt Postkarten zu schreiben.

Eines Abends attackierten die beiden den berühmten Popsänger Gershon Schulz in einem Café auf der Dizengoffstraße und verlangten von ihm, daß auch er sein Teil zum gemeinsamen Ringen um den Erfolg beitragen solle:

»Du verdienst ja ganz schön an unseren Platten, oder

nicht? Da könntest du dich wenigstens mit hundert schäbigen Postkarten wöchentlich beteiligen!«

Schulz berief sich auf seine untaugliche Handschrift und behauptete, daß es ausschließlich Sache der Komponisten und Textdichter sei, Postkarten zu schreiben.

»So? Wer sagt das?« begehrten Wiesel & Gogo zu wissen.

Es stellte sich heraus, daß niemand etwas dergleichen gesagt, festgelegt, stipuliert oder vorgeschrieben hatte. Die Rundfunkstation hatte keine Regeln verlautbart und nirgends angegeben, ob die Abstimmungskarten von Komponisten, Textern oder Sängern kommen sollten.

Die Beendigung dieses anarchischen Zustands schien um so dringlicher geboten, als der Zweite Kanal eine eigene Postkarten-Parade ankündigte, wobei jede Karte aus Registrationsgründen zweifach auszufertigen war. Der Verkauf von Briefmarken und Telefonbüchern stieg sprunghaft.

Als die Namensreserven des Telefonbuchs erschöpft waren, wandte man sich dem reichen Quellenmaterial der Bibel zu. Ein pfiffiger Tonsetzer ging so weit, ein Exemplar von »Archipel Gulag« käuflich zu erwerben, und schob sich mit Einsendern wie Sergej Vavilov (Haifa) oder Michail Dimitrewitsch Krapotkin (Ramat-Gan) auf den fünften Platz vor.

Damit nicht genug, nahm eine neugegründete »Top-Pop-GmbH« den Betrieb auf. Ihre Reklameslogans lauteten: »Unser Schall fördert die Platte!« und »Mit Top-Pop zum Pop-Top«. Anstelle der bisherigen zeitraubenden Geschäftsmethoden verwendete die Firma einen hochorganisierten Computer, der jede Adresse auf ihre geographische Authentizität und jeden Text auf seine Glaubhaftigkeit prüfte, ehe die Karten nach Postleitzahlen gestapelt und ihr Versand in praktisch unbegrenztem Umfang aufgenommen wurde. »Erfolg garantiert!« hieß es im Prospekt. »Sondergebühren für Jahresabonnenten, Studenten und Militär.«

Die Rationalisierung des Kunstbetriebs hatte einen neuen, gewaltigen Schritt nach vorne getan. Fortan blieb es unseren ausübenden Künstlern erspart, ihr Talent und ihren Erfindungsgeist von so altmodischen Arbeitsprozessen wie dem Anfeuchten von Briefmarken behindern zu lassen.

Ehe wir uns von der Unterhaltungsindustrie abwenden, wenden wir uns noch rasch dem erfolgreichsten aller Fernsehprogramme zu: der »Columbo«-Serie. Nichts schlägt uns so sehr in Bann wie ein Film mit diesem auf geniale Weise idiotischen Detektiv. Es sei denn, daß plötzlich eine Witwe zuschlägt.

Frau Winternitz gegen Columbo

Die Situation ist die folgende: Der gutaussehende Architekt hat zur Dämmerstunde den alten Mac O'Muck umgelegt, weil dieser sich skeptisch über den im Bau befindlichen Wolkenkratzer geäußert hatte, und Columbo ist bereits auf einer heißen Spur, denn ein Blick ins Drehbuch hat ihn überzeugt, daß der Schurke nichts so sehr liebt wie klassische Musik. Klar? Eben.

Mein Fernsehschirm bebt vor innerer Spannung, ich selbst ertappe mich beim Nägelbeißen, und der Hauptverdacht richtet sich gegen die blonde Witwe des Leichnams. Aber das kann man mir nicht erzählen, ich habe den Mord gesehen, den Mörder allerdings nicht, und wenn Columbo sich den Anschein gibt, als ob –

Rrrrr! Irgendwo schrillt das Telefon, noch dazu außerhalb meiner Reichweite. Wer zum Teufel hat die Frechheit, mitten in einen Anschein Columbos hineinzuklingeln?

Ich erhebe mich, stolpere im Dunkeln über zwei Stühle

und nehme den Hörer ans Ohr, während meine Augen auf den Fernsehschirm geheftet bleiben. »Ja«, sage ich.

»Hallo«, sagt am anderen Ende die zaghafte Stimme einer unzweifelhaft alten Dame. »Ich störe Sie doch nicht?«

»Ja«, sage ich.

»Ich bin die Mutter von Gad.«

»Ja.«

»Gad Winternitz aus Naharia.«

Der gutaussehende Architekt macht sich über Columbo lustig. Kunststück. Sein Direktor hat ihm ja ein wasserdichtes Alibi verschafft. Jetzt probiert er's sogar mit der Blonden. Und dabei wird die ganze Stadt von der Frage bewegt, wo er die Leiche versteckt hat.

»Ja!« brülle ich ins Telefon. »Wo?«

»Bitte, ich muß Sie um eine große Gefälligkeit bitten. Mein verstorbener Mann pflegte zu sagen – wir haben damals noch in Bat Jam gewohnt – und da sagte er immer: Wenn ich einmal einen Rat brauche, den Rat eines künstlerisch veranlagten Menschen, dann soll ich mich an Sie wenden, weil Sie doch diese Zeichnungen machen und Gads Freund sind, nicht wahr.«

Wer ist Gad? Wo ist die Leiche?

»Die Leute sagen«, fuhr Frau Winternitz fort, »daß Sie immer so viel zu tun haben und daß Sie nichts für andere Menschen tun. Aber ich habe ihnen immer widersprochen. Nein, sage ich immer, das stimmt nicht, wenn er kann, dann hilft er, auch wenn er noch so viel zu tun hat mit seinen Zeichnungen. Das habe ich immer gesagt. Hallo.«

»Hallo«, sage ich. »Wer spricht?«

»Die Mutter von Ihrem Freund Gad Winternitz. Hallo. Ich wollte Sie wirklich nicht stören, aber mein Schwager meint, daß wir jetzt doch ein wenig Druck ausüben sollten, sonst wissen Sie ja, was passiert. Sie kennen die Zustände in unserem Land, besonders die Regierung. Wenn mein Mann noch am Leben wäre, würde ich natürlich nie. Im Gegenteil. Nur, Sie verstehen, ganz allein mit der Hypothek, da spricht man natürlich zu einer Wand. Also bitte, raten Sie mir, ob ich jetzt. Oder lieber noch warten?«

Ich könnte nicht schwören, daß sie sich wörtlich so ausgedrückt hat, aber so habe ich es gehört. Wie soll man denn wörtlich zuhören, wenn gerade das Haus des gutaussehenden Architekten durchsucht wird, der den alten Mac O'Muck umgelegt hat.

»Ja«, stöhne ich in die Muschel. »Hallo. Was wünschen Sie?«

»Ich möchte wissen, ob ich trotzdem unterschreiben soll.«

»Das hängt noch von jemand anderem ab.«

»Von wem, bitte?«

»Von dieser Blonden.«

»Hallo, hier Frau Winternitz. Die Mutter von Gad. Hallo.«

Dem Mörder ist klargeworden, daß der Film zu Ende geht, aber er bleibt hart. Solange die Leiche nicht gefunden ist, kann ihm Columbo nichts beweisen. Ich für meine Person habe den Verdacht, daß der Architekt den alten Mac O'Muck in die Mauer des Wolkenkratzers einzementiert hat.

»Hallo«, meldet sich Frau Winternitz aufs neue. »Was für ein Zement, bitte? Hallo!«

»Mit wem wollen Sie eigentlich sprechen?«

»Mit dem Herrn Zeichner von der Zeitung. Sind das nicht Sie?«

»Jawohl, ich bin Sie.«

»Dann sagen Sie mir, ob Sie glauben, daß ich jetzt unterschreiben soll!«

»Was glaubt Columbo?«

»Wer, bitte?«

»Ich meine: Wer vertritt Sie in dieser Angelegenheit?«

»Doktor Gelbstein.«

Da haben wir's. Jetzt geht's drunter und drüber. Oder soll sich Columbo vielleicht bei Dr. Gelbstein erkundigen? Der Fehler muß gleich am Anfang passiert sein. Gleich als Frau Winternitz mich fragte, ob ich bereit bin, einem Mitmenschen zu helfen, hätte ich antworten müssen: Niemals, unter keinen Umständen. Jetzt stehe ich da mit meinem weichen jüdischen Herzen. Und dort steht Columbo, der soeben Auftrag gegeben hat, die Mauer einzureißen und den Leichnam auszugraben. Natürlich lacht ihm Gelbstein ins Gesicht. Nein, nicht Gelbstein. Der Architekt.

»Wollen Sie mich nicht nach den Feiertagen anrufen? Dann bin ich gerne bereit –«

»Bitte nicht! Bitte jetzt gleich! Ich sagte Ihnen doch, daß er morgen verreist!«

»Wer?«

»Doktor Gelbstein.«

Vor meinen Augen entfaltet sich ein unerhörtes Drama, ein Mordfall allererster Klasse – und ich soll mich mit den Reiseplänen eines Herrn Gelbstein beschäftigen. Was geht er mich an? Ich hasse ihn. Er ist ein Verbrecher. Columbo wird es ihm schon beweisen. Wozu würde er sonst im Wagen des Architekten dahinsausen?

Ich lege die quakende Telefonmuschel hin, das ist ja nicht auszuhalten. Meinetwegen kann Frau Winternitz mit dem Architekten verreisen, wohin sie will. Kein Zweifel, die Leiche liegt im Kofferraum. Ich wette jeden Betrag, daß Columbo –

»Hallo! Hallo! Hallo!« quakt es aus der Muschel.

»Ja? Wer spricht?«

»Frau Winternitz. Die Mutter von Gad. Hoffentlich störe ich Sie nicht. Mein seliger Mann ...«

In Indien werden die Witwen seliger Männer verbrannt.

Oder wurden. Das waren Zeiten. Vorbei, vorbei. Genau wie Columbo im sausenden Auto. Und Gelbstein dicht hinter ihm, als Architekt verkleidet. Geht er ihm in die Falle?

Sie haben ihn! Vorne Columbo mit quergestelltem Kofferraum in der Leiche, von beiden Seiten die Polizei, und der Architekt mittendrin. Du hast dir das alles sehr schön ausgedacht, mein Junge, aber du hast nicht mit Gads Glasauge gerechnet. Das ist es ja, was ihn so menschlich macht.

»Dann glauben Sie also«, fragt Frau Winternitz, »daß Doktor Gelbstein verreisen kann?«

»Unbedingt.«

»Danke. Danke vielmals. Sie haben mir sehr geholfen. Verzeihen Sie die Störung.«

»Hauptsache, wir haben ihn.«

»Wen, bitte?«

»Den Architekten.«

»Ach so. Natürlich. Grüße von Gad.«

»Nicht der Rede wert.«

»Gute Nacht, Herr Kirschhorn.«

»Gute Nacht, Frau Columbo.«

Nicht zuletzt dank dem Fernsehen wird der Sport in unserem Land immer populärer. Es müssen nicht unbedingt 22 Fußballspieler sein, von denen 22 000 jüdische Sportfanatiker angelockt und in höchste Erregung versetzt werden – manchmal genügen schon zwei Schwergewichtsringer, die ihr Geschäft verstehen. Damit will ich nicht gesagt haben, daß es im Sport nur ums Geschäft geht. Es geht auch darum, daß die Idealisten nichts davon merken.

Kurzer Lehrgang im Profiringen

»Also paß gut auf, Weißberger. Du steigst nicht in den Ring wie jeder andere, sondern du springst mit einem Panthersatz über die Seile.«

»Warum?«

»Weil du der ›Schrecken von Tanger‹ bist, Weißberger. Wie oft soll ich dir das noch sagen? Weiter. Die Zuschauer werden dich natürlich auspfeifen. Daraufhin machst du eine obszöne Geste ins Publikum und trittst einen Herrn mit Brille, der dicht am Ring sitzt, in die Nase. Und zwar so stark, daß er blutet.«

»Muß das sein?«

»Frag nicht so dumm. Dafür wird er ja bezahlt. Als der Rowdy, der du bist, packst du auch noch den Schiedsrichter und wirfst ihn aus dem Ring.«

»Armer Kerl.«

»Arm? Er bekommt drei Prozent von den Bruttoeinnahmen. Wenn er wieder im Ring ist, wird er dich verwarnen, aber du lachst ihm nur ins Gesicht und schüttelst die Fäuste. Im nächsten Augenblick bekommst du von einem empörten Zuschauer eine Bierflasche an den Kopf geworfen.«

»Oiweh.«

»Keine Angst, Weißberger. Er verfehlt dich. Es ist nicht das erste Mal, daß er für mich wirft. Und die Polizisten werden ihn sofort abführen.«

»Kann man sich auf sie verlassen?«

»Wir haben die Szene gestern zweimal mit der Polizei geprobt. Das ist in Ordnung. Und jetzt sprechen wir über unsern brutalen Kampf. Du darfst von Anfang an keinen Zweifel daran lassen, daß die Regeln der Fairneß für dich nicht existieren.«

»Warum?«

»Weißberger – es ist zum Verzweifeln mit dir. Willst du ein echter Profiringer werden oder willst du ewig ein Bettler bleiben? Also. Du reißt mir die Ohren aus, schleuderst mich zu Boden, trampelst auf mir herum und verfluchst mich auf arabisch.«

»Jiddisch wäre mir lieber.«

»Geht nicht. Du vergißt, Weißberger, daß du der ›Schrecken von Tanger‹ bist. Wenn du mich lang genug mißhandelt hast, wird eine Frau in der zweiten Reihe aufspringen und schreien: ›Ich kann das nicht länger mit ansehen! Pfui! Ringrichter hinaus! Der Schrecken von Tanger hat den Ringrichter bestochen!‹«

»Sie lügt!«

»Sei nicht albern. Sie ist die Frau des Ringrichters. Man muß das alles im voraus organisieren. Der Ringrichter wird versuchen, uns zu trennen, aber du drückst seinen Kopf zwischen die Seile, und wenn er nur noch röchelt, ziehst du ihm die Hosen herunter. Er wird vor Scham ohnmächtig. Der anwesende Arzt stellt eine Herzattacke fest.«

»Großer Gott!«

»Hör schon endlich auf zu jammern, Weißberger. Auch der Arzt ist organisiert. Während ein neuer Ringrichter herbeigeschafft wird, bricht von allen Seiten ein Pfeifkonzert über dich herein. Du machst wieder eine obszöne Gebärde und streckst die Zunge heraus.«

»Ist das notwendig?«

»Es ist üblich. Mittlerweile hat die Polizei Verstärkung bekommen und umstellt den Ring.«

»Ist auch die Polizei –?«

»Selbstverständlich. Unser Kampf geht weiter und wird bestialisch. Du steckst die Finger in meine Augenhöhlen und drückst mir die Augenbälle heraus.«

»Mir ist übel ... Könnte nicht ein anderer ...«

»Weißberger, sei ein Mann. Catch-as-catch-can ist hart. Arbeitslosigkeit ist härter.«

»Aber ich bin kein brutaler Mensch. Ich bin nur dick.«

»Wie kannst du hoffen, ohne Brutalität zu gewinnen?«

»Heißt das, daß ich den Kampf gewinne?«

»Ich sagte ›hoffen‹. Von Gewinnen ist keine Rede. Samson ben Porat, der Stolz des Negev, kann gegen den ›Schrecken von Tanger‹ unmöglich verlieren, das muß dir doch klar sein. Ja, schön, du wirst eine Weile auf mir sitzen und meinen Fuß so fürchterlich verdrehen, daß ich mich vor Schmerz krümme. Plötzlich liege ich auf beiden Schultern. Der Ringrichter beginnt mich auszuzählen. Aber gerade wenn er bei neun hält, trete ich dich mit dem anderen Fuß so wuchtig in den Bauch, daß du –«

»Nein! Nein!!«

»Der Tritt ist vorgesehen, Weißberger. Er schleudert dich

ungefähr drei Meter weit, du taumelst gegen die Seile, ich springe dich an, reiße dich nieder und mache dich unter dem begeisterten Jubel der Zuschauer fertig. Während mich der Ringrichter zum Sieger erklärt, schleuderst du einen Stuhl nach ihm.«

»Einen Stuhl?«

»Ja. Er steht eigens zu diesem Zweck in der Ecke. Du triffst aber nicht den Ringrichter, sondern einen alten Herrn in der dritten Reihe, der wimmernd zu Boden sinkt. Die erboste Menge stürmt in den Ring und will dich lynchen.«

»Um Himmels willen!«

»Es wird dir nichts geschehen, Weißberger, das verspreche ich dir. Hast du noch immer nicht kapiert? Auch die Zuschauer sind eingeweiht. Sie wissen, daß sie dich lynchen sollen, wenn der alte Herr zusammensinkt.«

»Ja, aber … vielleicht könnte dann jemand entdecken, daß alles geschoben ist …«

»Was heißt hier ›vielleicht‹? Soll ich warten, bis ein Uneingeweihter dahinterkommt? Ich habe Vorsorge getroffen, daß die Polizei ein Verfahren gegen mich einleitet. Wegen Betrugs am Publikum. Wir brauchen einen Wirbel in der Presse. Auf Wunder kann man sich nicht verlassen. Noch eine Frage?«

»Eine einzige. Wenn die Leute ohnehin wissen, daß sie betrogen werden – warum kommen sie dann überhaupt?«

»Weil sie Sportliebhaber sind, Weißberger. Lauter Sportliebhaber.«

Meine ganze Liebe gilt dem Fußballspiel. Ich liebe es so sehr, daß ich am liebsten die ganze Welt in ein großes Fußballfeld verwandeln möchte. Dann würde sich auch die Mühle der Gerechtigkeit etwas rascher drehen.

Warum ich ein Fußballfan bin

Jeder Mensch hat seine Schwäche. Die meine besteht darin, daß ich ein Fußballfan bin und es nicht über mich bringe, während der Übertragung eines Spiels den Fernsehapparat abzustellen. Ich habe es schon mehrmals versucht. Aber sobald meine Hand dem bewußten Knopf in die Nähe kommt, beginnt sie zu zittern wie die Hand eines Morphiumsüchtigen kurz vor der Injektion. Ich kann nicht. Ich muß zuschauen.

Dabei ist es mir vollkommen gleichgültig, ob gerade die Cupentscheidung zwischen Arsenic und Tottenhot übertragen wird oder das Nachtragsspiel zwischen Maccabi Eilat und Hakoah Ramat-Gan, den beiden Nachzüglern der israelischen B-Liga. Hauptsache, daß auf dem Bildschirm zwei Mannschaften hinter dem Ball herjagen. Und ich beschränke mich nicht etwa auf passives Glotzen, ich bin kein teilnahmsloser Zuseher, o nein. Mit anfänglich schriller und später heiserer Stimme feuere ich die Spieler an, und wenn die berühmte Sturmspitze Avigdor (»Tempotempo«) Falafel einen dieser unhaltbaren halbhohen Schüsse ins gegnerische Netz flitzen läßt, springe ich auf und brülle ein übers andere Mal: »Tor! Tor! Tor!«

Natürlich verblassen meine Emotionen gegen die Erschütterung, die unsern Avigdor (»Tempotempo«) Falafel in solchen Augenblicken überwältigt. Er sinkt auf die Knie, hebt die gefalteten Hände zu Gott dem Herrn empor, als wollte er sagen: »Wir haben's wieder einmal geschafft, wir zwei«, und wenn die Kamera näher an ihn heranfährt, sieht man ganz deutlich, wie ihm die Freudentränen über die Wangen rinnen.

Das nächste, was man sieht, ist ein unentwirrbarer Knäuel von Mitspielern, die über ihn herfallen, ihn küssen und umarmen und zu Boden reißen und vor Begeisterung nicht ein noch aus wissen. Es sind erhabene Augenblicke. Aus dem Hintergrund glaubt man die weihevollen Klänge der Neunten Symphonie von Beethoven zu hören. Der Gipfel irdischer Wonnen ist erreicht.

Schreiber dieser Zeilen darf in aller Bescheidenheit darauf hinweisen, daß er im Leben einiges geleistet hat. Er hat eine Reihe erfolgreicher Bücher, Filme und Theaterstücke verfaßt, hat Preise und Auszeichnungen eingeheimst, hat dreimal geheiratet und ist im Besitz eines persönlichen Handschreibens von Golda Meir. Nichts von alledem hat ihm auch nur einen Bruchteil jener ekstatischen Beseligung vermittelt, von der Avigdor (»Tempotempo«) Falafel und seine Teamkameraden durchflutet werden, wenn einer der vorhin erwähnten halbhohen Bälle im Tor des Gegners landet. Es ist schon so: das Leben hält keinen Vergleich mit dem Fußballsport aus.

Und zwar in jeder Hinsicht. Man denke nur an einige neuerdings populär gewordene Begriffe wie Recht, Gesetz und Ordnung. Sie werden im Fußballspiel geradezu vorbildlich gewahrt. Während auf den Rängen des Stadions die Anhänger der beiden Mannschaften in wütende Raufhändel verstrickt sind, an denen sich auch Ordner und Polizisten beteiligen, herrscht unten auf dem grünen Rasen strengste Disziplin, wird der geringste Verstoß gegen die festgesetzten Regeln vom Schiedsrichter augenblicklich geahndet. Nirgends sonst folgt dem Verbrechen die Strafe so dicht auf dem Fuß wie hier, und die Zuschauer achten leidenschaftlich darauf, daß das geschieht. Wenn ein Spieler einen anderen regelwidrig zu Fall bringt, springt alles auf und brüllt: »Hundesohn! Gangster! Hinaus mit ihm!« Bierflaschen und andere Haushaltsgegenstände fliegen aufs Feld, die Empörung kennt keine Grenzen.

Aber dieselben Menschen, die da in Saft geraten, drehen sich nicht einmal um, wenn auf einer verkehrsreichen Straße ein Passant von einem anderen niedergeschlagen wird.

Oder es geht der nun schon mehrfach genannte Avigdor (»Tempotempo«) Falafel nach einem Zweikampf zu Boden und krümmt sich. Sofort stürzt ein Rudel von Ärzten, Masseuren, Trainern und Krankenwärtern aufs Feld. Sie beugen sich über den Verletzten, hegen ihn, pflegen ihn, massieren ihn, streicheln ihn, und selbst der Gegenspieler, der an allem schuld ist, klopft ihm zärtlich auf den Rücken und flüstert: »Ich liebe dich, Tempotempo!«

Aber wenn ein normaler Bürger in einem dunklen Haustor eins über den Schädel bekommt, ist niemand da, sich über ihn zu beugen und ihm zu helfen.

Wir sollten, meine ich, das Leben mehr dem Fußballsport angleichen. Was wären das doch für paradiesische Zustände, wenn unser Alltag nach Fußballregeln abliefe! Kaum begeht jemand einen Regelverstoß, eilt ein schwarz bedreßter Referee herbei und stellt mit einem scharfen Pfiff die Ordnung wieder her.

Um ein Beispiel zu nehmen: Du hast dich in die Schlange vor einer Kinokasse eingereiht, kommst in langsamen Rucken immer näher an das ersehnte Ziel und verspürst plötzlich einen stechenden Schmerz zwischen den Rippen. Ein Rowdy will dich von deinem Platz verdrängen.

»Verschwind, sonst gibt's was!« stößt er zwischen den Zähnen hervor.

Du erstarrst vor Schreck. Aber da ist schon der Schiedsrichter vom Dienst zur Stelle und hält ihm die gelbe Karte unter die Nase:

»Noch so ein Foul und Sie werden ausgeschlossen!«

Unter solchen Umständen wäre das Leben wieder lebenswert, Ruhe und Ordnung wären gesichert, Anstand und Moral kämen zu ihrem Recht.

Ich bin ein Fußballfan.

Ohne Rücksicht auf die harten Tatsachen des Lebens und auf die Forschungsergebnisse der Kinderpsychologie dekretiert die jüdische Religion, daß ein Kind männlichen Geschlechtes sich an seinem dreizehnten Geburtstag übergangslos in einen Erwachsenen verwandelt. Dieses schicksalsschwere Ereignis – »Bar-Mizwah« geheißen – begehen die Eltern des Wunderkindes mit einer prunkvollen Feier, die dem neu geschaffenen Mann nicht nur auferlegt, wie ein ausgelernter Rabbiner zu beten, sondern sich bei Pappi und Mammi für alle erwiesenen Wohltaten überschwenglich zu bedanken. Das Kind wird zum Mann, und die Eltern werden kindisch.

Wem die Stunde schlägt

Im ersten Morgengrauen schrillte das Telefon.

»Hallo«, sagte eine gedämpfte Männerstimme. »Ich muß dringend mit Ihnen sprechen.«

»In welcher Angelegenheit?«

»Nicht telefonisch.«

Es war die übliche Eröffnung, den Schachfreunden als Israelisches Gambit geläufig. Ich wählte die Sizilianische Verteidigung:

»Es tut mir leid, aber ich bekomme täglich ungefähr ein

Dutzend Anrufe dieser Art, und meistens handelt sich's dann um die Bar-Mizwah des kleinen Jonas, für die ich ihm eine Rede schreiben soll. Ich bin nicht –«

»Herr!« unterbrach mich hörbar empört mein Gesprächspartner. »Glauben Sie, daß ich Sie um diese frühe Morgenstunde wegen einer solchen Lappalie anrufen würde? Kommen Sie sofort!«

Er nannte mir seinen Namen, der mir bekannt vorkam – jedenfalls stand der Mann im Scheinwerferlicht der Öffentlichkeit, irgendwo zwischen Regierung und Großindustrie. Nun, man kann nie wissen. Ich machte notdürftig Toilette und eilte zu der angegebenen Adresse.

Der Regierungsindustrielle erwartete mich vor dem Haustor.

»Wir haben keine Zeit zu verlieren«, informierte er mich streng, während wir die Stiegen hinaufkeuchten. »Mein Sohn Jonas begeht in wenigen Tagen seine Bar-Mizwah und braucht eine Rede.«

Ich wollte wortlos kehrtmachen, aber er hielt mich zurück. Seine Stimme wurde um einige Grade milder:

»Bitte enttäuschen Sie uns nicht. Ein bedrängtes Elternpaar baut auf Ihre Hilfe. Der Junge liebt und verehrt uns und hat keinen sehnlicheren Wunsch, als uns für all die Wohltaten, die wir ihm erwiesen haben, so recht von Herzen zu danken.«

»Soll er.«

»Durch eine Rede.«

»Die soll er sich selber schreiben.«

»Das kann er nicht. Dazu reicht's bei ihm nicht. Bitte, bitte!« Tränen drohten seine Stimme zu ersticken. »Sie müssen uns helfen. Nur ein Genie wie Sie ist dazu imstande. Selbstverständlich gegen Honorar, wenn Sie es wünschen. Geld spielt keine Rolle. Wichtig ist nur die Zeit. Sie drängt.

Jede Stunde ist kostbar. Was sage ich – jede Minute. Verstehen Sie mich doch! Verstehen Sie ein besorgtes Vaterherz!« Und er traf Anstalten, vor mir niederzuknien.

Ich verwehrte es ihm und fühlte, wie ich innerlich weich wurde. Auch er fühlte das: »Nur eine kleine, kurze Rede. Gefühlvoll, überquellend von kindlicher Dankbarkeit, womöglich in Reimen. Wie oft im Leben hat man denn schon Bar-Mizwah? Ein einziges Mal! Sie können mir nicht nein sagen.«

Ich konnte wirklich nicht. Das besorgte Vaterherz hatte mich herumgekriegt.

»Bis wann wollen Sie das Manuskript haben?«

»Bis gestern. Wir sind verzweifelt knapp dran.«

»Ich brauche mindestens zwei Tage.«

»Unmöglich!« Mein großzügiger Auftraggeber schauderte zusammen. »Bedenken Sie – das Kind muß ja noch den ganzen Text auswendig lernen. Heute abend, ich beschwöre Sie! Heute abend!«

»Na schön. Sagen wir: um neun.«

»Halb neun! Ich verdopple das Honorar, wenn Sie um halb neun liefern!«

Beinahe hätte er mir zum Abschied die Hand geküßt. Und noch vom Haustor rief er mir nach:

»Um acht! Vergessen Sie nicht – spätestens um acht!«

Zu Hause empfing mich die beste Ehefrau von allen mit der Mitteilung, es hätte soeben jemand angerufen und nichts weiter gesagt als »Zehn Minuten vor acht«. Ich bat sie, mir einen enorm starken, enorm schwarzen Kaffee zu kochen, und ging ans Werk.

Zunächst versuchte ich, die geistigen und seelischen Wallungen nachzuempfinden, die sich in des jungen Jonas Brust zum feierlichen Anlaß regen mochten. Wie würde er sich wohl ausdrücken? Vielleicht so:

Ihr lieben Eltern alle zwei
Habt mich umsorgt vom ersten Schrei.
Noch heute dank ich euch dafür,
Ihr beiden lieben Eltern ihr!

Vielleicht ein wenig trocken, wenn auch keineswegs ohne die gewünschte Dankbarkeit und Ehrfurcht. Ein brauchbarer Anfang.

Während ich über die Fortsetzung nachdachte, wurde ich von einem Boten gestört, der mir einen Blumenstrauß mit einem Kärtchen überbrachte. Auf dem Kärtchen stand: »Alles Gute! Bitte um halb acht!«

Die nächste Strophe lautete:

Liebe Mutter und lieber Vater,
Ihr seid meine besten Berater.
Ihr zeigt mir das Leben so, wie es ist.
Seid in Verehrung umarmt und geküßt.

Die nächste Störung erfolgte durch das Telefon:

»Wie sieht's aus?« erkundigte sich das besorgte Vaterherz. »Haben Sie schon etwas fertig?«

Ich las ihm das Ergebnis meiner bisherigen Arbeit vor.

»Nicht schlecht«, meinte er. »Aber auch der Name des Jungen sollte gereimt werden. Er liebt uns abgöttisch. Sieben Uhr zwanzig?«

»Ich werde mein Bestes tun«, versicherte ich ihm, schaltete das Telefon aus und machte mich auf die Suche nach einem Reim auf Jonas. Es war zu dumm. Hätten die Leute ihren überflüssigen Sprößling nicht anders nennen können? Zum Beispiel Gideon, mit dem eingebauten Reim auf Sohn? Ganz zu schweigen von Ephraim, ein wahrhaft vorbildlicher Name, der sich wie von selbst auf Jeruscholajim reimt, und das paßt immer. Aber nein, Jonas muß er heißen.

Endlich hatte ich ihn erwischt:

Euch, Eltern, gilt mein kindlich Sehnen,
Euch gelten meine Dankestränen.
Schon machen sie mein Mikrophon naß –
Es schluchzt vor Rührung euer Jonas.

Darüber war es Nachmittag geworden und Zeit für die Ankunft eines Telegramms: »Mehr gefühl mehr tempo bitte um fertigstellung bis sieben uhr.«

Allmählich begannen sich bei mir gewisse Ermüdungserscheinungen bemerkbar zu machen. Nach der vierzehnten Strophe ging ich unter die Dusche, wo ich es bis zur achtzehnten brachte, dann dichtete ich in der Badewanne weiter, aber ein geeigneter Schluß wollte sich auch am Schreibtisch nicht einstellen und fehlte selbst dann noch, als um halb sieben der Bote des abgöttisch geliebten Elternpaars eintraf, um das Manuskript abzuholen. Er pflanzte sich dicht hinter meinem Schreibtisch auf und ließ mich wissen, daß er den Motor seines Wagens nicht abgestellt hätte.

Unter dem Druck dieser Inspiration warf ich die abschließende Strophe aufs Papier:

So laßt mich, teure Eltern, enden.
Mein Schicksal liegt in euern Händen.
Dort bleibt es liegen allezeit,
In Freud und Leid und Dankbarkeit.

Der Bote riß das Papier an sich und verschwand. Ich durfte mir sagen, daß ich die einseitig festgesetzte Stunde der Ablieferung genau eingehalten hatte. Dann fiel ich in tiefen, traumlosen Schlummer.

Wochen vergingen, ohne daß ich von meiner Bank etwas über den Eingang eines Honorars oder von meinem Auftraggeber ein diesbezügliches Sterbenswörtlein gehört hätte. Ich griff zum Telefon und fragte ihn, ob die Sache damals in Ordnung gewesen sei.

»Welche Sache?« fragte er zurück. »Wann?«

Nicht ohne Stolz gab ich mich als Verfasser der kunstvoll gereimten Rede zu erkennen, die Jung-Jonas zur Feier seiner Bar-Mizwah gehalten hatte.

»Ach so«, klang es mir ans Ohr. »Richtig. Ich erinnere mich. Leider habe ich noch keine Zeit gehabt, Ihr Manuskript zu lesen. Rufen Sie mich doch noch einmal an.«

»Morgen früh? Um acht?«

»Es eilt nicht. Vielleicht gegen Mittag. Oder nächste Woche.«

Bei jeder »Bar-Mizwah«-Feier stellt sich die Frage, nach welchem Ritus die Wandlung des Jünglings zum Manne vollzogen werden soll. Das Streitgespräch über diesen Punkt findet nicht etwa zwischen den jeweils beteiligten Eltern und Söhnen statt, sondern zwischen den verschiedenen rabbinischen Gremien. Und es geht dabei schon deshalb so hitzig zu, weil der Mensch seinem Mitmenschen alles verzeihen kann bis auf eines: daß er nach einem andern Ritus zu seinem Schöpfer betet. Im Lande Israel tobt der Disput am leidenschaftlichsten zwischen jenen, welche die von Moses erlassenen Gesetze bis zum kleinsten Buchstaben genauso beobachten, wie sie damals auf der Generalversammlung am Berg Sinai protokolliert wurden – und einer Reformbewegung, die darauf Rücksicht nimmt, daß sich seither einiges auf Erden geändert hat und daß die Menschheit mit elektrischen Kühlschränken, sterilisierter Milch, Karl Marx und der Ehescheidung à la Reno versehen wurde.

Ein nicht ganz orthodoxes Gespräch

Es war ein stürmischer Abend, stürmisch wie der im Parlament erfolgte Angriff der Nationalreligiösen Fraktion auf das Reformjudentum, als mir plötzlich der Gedanke kam, den eigentlich und unmittelbar Betroffenen um Seine Meinung zu fragen. Es würde schon in Anbetracht des delikaten Themas kein leichtes Interview werden, das war mir klar. Aber es interessierte mich, den offiziellen Standpunkt zu unserem offenbar unvermeidlichen Kulturkampf kennenzulernen.

ICH: Was ist Ihrer Meinung nach der wesentliche Unterschied zwischen den beiden Haupttendenzen innerhalb der jüdischen Religion?

DER HERR (entschuldigend): Ich bin da leider nicht ganz auf dem laufenden, da mich in der letzten Zeit ein völlig anders geartetes Problem beschäftigt. Die Schwerkraft im Weltraum nimmt ab, das Universum beginnt sich auszudehnen, und es besteht die Gefahr, daß es mit der sogenannten Unendlichkeit über kurz oder lang vorbei sein wird. Dann stehe ich da und kann von vorne anfangen. Wie weit seid ihr – ich meine die Erde – von der Sonne entfernt?

ICH: In jüdischen oder arabischen Ziffern?

DER HERR: Natürlich arabisch.

ICH: 153 000 000 km.

DER HERR: Dann werdet ihr also ... dann werdet ihr in ungefähr einer Billion Jahre mehr als zweihundert Millionen Kilometer von der Sonne entfernt sein ... Wer weiß, was dann passiert ... Bedenken Sie bitte, daß die Erde nur ein kleiner Planet im Sonnensystem ist und daß es in jeder Galaxie Millionen von Sonnensystemen gibt.

ICH: Als der Rabbiner des Orthodoxenviertels von Jerusalem einem Reformgottesdienst beiwohnte, spuckte er zweimal aus.

DER HERR: Da die erwähnten Millionen von Sonnensystemen mir einiges zu schaffen geben, kann ich meine Aufmerksamkeit nicht restlos auf den ehrwürdigen Rabbi konzentrieren.

(Ich stellte mit Vergnügen fest, daß der HERR sich als höflicher, urbaner, ja geradezu brillanter Gesprächspartner erwies. Er ist, wie man weiß, weltberühmt für die Erschaffung der Welt und hat ungefähr dreitausend Jahre vor Christi Geburt der Erde ihre heutige Gestalt gegeben, einschließlich Bevölkerung, in insgesamt sechs Tagen. Das Gespräch wurde in idiomatischem Hebräisch geführt, dann und wann mit ungarischen Brocken dazwischen.)

ICH: Ich nehme an, HERR, daß Sie mehr als irgend jemand anderer auf die strikte Befolgung Ihrer Gebote Wert legen. Sind Sie religiös?

DER HERR (nach einigem Zögern): Nein. Ursprünglich stand ich auf seiten der Orthodoxen, aber jetzt gehen sie mir auf die Nerven. (Scharf.) Euch dort unten ist jeder Vorwand recht, um eure politischen oder persönlichen Ziele zu fördern! Ihr denkt an alles, nur nicht an mich. Überhaupt befinde ich mich in einer unmöglichen Situation. Ihr schreibt mir die Erschaffung der Welt zu, ich gelte euch als ein überirdisches Wesen, dessen Werke das menschliche Fassungsvermögen weit übersteigen. Und trotzdem behandelt ihr mich wie einen Schmierenschauspieler, dem der Applaus über alles geht. Jeden Morgen muß ich mir die gleichen unterwürfigen Lobeshymnen anhören (er zitiert aus einem aufgeschlagenen Buch): »Herrscher der Welt, unser Vater, König der Könige, dem nichts verborgen bleibt, wir preisen Dich in Ehrfurcht, Allmächtiger, der Du entscheidest über Leben und Tod und dessen Augen alles sehen ...« (Klappt das Buch zu.) Und so weiter und so fort. Ich muß schon sagen ...

ICH: HERR, sie singen Ihren Preis aus Liebe.

DER HERR: Sie schmeicheln mir, das ist alles. Und sie beleidigen meine Intelligenz. Als ob der Schöpfer der Welt auf solche Lobhudelei angewiesen wäre. Sie würden es niemals wagen, den Computer der Stadtverwaltung von Tel Aviv mit so etwas zu füttern. Glauben Sie mir, lieber Freund: es ist höchste Zeit, die Dinge ein wenig aufzulockern. Ein paar kleine Kürzungen und Änderungen werden niemandem weh tun. Warum sollen Männer und Frauen nicht zusammen beten? Und wo steht geschrieben, daß die Männer immer etwas auf dem Kopf tragen müssen, vielleicht gar eine mittelalterliche polnische Pelzmütze? Habe ich euch jemals befohlen, in langen, schwarzen, schweren Mänteln herumzulaufen, auch im Sommer? Bin ich euer Feind? Auf diese Weise entfremdet ihr mir die Jugend!

ICH: Es ist Tradition, HERR. Ihre Tradition.

DER HERR: Reden Sie sich doch nicht immer auf mich aus, wenn ich bitten darf. In einer Zeit, in der die Menschen auf den Mond fliegen, beharren Sie darauf, daß Sie am Sabbath nicht fahren dürfen. Oder nehmen Sie Ihre Hochzeitszeremonie. Die wird noch immer auf aramäisch abgehalten, in einer Sprache, die nicht einmal ich verstehe. Was soll das alles? Ich habe nichts gegen die Orthodoxen, solange sie mich nicht zwingen, ebenso zu denken wie sie. Aber gleich ausspucken, wenn jemand nach einem andern Ritus betet? Wie läßt sich das mit der Tatsache vereinbaren, daß es schließlich in jedem Ritus um mich geht? Habe ich euch dazu euern Staat gründen lassen? Was werden sich die Zodiac-Anbeter auf dem Mars denken?

ICH: Das klingt beinahe, HERR, als ob Sie ein Ungläubiger geworden wären.

DER HERR (energisch): Bin ich nicht! In keiner Weise! Bitte machen Sie das Ihren Lesern eindeutig klar! Ich versuche nur, den Fanatikern gegenüber meine Position zu wahren.

Sie sollen mir doch nicht länger unterstellen, daß ich nach wie vor die strikte Einhaltung aller 613 Gebote und Verbote erwarte, als wäre in der Zwischenzeit nichts passiert. Damit mache ich mich ja in den Augen jedes denkenden Menschen einfach lächerlich. Versuchen Sie die Dinge doch einmal von meinem Standpunkt aus zu sehen, um Gottes willen ...

ICH: Dann gehören Sie also der Reformbewegung an?

DER HERR (vorsichtig): Ich möchte mich nicht festlegen. Sagen wir, daß ich mit den Reformen sympathisiere. Hauptsache bleibt, daß ich Jude bin.

ICH: Mit allem Respekt, HERR: wie wollen Sie das beweisen?

DER HERR (überrascht): Da haben Sie recht. Es gibt keine gesetzliche Definition des jüdischen Gottes ... Ich bin Jude, weil ich Jude bin ... (Mit wärmerer Stimme.) Ich liebe euch alle. Ich bin des guten Willens voll. Aber auch Sie müssen Konzessionen machen. Treiben Sie keinen Keil zwischen mich und meine Religion. Geben Sie mir die Möglichkeit, mein Amt auch in kommenden Zeiten und für kommende Generationen zu versehen.

ICH: HERR, ich danke Ihnen für dieses Gespräch. Darf ich meinen Lesern sagen, daß Sie uns noch immer für das auserwählte Volk halten?

DER HERR (herzlich): Gewiß. Ich mag euch mehr als alle anderen Völker.

ICH: Warum?

DER HERR: Ihr seid so komisch.

Der Zufall wollte es, daß inzwischen auch unser Sohn Amir seine Bar-Mizwah feierte. Bei dieser Gelegenheit lernte er in wenigen Stunden sämtliche Aspekte unserer Konsumgesellschaft kennen.

Kleine Geschenke erhalten Vater und Sohn

Amir, mein zweitgeborener und, wie man weiß, rothaariger Sohn, hatte ziemlich mühelos das Alter von dreizehn Jahren und damit nach jüdischem Gesetz seine offizielle Mannbarkeit erreicht. Dies äußerste sich u. a. darin, daß er – am ersten Sabbath nach seinem Geburtstag – in der Synagoge zur Verlesung des fälligen Thora-Abschnitts an die Bundeslade gerufen wurde. Es äußerte sich ferner in einer abendlichen Feier, die wir nach alter Elternsitte für ihn veranstalteten und zu der wir zahlreiche Freunde sowie, vor allem, wohlhabende Bekannte einluden.

Kurz vor Beginn des Empfangs trat ich an meinen zum Manne gewordenen Sohn heran, um ihm die Gewichtigkeit des Anlasses klarzumachen:

»Generationen deiner Vorfahren, mein Junge, blicken heute stolz auf dich nieder. Du übernimmst mit dem heutigen Tag die Verantwortung eines volljährigen Bürgers dieses Landes, das nach zweitausend Jahren endlich wieder –«

»Apropos zweitausend«, unterbrach mich mein verantwortungsbewußter Nachfahre. »Glaubst du, daß wir so viel zusammenbekommen?«

»Wer spricht von Geld?« wies ich ihn zurecht. »Wer spricht von Schecks und von Geschenken? Was zählt, ist das Ereignis als solches, ist sein spiritueller Gehalt, ist –«

»Ich werde ein Bankkonto auf meinen Namen eröffnen«, vollendete Amir laut und deutlich seinen Gedankengang.

Dennoch zeigte er sich ein wenig unsicher und verlegen, als die ersten Gäste erschienen. Er wußte nicht recht, wo sein Platz war, er begann zu schwitzen und fragte mich immer wieder, was er sagen sollte.

Geduldig brachte ich es ihm bei: »Sag: Ich freue mich, daß Sie gekommen sind.«

»Und wenn man mir das Geschenk überreicht?«

»Dann sag: Danke vielmals, aber das war wirklich nicht notwendig.«

Solcherart instruiert, bezog Amir Posten nahe der Tür. Schon von weitem rief er jedem Neuankömmling entgegen: »Danke, das war nicht notwendig«, und hielt ihm begehrlich die Hand hin. Als er den ersten Scheck bekam, lautend auf fünfzig Pfund, mußte ich ihn zurückhalten, sonst hätte er seinem Wohltäter die Hand geküßt. Über die erste Füllfeder geriet er beinahe in Ekstase, und beim Anblick eines Expanders brach er in Freudentränen aus.

»Ein empfindsames Kind«, bemerkte seine Mutter. »Und so begeisterungsfähig!«

Die Sammelstelle für Geschenke wurde im Zimmer meiner jüngsten Tochter Renana eingerichtet, und mein ältester Sohn Raphael übernahm es, die Beute zu ordnen.

Eine Trübung der festlichen Atmosphäre ergab sich, als ein zur Prunksucht neigender Geschäftsmann sich mit einem Scheck in der exhibitionistischen Höhe von zweihundertfünfzig Pfund einstellte. Neben solcher Großzügigkeit verblaßten sämtliche Kompasse und Enzyklopädien. Immer nachlässiger murmelte von da an der junge Vollbürger sein »Danke ... nicht notwendig ...«, und bald darauf beklagte er sich bei mir über zwei soeben eingetroffene Gäste, von denen er nichts weiter bekommen hatte als einen Händedruck, was wirklich nicht notwendig war. Ich behielt die beiden schamlosen Geizkragen scharf im Auge und sah mit hilfloser Empörung, wie sie sich am Buffet gütlich taten.

»Nur Geduld«, tröstete ich meinen zornbebend neben mir stehenden Sohn. »Die kriegen wir noch. Geh auf deinen Kontrollposten.«

Im allgemeinen durfte man jedoch mit den Geschenken zufrieden sein, obwohl sie von wenig Phantasie zeugten und zahlreiche Duplikate aufwiesen. Es wimmelte von Feldflaschen, Ferngläsern, Kompassen und Füllfedern, und die Expander vermehrten sich wie die Kaninchen. Wer hätte gedacht, daß diese Instrumente so billig sind.

Wir empfanden es geradezu als Erlösung, als die Seeligs mit dem Minimodell eines zusammenlegbaren Plastikboots ankamen. Amir vergaß sich und sagte statt des üblichen »Danke, nicht nötig« mit anerkennendem Kopfnicken: »Nicht schlecht.«

Ich selbst schlüpfte von Zeit zu Zeit aus meiner Rolle als freundlicher Gastgeber, um Inventur zu machen. Die Bücher hatten sich mittlerweile zu Türmen hochgeschichtet: wohlfeile Ausgaben der Bibel, Reisebeschreibungen, Bildbände mit schlechten Reproduktionen und ein Bändchen mit dem zunächst rätselhaften Titel »Hinter dem Feigenblatt«, das sich als Anleitung zum Geschlechtsverkehr für Minderjährige entpuppte. Und irgendein Idiot hatte sich nicht entblödet, meinem Sohn ein »Lexikon des Humors« zu schenken, in dem der Name seines Vaters nicht erwähnt war. Ich gab Auftrag, dem Kerl keine Getränke anzubieten.

In einer Kampfpause versuchte ich mich an dem Expander und stellte befriedigt fest, daß ich ihn über zwei Stufen spannen konnte. Außerdem beschlagnahmte ich eine Füllfeder. Es waren ihrer sowieso schon zu viele. Amir sollte sich nach der Feier eine aussuchen, meinetwegen sogar zwei, und den Rest würden wir umfunktionieren.

Im übrigen veränderte sich der Charakter meines rothaarigen Sohnes gewissermaßen unter meinen Augen. Er hatte längst aufgehört, die ankommenden Gäste zu begrüßen. Die stumme Gebärde, mit der er ihnen entgegensah, bedeutete unverkennbar: »Wo ist das Geschenk?«, und die Stimme, mit der er sich bedankte, klang je nach den gegebenen Umständen von herzlich bis kühl. Auch sonst benahm er sich wie ein Erwachsener.

Bei meinem nächsten Besuch im Lagerraum stieß ich auf zwei Flakons Toilettenwasser, für die der Junge keine Verwendung hatte. Die Leute könnten wirklich ein wenig nachdenken, bevor sie Geschenke machen. Auch einen goldenen Kugelschreiber und eine Mundharmonika nahm ich an mich. Dann wurde ich in meinen Ordnungsbemühungen gestört.

»Um Himmels willen«, zischte die beste Ehefrau von allen. »Kümmere dich doch um unsere Gäste!«

Ich postierte mich neben Amir, der den jetzt schon etwas spärlicher eintreffenden Gästen mit dem lüsternen Blick eines Wegelagerers entgegensah und sie erstaunlich richtig einzuschätzen wußte:

»Höchstens achtzig«, flüsterte er mir zu; oder, verächtlich: »Taschenmesser.«

Gegen zehn Uhr vertrieb er alle Familienmitglieder aus dem Abstellmagazin und versperrte die Tür.

»Hinaus!« rief er. »Das gehört mir!«

Als er auf Seeligs Plastikboot ein Preisschildchen mit der Aufschrift »Isr. Pfund 7.25« entdeckte, ließ er sich's nicht verdrießen, den Spender in der Menge ausfindig zu machen, und spuckte ihm zielsicher zwischen die Augen.

Rätselhaft blieb uns allen ein Transistor mit Unterwasser-Kopfhörern, der keinen Herkunftsvermerk trug. Von wem stammte er? Wir gingen rasch das von meiner Tochter Renana angelegte Namensverzeichnis der Anwesenden durch. Es kamen nur zwei in Betracht, die auf der Geschenkliste nicht erschienen: unser Zahnarzt und ein Unbekannter mit knallroter Krawatte. Aber welcher von beiden war es? Die Ungewißheit wurde um so quälender, als wir uns bei dem einen bedanken und den anderen maßregeln mußten. Da bewährte sich Amirs Instinkt aufs neue. Er machte sich an den Zahnarzt heran und trat ihn ans Schienbein. Der Zahnarzt nahm das widerstandslos hin. Kein Zweifel: die edle Spende stammte vom Krawattenträger.

Heftigen Unmut rief bei uns allen die Festgabe eines Frankfurter Juden namens Jakob Sinsheimer hervor, die aus einer Holzschnittansicht seiner Geburtsstadt bestand. Was uns erbitterte, war nicht die Wertlosigkeit des Blattes, sondern die auf der Rückseite angebrachte Widmung: »Meinem lieben Kobi zur Bar Mizwah von seinem Onkel Samuel.« Wir gossen ein wenig Himbeersaft über Herrn Sinsheimers Anzug und entschuldigten uns.

Inzwischen begrüßte Amir die letzten Gäste.

»He!« rief er. »Wieviel?«

Er hatte sich zu einem richtigen Monstrum ausgewachsen, seine blutunterlaufenen Augen lagen tief in den Höhlen, seine Krallenhände zitterten vor Gier, sein ganzer Anblick war so abscheulich, daß ich mich abwandte und in den Lagerraum flüchtete, wo ich die beste Ehefrau von allen in flagranti erwischte, wie sie sich mit Golda Meirs Lebenserinnerungen aus dem Staub machte.

Allein geblieben, befeuchtete ich Daumen und Zeigefinger

und begann die Schecks zu zählen. Guter Gott, welch eine Verschwendung! So viel Geld in einem so armen Land wie dem unsern! Der Gedanke, daß mein mißratener Sohn über all diese Summen verfügen könnte, hatte etwas höchst Beunruhigendes an sich. Ich ließ ihm ein paar auf kleinere Beträge lautende Schecks zurück und barg die anderen an meiner väterlichen Brust.

Nein, ich hatte kein schlechtes Gewissen. Es war nur recht und billig, was ich tat. Hatte ich nicht in seine Erziehung eine Menge Geld investiert? Und wer hatte für diesen kostspieligen Festempfang gezahlt? Ich oder er? Na also. Er soll arbeiten gehen und Geld verdienen, Schließlich ist er heute zum Mann geworden.

So ungern wir's zugeben: das Klima zählt nicht gerade zu den Attraktionen des Staates Israel. Offenbar ist da schon ganz am Anfang, beim klimatischen Lastenausgleich, ein böser Irrtum passiert, sonst könnte die uns umgebende Atmosphäre im Sommer nicht zehnmal mehr Wasser als Luft enthalten. Während dieser Zeit lebt der Israeli nicht, er vegetiert nicht einmal, er dampft. Sein einziges Mittel zur Selbsterhaltung ist eine Wundermaschine, durch die sich die Feuchtigkeit von draußen in Lärm nach innen umsetzt.

Ein Triumph der Technik

Es war Herbst. Es war ein heißer Herbst. Es war so heiß, daß die beste Ehefrau von allen das Wort »Klimaanlage« ins Gespräch einflocht. »Jetzt?« fragte ich. »Im Herbst?« Aber das beeindruckte sie nicht. Vielmehr entfaltete sie mit einiger Mühe die schweißgebadete Zeitung, die auf dem Tisch lag, und deutete auf eine halbseitige Anzeige der Firma »Pronto Klima-Anlagen Ges.m.b.H.«, die in blumigen Worten ein neues, »Flüsterkasten« genanntes Modell anpries: Kühle im Sommer, Wärme im Winter, Stille in jeder Jahreszeit, Stille bei Tag und Nacht. Ich willigte seufzend ein.

Der Chefingenieur der Firma »Pronto«, ein gewisser Schlomo, erschien persönlich, um von unseren Fenstern dasjenige auszusuchen, das für die Anbringung des Apparats am besten geeignet wäre. Er machte uns überdies auf einen speziell eingebauten Schalthebel aufmerksam, den sogenannten »Besänftiger«, der dazu diente, die beim Anlaufen des Apparats möglicherweise auftretenden Geräusche bis zur Unhörbarkeit abzumildern. Die ganze Pracht käme auf 4999 Pfund plus eintausendfünfhundert Pfund Installationsgebühr, beides in bar und im voraus. Den hohen Preis für die Installation begründete Schlomo mit der einjährigen Garantie für das Loch in der Mauer.

Nachdem wir gezahlt hatten, winkte Schlomo zwei vierschrötige Gesellen herbei, die unter seiner fachkundigen Anleitung das Fensterbrett aufbrachen, einen Schweißbrenner ansetzten, ein wenig hämmerten und ein wenig sägten. Bald darauf war der »Flüsterkasten« zu einem integralen Bestandteil unserer Wohnung und unseres Lebens geworden.

»Ich gratuliere«, sagte Schlomo. »Sie werden mit dem ...«

Der Rest seiner Ansprache ging im ohrenbetäubenden Lärm der von ihm in Betrieb gesetzten Maschine unter. Es war ein Lärm wie von einer Boeing 747 vor dem Start.

Eine Weile standen wir regungslos auf unserem Privatflugfeld und lauschten dem akustischen Wunder, ehe ich mich an Schlomo wandte:

»Ganz hübsch laut, wie?«

»Wie?« replizierte Schlomo. »Ich kann Sie nicht hören!«

»Lärm!« brüllte ich. »Es lärmt!«

»Was? Wo?«

Er sprach noch weiter, aber da in dem einstmals von mir besuchten Gymnasium das Lippenlesen nur als Freigegenstand unterrichtet worden war, hatte ich es nicht erlernt und verstand ihn nicht. Mittels Gebärdensprache forderte ich ihn auf, mir in die Küche zu folgen, wo das Getöse der Jetmotoren nur gedämpft herüberklang. Dort erklärte mir Schlomo, daß jede jungfräuliche Maschine ein bis zwei Tage benötige, um sich an ihre neue Umgebung zu gewöhnen und warmzulaufen. Aber, so fügte er hinzu, indem er mir seine Telefonnummer aushändigte, wenn es morgen noch irgendwelche Beschwerden gebe, möge ich ihn anrufen, er würde sich freuen.

Was sich in dieser Nacht abspielte, braucht den Vergleich mit der aufwendigsten »Son et Lumière«-Produktion nicht zu scheuen. Alle zehn Minuten erhob ich mich von meinem Lager, drehte das Licht an und versuchte den Lärm abzustellen, indem ich wieder und wieder den Besänftiger einschaltete. Dieser jedoch besänftigte überhaupt nichts, nicht einmal die beste Ehefrau von allen, die langsam hysterisch wurde. Ich tröstete mich mit der alten Binsenweisheit, daß der Mensch sich an alles gewöhnt, aber als mir um 2 Uhr früh der Besänftigungshebel in der Hand blieb, konnte ich nur noch auf ungarisch reagieren, und das ist bei mir immer ein Zeichen plötzlichen Nervenversagens.

Der jetzt durch nichts mehr gehemmte Lärm paarte sich immerhin mit einer Art Kühle, die mir vielleicht eine Art Schlaf ermöglicht hätte, wenn nicht von Zeit zu Zeit die Kinder hereingekommen wären, um sich schluchzend zu beklagen, daß sie nicht schlafen könnten, weil die Betten unaufhörlich zitterten.

Um drei Uhr unternahm die beste Ehefrau von allen einen Rundgang und verteilte Ohrenpfropfen. Daraufhin breitete sich wohltätige Stille aus. Nur dann und wann durchbrach eine Boeing die Schallmauer.

Um fünf Uhr schrieb meine Frau auf den Notizblock, den wir zwischen uns plaziert hatten: »Das Monstrum geht morgen an Schlomo zurück, verstanden?« Ich benachrichtigte sie gleichfalls schriftlich, daß der Kaufpreis bar erlegt worden war. Der stumme Schmerzensschrei, den ich sie ausstoßen sah, schnitt mir das Herz entzwei. In einer plötzlichen Eingebung stürzte ich zum Flüsterkasten und stellte ihn ab.

Die Wirkung war sensationell. Der Flugverkehr kam zum Stillstand, und in der sommerlichen Wärme, die uns zu umschmeicheln begann, schliefen wir alsbald ein, wie zwei Spione, die aus der Kälte kamen.

Gleich am Morgen rief ich Schlomo an:

»Hören Sie«, sagte ich. »Diese Klimaanlage –«

»Schon gut, schon gut.« Er ließ mich gar nicht ausreden. »Wir nehmen sie zurück und refundieren Ihnen den vollen Kaufpreis.«

Eine halbe Stunde nach diesem Gespräch erschienen die beiden Vierschröter, montierten die Höllenmaschine ab und erklärten sich bereit, das himmelblaue Loch, das in der Mauer zurückgeblieben war, gegen Erlag von fünfhundert Pfund zuzumauern. Ich feilschte nicht. Ich bin ein guter Verlierer.

Es brauchte einige Zeit, ehe wir uns an die Ruhe ringsum gewöhnten. Aber, wie schon gesagt: der Mensch gewöhnt sich an alles.

Als wir bald darauf ein mit uns befreundetes Ehepaar besuchten, schlug uns beim Betreten der angenehm kühlen Wohnung das vertraute Dröhnen einer startfertigen Boeing 747 an die Ohren.

»Das Ding ist erst heute vormittag montiert worden«, schrie mir die Frau des Hauses entgegen. »Aber wir haben die Firma Pronto bereits verständigt, daß wir's zurückgeben. Wir verlieren eben die Installationsgebühr. Immer noch besser.«

Ich trat an die Maschine heran. Der Besänftigungshebel war abgebrochen.

Als Fachmann erkannte ich das auf den ersten Blick. War

mir doch erst vor wenigen Absätzen ein gleiches widerfahren.

Schlomo retirierte gegen die Rückwand seines Büros und machte verzweifelte Anstrengungen, sich aus meinem Würgegriff zu befreien. Aber ich ließ erst locker, als er zu seinem Geständnis ansetzte:

»Mit den Klimaanlagen läßt sich ja nichts verdienen«, stöhnte er. »Die Einfuhrzölle und die Steuern sind zu hoch. Das einzige, was Geld bringt ist die Installation und das Zumauern der Löcher.«

Ich drehte ihm den Arm auf den Rücken und drängte ihn in den Lagerraum. Mein Verdacht bestätigte sich: Das ganze Inventar bestand aus einer alten Boeing. Daneben hockten die beiden Vierschröter und kauten an je einem Salamibrot.

Schlomo senkte den Kopf.

»Jawohl, wir verkaufen immer denselben Apparat, und am nächsten Tag wird er abmontiert. Ich gebe es zu. Aber schließlich muß ich ja von irgend etwas leben. Ich habe eine Frau. Ich habe Kinder. Ich habe eine Freundin ...«

Warum die »Pronto Klima-Anlagen Ges.m.b.H.« trotz anhaltend gutem Geschäftsgang plötzlich Konkurs ansagte, konnte sich zunächst niemand erklären, auch der Eingeweihte nicht. Keinesfalls lag es daran, daß der potentielle Käuferkreis bereits erschöpft gewesen wäre. Das geht nicht so schnell.

Geduldige Nachforschungen ergaben folgenden Tatbestand:

Schlomo hatte seinen Flüsterkasten nach Bat Jam verkauft an den Nestor der Siedlung, einen der ältesten noch lebenden Einwanderer überhaupt, und hatte am nächsten Tag vergebens auf den üblichen Anruf gewartet. Als auch tags darauf nichts dergleichen geschah, wurde er von Panik erfaßt und rief seinerseits an:

»Ist der Apparat nicht ein wenig lärmend?« erkundigte er sich.

»Leider«, antwortete der greise Pionier. »Für Freitag abend bin ich schon vergeben.«

Der Mann war stocktaub. Und Schlomos Boeing, die einzige ihrer Art, war aus dem Verkehr gezogen.

Was, so fragten unsere talmudischen Weisen, ist der Unterschied zwischen einem Installateur und dem Messias?
Und die Weisen antworteten: »Der Messias kommt vielleicht noch in unseren Tagen.«

Der Kampf mit dem Installateur

Eines friedlichen Vormittags wurde der Wasserhahn in unserer Küche undicht und begann zu tropfen. Ich eilte sofort zu Stucks, dem einzigen Installateur in der Gegend, um ihn an das Krankenlager unseres Hahns zu bitten. Es war jedoch nur Frau Stucks zu Hause, die mir versprach, daß Stucks zu Mittag kommen würde. Als Stucks am frühen Nachmittag nicht gekommen war, ging ich wieder zu ihm. Zu Hause war nur Frau Stucks. Sie sagte mir, sie hätte Herrn Stucks gesagt, daß er zu uns kommen solle, aber Herr Stucks hätte nicht zu uns kommen können, weil er zu jemandem andern gehen mußte. Er würde jedoch am frühen Abend zu uns kommen.

Stucks kam am frühen Abend nicht und nicht am späten, und als ich zu ihm kam, war niemand zu Hause. Von den Nachbarn erfuhr ich, daß das Ehepaar Stucks ins Kino gegangen sei. Ich steckte einen Zettel ins Schlüsselloch: Herr Stucks möchte bitte am nächsten Morgen zu uns kommen, weil unser Wasserhahn einer Reparatur bedürfe.

Als ich am Morgen aufwachte und Stucks noch nicht da

war, ging ich zu ihm. Ich erwischte ihn beim Verlassen seiner Wohnung. Er behauptete, daß er sich gerade auf den Weg zu mir machen wollte, aber da er mich jetzt sowieso getroffen hätte, wäre ich vielleicht damit einverstanden, daß er erst mittags zu mir käme, weil er vorher noch zu jemandem andern gehen müsse. Er würde um eins kommen, sagte er. Ich fragte ihn, ob er nicht um halb zwei kommen könnte, da ich um eins noch auswärts zu tun hätte. Nein, antwortete er, leider, seine Zeit sei zu knapp, entweder um eins oder gar nicht.

Ich wartete bis drei, und als er nicht kam, ging ich zu ihm. Er war nicht zu Hause. Seine Frau versprach mir, nach seiner Rückkehr dafür zu sorgen, daß er am nächsten Morgen oder spätestens gegen Mittag kommen würde.

Stucks kam weder am nächsten Morgen noch gegen Mittag. Als ich zu ihm kam, saß er beim Mittagessen und sagte, er hätte nicht kommen können, weil er so viel zu tun hatte, aber jetzt sei es endlich soweit er würde nur noch rasch etwas essen und käme in einer Stunde.

Ich wartete bis zum Abend. Stucks kam nicht. Deshalb ging ich zu Stucks. Diesmal war niemand zu Hause. Ich setzte mich auf die Türschwelle, um zu warten. Gegen Mitternacht erschienen Herr und Frau Stucks. Ich fragte ihn, warum er mich bis in die Abendstunden vergebens hatte warten lassen. Weil er bis jetzt beschäftigt gewesen sei, sagte Stucks. Aber ich sollte mir, sagte Stucks, keine Sorgen machen, er käme ganz bestimmt morgen früh um halb sieben. Ich fragte ihn, ob er nicht um sieben kommen könnte. Nein, sagte er, völlig ausgeschlossen, halb sieben oder gar nicht. Schließlich einigten wir uns auf 6 Uhr 45.

Um zehn war er noch immer nicht da. Was tun? Ich ging zu ihm. Seine Frau – er selbst war nicht zu Hause – versprach mir, zu meinen Gunsten bei ihm zu intervenieren. Als ich fortging, lief sie mir nach und erkundigte sich, wer ich sei und was ich wolle. Ich informierte sie, daß unser Wasserhahn in der Küche ständig tropfe und ob Herr Stucks nicht endlich kommen könnte, um ihn zu reparieren. Wenn Herr Stucks versprochen hätte, zu kommen, sagte Frau Stucks, dann käme er ganz bestimmt.

Da er bis zum Mittag nicht kam, suchte ich ihn auf. Er saß gerade beim Mittagessen und stellte mir sein Kommen in Aussicht, sobald er fertig wäre.

»Wissen Sie was?« sagte ich. »Ich warte hier auf Sie.«

Stucks beendete in aller Ruhe seine umfängliche Mahlzeit, stand auf, gähnte und streckte sich. Es täte ihm leid, sagte er, aber er sei gewohnt, nach dem Essen ein wenig zu schlafen. Damit verschwand er im Nebenzimmer. Ich blieb sitzen.

Um sieben Uhr abends gab mir Frau Stucks auf Anfrage bekannt, daß ihr Gatte schon längst das Haus verlassen habe, durch die Hintertür. Aber wenn er zurückkäme, würde sie ihm sagen, ich hätte auf ihn gewartet.

Allmählich wurde mir bewußt, daß dieses ewige Hin und Her zwischen meinem und seinem Haus zwecklos war. Ich beschloß, bei Stucks sitzen zu bleiben. Um neun Uhr abends kam er und bedauerte, infolge der Hitze völlig vergessen zu haben, daß es mich überhaupt gab.

»Was wünschen Sie von mir?« fragte er.

»Herr Stucks«, sagte ich, »wenn Sie nicht zu uns kommen wollen, dann sagen Sie's doch. Ich kann meinen tropfenden Wasserhahn ja auch von einem anderen Installateur reparieren lassen.« Stucks war betroffen.

»Aber warum sollte ich nicht kommen?« sagte Stucks. »Das ist ja mein Geschäft. Davon lebe ich.«

Und er gab mir sein Ehrenwort, daß er morgen um sieben Uhr zur Stelle sein würde.

Mein Instinkt trieb mich bereits um sechs zu seinem Haus.

Ich fing ihn gerade noch ab, als er es verließ. Er sei zu einer Reserveübung seiner Truppeneinheit einberufen worden, sagte er.

»Ich gehe mit Ihnen«, sagte ich.

Auf dem Übungsplatz ließ ich ihn nicht aus den Augen. Wir übten zusammen, entschärften einige Minen und entfernten uns gemeinsam.

»Gehen Sie ruhig nach Hause«, sagte er. »Ich ziehe nur rasch meine Zivilkleider an und komme Ihnen nach.«

Als er mir nach fünf Stunden noch nicht nachgekommen war, ging ich zu ihm, fand ihn jedoch nicht vor. Seine Frau versprach mir, ihn über meinen Besuch zu unterrichten.

Am nächsten Morgen kaufte ich einen Revolver, ging zu Stucks und wartete. Zu Mittag kam er nach Hause, nahm die übliche Mahlzeit ein und schickte sich zum üblichen Nickerchen an. Ich fragte ihn, ob er etwas dagegen hätte, wenn ich seinen linken Arm mit einer Handschelle an meinen rechten fesselte. Nein, sagte er, er habe nichts dagegen.

Wir schliefen etwa eine Stunde und machten uns dann auf den Weg zu meinem Haus. Plötzlich befreite sich Stucks von seinen Fesseln und rannte davon. Ich schickte ihm eine Salve nach. Er erwiderte das Feuer. Als ihm die Munition ausging, kam er mit erhobenen Händen auf mich zu, begleitete mich ohne weiteren Widerstand und reparierte den Wasserhahn.

Gestern begann der Hahn wieder zu tropfen.

Seit einiger Zeit lese auch ich die Annoncen, die im »Kleinen Anzeiger« unserer Tageszeitungen unter der Chiffre »Körperpflege« oder »Verschiedenes« immer üppiger ins Kraut schießen. »Kraut« ist vielleicht kein passender Ausdruck, aber »üppig« kommt in manchen Texten ganz ausdrücklich vor. Zum Beispiel teilt mir eine »Exotin mit üppiger Oberweite« mit, daß sie meinen Anruf erwartet, oder es ist, im Gegenteil, »Marilyn, schlank, blond, langbeinig«, die sich mir als Masseuse empfiehlt. Vergebens denke ich darüber nach, inwieweit die Tatsache, daß Marilyn blond und nicht brünett ist, ihre Massage beeinflußt, und was die Oberweite einer Exotin mit ihrer Knet-Technik zu tun hat. Wie, frage ich mich, kommt das zu dem? Und warum hat man noch nie ein Inserat gelesen, in dem sich ein schlanker, sonnengebräunter Buchhalter um einen Posten bewirbt?

Massive Massage

Das Ganze ist sehr geheimnisvoll. Was meint die vollschlanke Sandra, wenn sie mir »individuelle Behandlung in privater Atmosphäre« anbietet? Will sie damit sagen, daß sie, solange ich bei ihr bin, keinen anderen Rücken reiben wird?

Und was heißt »privat«? Hatte sie etwa die Absicht, mich vor Zuschauern zu massieren? Die dunkelhäutige Shoshana hingegen, die mir »Halt! Überraschung!« zuruft – bläst sie ein Papiersäckchen auf, um es plötzlich dicht an meinem Ohr zu zerknallen? Oder macht sie mir eine Trillerpfeife zum Geschenk?

Noch tiefer beeindruckt mich die schmiegsame Lily, die mich schon beim Frühstückskaffee wissen läßt, daß sie auch noch nach Mitternacht zu einer Spezialmassage bereit ist. Man muß sich vorstellen, wie diese humanitäre Bereitschaft sich in der Praxis auswirkt. Da erwacht man beispielsweise um drei Uhr früh mit Schmerzen im Genick, und während man sich ankleidet, beruhigt man die aufgestörte Gattin: »Das alte Rheuma, Liebling. Dieser verdammte Ventilator im Büro. Ich mach nur rasch einen Sprung zur schmiegsamen Lily. Schlaf ruhig weiter ...«

Früher oder später erhebt sich die Frage, wie eine echte Masseuse klarstellen soll, daß sie wirklich massiert. Vielleicht durch ein Inserat des folgenden Wortlauts: »Frau Selma Friedländer, Anfang Fünfzig, häßlich, Brillenträgerin, bietet Heilmassage ohne jede Überraschung.« Oder soll sie sich einen anderen Beruf suchen?

Man muß sich jedoch darüber klar sein, daß die Kunst der Massage schon am Anfang der Menschheitsgeschichte stand, daß schon Adam, sofort nachdem Eva seiner Rippe entsprungen war, sich auf die Suche nach einer Masseuse machte, um die schmerzhafte Entsprungstelle ihren lindernden Händen anzuvertrauen. Mit anderen Worten: die Masseusen gehören zum ältesten Beruf der Welt, und es ist kein Wunder, daß sie sich gewerkschaftlich organisieren wollen. Ich für meine Person habe allerdings nie verstanden, warum zwei erwachsene Menschen verschiedenen Geschlechts, wenn es sie drängt, von dieser Verschiedenheit Gebrauch zu machen, für die dazu nötige Zeitdauer nicht in aller Form heiraten und sich nach einer oder zwei Stunden nicht scheiden lassen sollten. Wem entstünde dadurch ein Schaden? Unsere hypokritische Gesellschaft gestattet jeder Frau, die ihre Seele dem Teufel oder einer politischen Partei verkauft, den Käufer je nach Höhe des Angebots zu wechseln. Aber wenn sie ihren Körper verkaufen will, dann muß sie sich fürs ganze Leben binden. Auch die Klassenfrage spielt da mit hinein. Wenn Fräulein Oberweite mit einem Mann im Bett liegt, macht sie sich der Geheimprostitution schuldig. Wenn Jackie Onassis mit Gastritis ins Bett geht, macht sie Schlagzeilen. Madame Pompadour hat gar nicht gewußt, daß sie eine Masseuse war.

In jahrtausendelangem Kampf ist es dem Menschen gelungen, die Natur zu beherrschen – nur seine eigene nicht. Dem Trieb seiner Sinne, dem Drängen seiner Drüsen steht er machtlos gegenüber. Und was tut er infolgedessen? Er betätigt seine Macht am Punkt des schwächsten Widerstandes. Er sperrt die Masseusen ein. Fünfzig Prozent unserer Polizeikräfte veranstalten Razzien auf liebeshungrige Männer, die anderen fünfzig Prozent jagen den Mädchen nach, die jenen Hunger zu stillen bereit sind. Zweifellos ist das eine besonders reizvolle Abwechslung im täglichen Trott der Dienststunden.

Aber warum sollen nur die Massagesalons für die Heuchelei unserer Gesellschaft büßen? Warum kontrolliert man nicht auch die Garagen und Werkstätten, die in der Rubrik »Auto-Service« auf Kundenfang gehen? Wer weiß, vielleicht verbirgt sich das Laster auch hinter so harmlosen Inseraten wie: »Lassen Sie Ihren Wagen bei uns überholen! Sorgfältiger Service! Aufmerksame Bedienung! Kulante Preise!«

Klingt das nicht verdächtig nach individueller Oberweite? Ich werde der Sache demnächst auf den Grund gehen.

Was immer ich zum Thema »Massage« äußern könnte, ist rein akademisch, denn ich bin ein fanatischer Anhänger der Ehe – einer Institution, die auf Erden nicht ihresgleichen hat. Gewiß, man schuftet wie ein Sklave, aber man weiß, wofür. Man hat ein Heim, das von süßen Kinderstimmchen erfüllt ist, man vergeudet seine Zeit nicht mit leichtfertigen Weibern und trinkfreudigen Kumpanen – man hat, kurzum, nichts mehr mit jener armseligen Figur gemein, die man in früheren, glücklicheren Junggesellentagen einmal war. Denn was, so frage ich, was ist die wahre Sehnsucht des Mannes? Er sehnt sich nach einer Frau, die des Lebens Bürde mit ihm teilt, die ihn versteht und stützt, der er von seinen Sorgen und Kümmernissen erzählen kann. Also heiratet er, und von da an hat er was zu erzählen.

Unterwegs mit der Familie

Im vorliegenden Fall rühren die erwähnten Kümmernisse hauptsächlich von Autofahrten im Kreis der Familie her. Kaum bin ich zehn Meter gefahren, stößt die beste Ehefrau von allen ihren ersten schrillen Schrei aus: »Rot! *Rot!*« Oder: »Ein Radfahrer! *Gib auf den Radfahrer acht!*«

Diese Begleittexte kommen immer paarweise – der erste

mit einem Rufzeichen, der zweite im Kursivdruck. Früher einmal versuchte ich meiner Gattin beizubringen, daß ich seit meiner Kindheit einen Führerschein besitze und noch keines einzigen Vergehens gegen die Verkehrsordnung schuldig geworden bin, daß ich ebenso viele Augen habe wie sie, vielleicht sogar mehr, und daß ich sehr gut ohne ihren Kursivdruck auskommen kann. Seit einigen Jahren habe ich diesen Zuspruch aufgegeben. Es hilft nichts. Genausogut könnte man den Arabern zureden, sich mit der Existenz Israels abzufinden. Sie hört mir einfach nicht zu. Sie ihrerseits hat schon elf Verkehrsstrafen bekommen, aber an denen bin ich schuld.

Es kann geschehen, daß wir durch eine völlig menschenleere Straße fahren – und plötzlich dringt ihr Schreckensruf an mein Ohr: »Ephraim! *Ephraim!*«

Ich reiße das Steuer herum, gerate auf den Gehsteig, stoße zwei Koloniakübel um und krache in den Rollbalken einer Wäscherei. Dann stelle ich die Reste des Motors ab und blicke mich um. Weit und breit ist nichts und niemand zu sehen. Die Straße ist also verlassen wie der unwirtlichste Teil der Negev-Wüste.

»Warum hast du geschrien?« erkundige ich mich und füge im Kursivdruck hinzu: *»Warum hast du geschrien?«*

»Weil du unkonzentriert gefahren bist. Überhaupt – wie du fährst! *Wie du fährst!*« Und sie schnallt demonstrativ ihren Sicherheitsgurt etwas fester.

Die Kinder nehmen natürlich Partei für Mammi. Das erste Tier, das meine kleine Tochter Renana erkennen lernte, war ein Zebrastreifen. *Ein Zebrastreifen!* Auch ihr Großvater stellt oft und gerne fest, daß ich wie ein Verrückter fahre. *Wie ein Verrückter!* Neulich nahm er mich zur Seite, um von Mann zu Mann ein paar mahnende Worte an mich zu richten:

»Du hast doch Sorgen genug, mein Junge. Du bist ein schöpferischer Mensch. Du denkst beim Fahren an alles mögliche. Warum überläßt du es nicht meiner Tochter?«

Auch die Kinder haben es schon gelernt.

»Pappi«, tönt es von den Hintersitzen, »du bist nicht konzentriert. Laß doch Mammi ... *laß doch Mammi ...*«

Diese entwürdigenden Sticheleien finden ihre Fortsetzung, wenn ich nach Hause komme.

»Es ist nur Pappi«, ruft mein rothaariger Sohn Amir in die Küche. »Nichts ist passiert.«

Warum soll etwas passiert sein? Und warum »nur« Pappi?

Und ihre Mutter unterstützt sie noch: »Ich würde lachen, wenn dich jetzt ein Verkehrspolizist erwischt! *Ich würde lachen!*« Oder: »Das kostet dich den Führerschein. *Das kostet dich den Führerschein!*«

Laut eigener Aussage kann sie sich nur entspannen, wenn sie selbst fährt. Manchmal entwindet sie mir das Lenkrad mit Gewalt und unter lautem Beifall der Galerie. Bisher ist sie zweimal mit je einem Fernlaster zusammengestoßen, einmal mit einem Klavier, hat mehrere Parkometer umgelegt und ungezählte Katzen überfahren.

»Weil deine wilde Fahrerei mich ansteckt«, erläutert sie.

Neuerdings beteiligt sich sogar unsere Hündin Franzi an der gegen mich gerichteten Verschwörung. In jeder Kurve steckt sie den Kopf zum Fenster hinaus und bellt laut und scharf: »Wau! *Wau!*«

Zweimal. Das zweite Mal im Kursivdruck. Sie will, so dolmetscht meine Mitfahrerin, zum Ausdruck bringen, daß ich das Lenkrad mit beiden Händen halten soll. Wie jeder andere. *Wie jeder andere!*

Es gibt auch rückwirkende Zurechtweisungen. Zum Beispiel passiere ich glatt und anstandslos zwei Fußgänger und werde nach ein paar Metern vorwurfsvoll gefragt: »Hast du sie gesehen? *Hast du sie gesehen?*«

Natürlich habe ich sie gesehen. *Natürlich habe ich sie*

gesehen. Sonst hätte ich sie ja niedergefahren oder wenigstens gestreift, nicht wahr.

»Was machst du denn, um Gottes willen!« lautet der nächste Mahnruf. *»Was machst du?«*

»Ich mache 45 Kilometer in der Stunde.«

»Du wirst noch im Krankenhaus enden. Oder im Gefängnis. *Oder im Krankenhaus!«*

Sie selbst fährt einen Stundendurchschnitt von einhundertzwanzig Kilometern, was ungefähr der Schnelligkeitsrate ihrer Kommentare entspricht. Unlängst riß sie den Wagen an sich, sauste zum Supermarkt und wurde unterwegs von einer Verkehrsampel angefahren.

Sie kroch unter den Trümmern hervor, bleich, aber ungebrochen, und seither folgt mir ihr vorwurfsvoller Blick auf Schritt und Tritt. »Stell dir vor, du armer Kerl«, will dieser Blick bedeuten, »stell dir vor, was für ein Unglück es gegeben hätte, wenn *du* gefahren wärst.«

Ich bin nach längerem Nachdenken zu dem Entschluß gelangt, mir die bewährte »Do it yourself«-Methode zu eigen zu machen, und tatsächlich geht es jetzt viel besser. Um meiner Familie jede Aufregung zu ersparen, stoße ich selbst die entsprechenden Vorwarnungen aus:

»Nach fünfzig Metern kommt ein Stoppzeichen«, verlautbare ich bei einer Stundengeschwindigkeit von dreißig Kilometern. *»Ein Stoppzeichen nach fünfzig Metern!«* Oder: »Nicht bei Gelb, Ephraim! *Nicht bei Gelb!«* Und nachdem ich über eine harmlose Kurve hinweggekommen bin: »Wie ich fahre! *Wie ich fahre!«*

Auf diese Weise herrscht in meinem Wagen nun doch eine Art von Fahrerfrieden. Die beste Ehefrau von allen sitzt mit zusammengepreßten Lippen neben mir, die Kinder verachten mich stumm, der Hund bellt zweimal, und ich fahre langsam aus der Haut.

Ein weiterer Wermutstropfen im Freudenbecher unserer Ehe ist meine verwerfliche Gewohnheit, mich nicht sofort an den Tisch zu setzen, wenn die Chefin des Hauses den Ruf erschallen läßt, daß das Essen aufgetragen ist. Ich weiß wirklich nicht, warum ich ihr das immer wieder antun muß, ich weiß es so wenig wie Millionen anderer Ehemänner. Vielleicht handelt es sich um einen Protest meines Unterbewußtseins gegen ihre selbstherrliche Art, die Mahlzeit-Zeiten festzulegen, ohne mich zu fragen. Vielleicht ist ihre Kochkunst nicht mehr das, was sie war. Sei dem wie immer – der Fall hat auch historische Aspekte, zumindest in der folgenden Geschichte.

Wie Napoleon besiegt wurde

Die Sonne ging über den Schlachtfeldern auf. Im Sitzungssaal seines Landschlößchens stand der Kaiser, umgeben von seinen Marschällen und Generälen, am Tisch mit der großen Landkarte, um die letzten Anordnungen für den entscheidenden Zusammenstoß mit Europas Monarchen zu treffen. Sein Selbstbewußtsein und sein strategisches Genie hatten unter dem Exil auf Elba in keiner Weise gelitten. Nur sein Haar war ein wenig schütter geworden und zeigte an den Schläfen die ersten silbrigen Strähnen.

Aus der Ferne wurde vereinzeltes Geschützfeuer hörbar: Blüchers Armee marschierte vom Norden her gegen Waterloo. Man glaubte zu spüren, wie die Welt den Atem anhielt.

»Napoleon! Dein Frühstück ist fertig!«

In der Türe erschien Sarah, Napoleons dritte Ehefrau und die beste von allen, ihre Frisur von einem hinten zusammengeknoteten Kopftuch geschützt, in der Hand einen Staublappen.

Der Kaiser hatte sie auf Elba geheiratet. Wie es hieß, entstammte sie einer der besten jüdischen Familien der Insel.

»Das Frühstück wird kalt, Napoleon!« rief die Kaiserin. »Komm zu Tisch! Deine Freunde hier werden nicht weglaufen. Ach Gott, ach Gott ...« Und während sie sich mit dem Staublappen an einigen Möbelstücken zu schaffen machte, wandte sie sich an den respektvoll schweigenden Generalstab: »Jeden Tag die gleiche Geschichte. Ich frage ihn: Napoleon, willst du essen oder willst du nicht essen, sag ja oder nein, er sagt ja, ich mach das Essen, und kaum ist es fertig, hat er plötzlich irgend etwas zu tun, stundenlang läßt er mich warten, ich muß das Essen immer von neuem aufwärmen, erst gestern hat uns das Mädchen gekündigt, und jetzt steh ich da, ganz allein mit dem Buben ... Napoleon! Hörst du nicht? Das Frühstück ist fertig!«

»Einen Augenblick«, murmelte der Kaiser und zeichnete auf dem Schlachtplan eine Linie ein. »Nur einen Augenblick noch.«

Der Kanonendonner wurde lauter. Die Artillerie des Herzogs von Wellington begann sich einzuschießen. Marschall Ney sah besorgt nach der Uhr.

»Ich kann mich kaum auf den Füßen halten«, jammerte Sarah. »Überall in der Wohnung läßt du deine Kleidungsstücke herumliegen, und ich hab das Vergnügen, sie einzusammeln und in den Schrank zu hängen. Wie soll ich das alles bewältigen? Und steck nicht immer die Hand zwischen die zwei oberen Brustknöpfe, hundertmal hab' ich dir gesagt, daß der Rock davon einen häßlichen Wulst bekommt, der sich nicht mehr ausbügeln läßt ... Wirklich, meine Herren, Sie haben keine Ahnung, wieviel mir die schlechten Gewohnheiten meines Herrn Gemahl zu schaffen machen ... Napoleon! Komm endlich!«

»Ich komm ja schon«, antwortete der große Korse. »Ich hab' nur noch ein paar Worte mit meinen Generälen zu sprechen.« Er nahm Haltung an, seine Gesichtsmuskeln spannten sich. »Blücher und Wellington, daran besteht für mich kein Zweifel, werden ihre Armeen vereinigen wollen. Wir müssen einen Keil zwischen sie treiben.«

»Das Essen ist schon wieder eiskalt!« kam aus dem Nebenzimmer Sarahs Stimme.

»In einer Stunde greifen wir an«, sagte Napoleon abschließend.

Von draußen klang das Geräusch schwerer, eiliger Schritte. General Cambron, der Adjutant des Kaisers, nahm immer drei Marmorstufen auf einmal, so eilig hatte er's.

»O nein! Kommt gar nicht in Frage!« Am Treppenabsatz trat ihm Sarah entgegen. »Ziehen Sie zuerst Ihre Stiefel aus! Ich lasse mir von Ihnen nicht das ganze Haus verschmutzen.«

In Strümpfen trat General Cambron zu den anderen bestrumpften Heerführern.

»Wenn ich eine Hilfe im Haushalt hätte, wär's etwas anderes«, erläuterte die Kaiserin ihre Anordnung. »Aber seit gestern hab' ich keine mehr. Herrn Bonaparte interessiert das natürlich nicht. Den interessiert alles, nur nicht sein eigenes Haus. Jetzt bin ich am Wochenende ohne Mädchen und kann mich wegen eurer dummen Schlacht nicht einmal um einen Ersatz kümmern. Wenn Sie vielleicht von einem anständigen Mädchen hören, lassen Sie mich's bitte wissen.

Mit Kochkenntnissen. Und sie muß auch auf den Buben aufpassen. Aber keine Korsin, bitte. Die reden zuviel.«

»Gewiß, Majestät.« General Cambron salutierte und übergab dem Kaiser ein zusammengefaltetes Papier.

Napoleon las es und erbleichte:

»Meine Herren – Fouché ist zum Feind übergegangen. Was tun wir jetzt?«

»Jetzt frühstücken wir«, entschied die Kaiserin und ging ins Nebenzimmer voran.

Noch einmal trat Napoleon an den Tisch und fixierte mit dem Zeigefinger einen Punkt auf der Karte: »Hier wird sich das Schicksal Europas entscheiden. Wenn der Gegenangriff von Südwesten kommt, fangen wir ihn an der Flanke auf. Meine Herren –«

»Napoleon!« unterbrach Sarahs Stimme. »Willst du Rühr- oder Spiegeleier?«

»Egal.«

»Rühreier?«

»Ja.«

»Dann sag's doch.«

»Meine Herren – vive la France!« beendete Napoleon den unterbrochenen Satz.

»Vive la France!« riefen die Marschälle und Generäle. »Vive l'Empereur!«

»Napoleon!« rief Sarah und steckte den Kopf durch die Tür. »Der Bub will dich sehen!«

»Majestät!« rief Marschall Murat. »Der Feind nähert sich!«

»Ich, lieber Herr«, fuhr die Kaiserin dazwischen, »ich bin es, die den ganzen Tag mit dem weinenden Kind auskommen muß, ich, nicht Sie. Wollen Sie dem Kaiser vielleicht verbieten, seinem Sohn einen Abschiedskuß zu geben?«

»Wo ist er?« fragte Napoleon.

»Er macht gerade Pipi.«

Und während der Kaiser sich zum Aiglon begab, stimmte die Kaiserin nochmals ihr Klagelied an: »Ich hab' kein Mädchen. Ich muß alles allein machen. Drei Stockwerke. Wie oft, meine Herren, hab' ich Sie schon gebeten, keine Asche auf den Teppich zu streuen?«

Im Hintergrund erschien Napoleon und strebte mit hastigen Schritten dem Ausgang zu.

»Was soll ich sagen, wenn jemand nach dir fragt?« wollte die Kaiserin wissen.

»Sag, daß ich in der Schlacht bei Waterloo bin.«

»Wann kommst du nach Hause?«

»Weiß ich nicht.«

»Hoffentlich rechtzeitig zum Mittagessen. Was möchtest du haben?«

»Egal.«

»Gestopften Gänsehals?«

»Ja.«

»Dann sag's doch. Und vergiß nicht«, rief sie ihm nach. »Ich brauch' ein Mädchen. Und komm nicht zu spät ...«

Der Kaiser hatte sein Pferd bestiegen. An der Spitze seiner Heerführer nahm er den Weg durch die eng gewundene Schlucht, die in Richtung Waterloo führte.

Sarah nahm Besen und Schaufel, um die Halle vom Straßenschmutz zu säubern, der von den Stiefeln der Militärs zurückgeblieben war. Sie mußte alles allein machen, denn sie hatte kein Mädchen.

Durch das offene Fenster konnte man jetzt schon das Mündungsfeuer der Geschütze sehen. Blücher und Wellington setzten zu ihrem erfolgreichen Umklammerungsmanöver an.

Die Geschichte weiß zu berichten, daß die beiden siegreichen Feldherren ihre Ehefrauen weit, weit hinter sich gelassen hatten.

Mit zunehmenden Jahren wird man als Dichter gerne von dem Bedürfnis heimgesucht, sein Leben zu überschauen und eine Art Bestandsaufnahme zu veranstalten. Ich habe geliebt und gelernt, sagt der alternde Poet, ich habe gutes Geld verdient und habe es schlecht verwaltet, ich habe die Welt durchfahren, habe alte Städte und neue Gräber gesehen, habe mich bemüht, weise zu werden, und habe die Vergeblichkeit meiner Bemühung erkannt. So ist das Leben ... Auf ungefähr diese Weise würde ein durchschnittlicher Dichtersmann sich ausdrücken.
Sollte jedoch eines Tages an mich die Frage gerichtet werden, wie ich mein Leben verbracht habe – ich würde kurz und bündig antworten: »Ich habe versucht, telefonische Verbindung mit Jerusalem zu bekommen.«

Jerusalem antwortet nicht

Die Vorwahlziffer von Jerusalem im automatischen Telefonverkehr lautet 02 und ist besetzt. Man wählt gleich nach dem Erwachen 02, und es ist besetzt. Es ist, bevor man's endlich aufgibt, fünf Stunden lang besetzt. Das bedeutet einen Gesamtverlust von 227 Arbeitstagen im Jahr. Schaltjahre ausgenommen. 227 Tage steht man da, den

Hörer in der Hand, und wartet darauf, daß Jerusalem frei wird.

»Haben Sie morgen Zeit?«

»Nein, ich muß Jerusalem anrufen.«

Natürlich gilt das nur für die Tagesstunden. Wenn es Mitternacht schlägt, läßt das Besetztzeichen nach, und zwischen drei und fünf Uhr am Morgen besteht sogar einige Aussicht, daß man durchkommt. Leider wünschen die Einwohner Jerusalems nicht zwischen drei und fünf angerufen zu werden, sondern bei Tag. Und bei Tag ist 02 besetzt.

Manchmal genügt schon der bloße Gedanke an Jerusalem, um beim Abheben des Hörers das Besetztzeichen hervorzulocken. Darum ist es ratsam, an Rechovot oder an Haifa zu denken, bevor man wählt, obwohl auch diese beiden in der Regel besetzt sind.

Selbst wenn es einem gelingt, sich an der 0 vorbeizuschmuggeln – nach der 2 ertönt unweigerlich Jerusalems satanisches Pip-Pip. Sollte es aber auch nach der 2 im Hörer ruhig bleiben, dann darf man mit Sicherheit annehmen, daß eine Störung vorliegt.

Vor ein paar Tagen, als ich gerade mit erquickender und gesundheitsfördernder Gartenarbeit beschäftigt war, kam mein Sohn Amir herbeigestürzt: »Komm schnell!« rief das liebe Kind, zitternd vor Aufregung. »Mammi hat Jerusalem!«

Es war eine richtige Sensation. Die beste Ehefrau von allen war über 02 hinausgekommen, hatte durch tiefe, tapfere Atemzüge den drohenden Herzanfall hintangehalten, hatte die Drehscheibe weiterbetätigt und die Nummer ihrer Tante in Jerusalem gewählt. Kurz darauf war die Verbindung mit dem Wohlfahrtsministerium hergestellt. Unser Jubel kannte keine Grenzen. Wir übergaben der Telefonistin des Ministeriums eine vollständige Liste unserer in Jerusalem wohnhaften Freunde und baten sie, diese anzurufen und sie zu bitten, uns in Tel Aviv anzurufen. Denn von Jerusalem bekommt man Verbindung nach Tel Aviv. Von Tel Aviv nach Jerusalem nicht.

Die israelischen Eisenbahnen machen sich diesen Zustand neuerdings mit Reklameplakaten zunutze: »Sparen Sie Ihre Zeit!« heißt es da. »Wählen Sie nicht 02! Wählen Sie die Zugverbindung nach Jerusalem!«

Die Jerusalemer Telefonzentrale ist allerdings ein wenig veraltet und arbeitet noch nach dem ottomanischen System, mit Handkurbel, lautem Zuruf und notfalls Boten auf Fahrrädern.

Schon Theodor Herzl soll sich vergebens bemüht haben, eine Verbindung mit dem türkischen Gouverneur in Jerusalem herzustellen. Nach einer Woche war sein Muskelkrampf im rechten Arm so schmerzhaft geworden, daß er aufhören mußte. Damals sprach er die historischen Worte:

»Meine rechte Hand verdorre, wenn ich jemals dein vergäße, o Jerusalem!«

Unser Minister für öffentliches Verkehrswesen weiß über dieses Problem natürlich Bescheid. Erbitterte Bürger riefen ihn immer wieder an, um ihm zu sagen, was sie von ihm hielten – bis er sich eines Tages entschloß, nach Jerusalem zu übersiedeln. Seither hat er Ruhe.

Er gibt jedoch freimütig zu, daß die Lage nicht eben rosig ist. Die Zahl der Telefonkabel zwischen Tel Aviv und Jerusalem beläuft sich auf vierzig. Zur klaglosen Aufrechterhaltung des Verkehrs wären etwa vierzigtausend vonnöten. Die Errichtung eines neuen Schaltwerks auf dem Ölberg ist geplant. Bis zur Inbetriebnahme empfiehlt der Minister die gute, alte Autosuggestion. Jeder Teilnehmer soll im Bad oder während der Morgengymnastik zumindest zehnmal vor sich hin sagen: »Null-Zwei ist frei, Null-Zwei ist frei ...«

Ich möchte dieses Klagelied nicht vorübergehen lassen, ohne es mit einem kleinen Inserat abzuschließen:

Gesucht
Wahlhelfer für Vorwahl 02

Telefonteilnehmer in Tel Aviv sucht dringend Amateurmasochisten, der bereit ist, zwischen acht und dreizehn Uhr Jerusalem anzurufen. Gute Verpflegung garantiert. Arzt im Hause.

Ferngespräche mit dem Ausland waren lange Zeit eines der beliebtesten Geduldsspiele in Israel. Man wählte die Nummer 18 und wurde sofort mit einer Stimme verbunden, die sich in mehreren Sprachen der höflichen Mitteilung befliß, daß leider alle Linien besetzt wären, bitte seien Sie nicht ungehalten, wenn Sie noch ein wenig warten müssen, danke. Und nicht selten geschah es, daß man von einer schmerzhaften Fingerlähmung befallen wurde, bevor man endlich Chicago erreicht hatte. Da sich jedoch der Fortschritt der Technik nicht aufhalten läßt, können wir seit kurzem nach allen überseeischen Ländern selbst durchwählen. Seither wächst unter den israelischen Telefonteilnehmern die Anzahl der Konkurse.

Wer die Durchwahl hat, hat die Qual

Beim erstenmal ist es ja noch ein Spaß. In der Abenddämmerung, wenn die Schafherden heimwärts ziehen und im Fernsehen arabisch gesprochen wird, überkommt dich das dringende Verlangen, direkt mit Tante Frieda in Los Angeles zu sprechen. Du begibst dich an die Drehscheibe, drehst so lange, bis du die Nummer 0 01 21 39 57 34 21 89 zu Ende gedreht hast, hältst den Hörer ans Ohr und freust dich des summenden Geräusches, das ihn erfüllt. Es wird von einem kurzen »Klick« abgelöst, dem ein Klingelsignal folgt – und dann, wahrhaftig, hebt jemand in einer Entfernung von zwölftausend Kilometern den Hörer ab.

»Tante Frieda?« fragst du atemlos.

»Nein«, antwortet eine männliche Stimme.

»Ist dort 0 01 21 39 57 34 21 89?«

»Hier ist sechs Uhr früh, Sie Idiot.«

Immerhin – es war eine direkte Verbindung mit Kalifornien, und das darf man sich getrost die 2,14 Pfund pro Sekunde kosten lassen, die das Tarifbulletin des Verkehrsministeriums angibt. Wie aus dieser lehrreichen Publikation des weiteren hervorgeht, vermerkt das Telefonamt bei internationalen Ferngesprächen weder Ort noch Zeit des Anrufs. Von einem automatischen Zähler registriert, wird die Gebühr ohne nähere Angaben in die Monatsrechnung des Teilnehmers einbezogen.

Der Umstand, daß seine Anonymität gewahrt bleibt, regt den israelischen Telefonbenützer zu einer interessanten Überlegung an, mit der er sich wie folgt an die beste Ehefrau von allen wendet:

»Ich habe Lust, Kamtschatka anzurufen. Wie wär's – und wir besuchen heute abend die Seeligs?«

Der Rest ist ein Kinderspiel. Um 22.30 Uhr – für Kamtschatkianer eine frühe Nachmittagsstunde – erhebt man sich aus dem Fauteuil in Seeligs gastlichem Wohnzimmer, wirft einen besorgten Blick auf die Armbanduhr und murmelt *sotto*, aber doch *voce*: »Entschuldigt mich einen Augenblick – ich habe den Kindern versprochen, sie anzurufen ...«

»Aber bitte«, sagt Erna Seelig. »Das Telefon steht im Schlafzimmer.«

Besser könnte man's gar nicht treffen. Man läßt sich behaglich auf die weiche Schlafstatt des Hausherrn nieder und hat alsbald die Verbindung mit Lajos Friedländer hergestellt, einem ehemaligen Mitschüler, der jetzt als erfolgreicher Rechtsanwalt in Kamtschatka lebt. Nach einem Viertelstündchen erinnerungsträchtigen Geplauders kehrt man ins Wohnzimmer zurück und verkündet zufrieden, daß zu Hause alles in Ordnung ist.

So weit, so gut.

Einige Zeit danach bekommt Felix Seelig seine monatliche Telefonrechnung und stellt befremdet fest, daß sie um eintausendachthundert Prozent über der vorangegangenen liegt. Bei einer zufälligen Begegnung im Stiegenhaus wirft er mir einen stummen, vorwurfsvollen Blick zu, den ich jedoch ignoriere. Er kann mir ja nichts beweisen, oder?

Tags darauf nimmt die Sachlage eine unerfreuliche Wendung: Unsere eigene Telefonrechnung ist auf die erschreckende Summe von mehr als zweitausend Pfund gestiegen, obwohl ich seit dem abortiven Versuch mit Tante Frieda von meinem Telefon kein wie immer geartetes Ferngespräch geführt habe. Zweifellos hat da jemand in der schäbigsten Weise unsere Gastfreundschaft mißbraucht. Aber wer?

»Einen Augenblick.« Die beste Ehefrau von allen legt die Stirne in nachdenkliche Falten. »Vorige Woche hatten wir die Picklers zu Besuch. Erinnerst du dich, wie Akiba Pickler mit seiner Schwester telefonieren wollte? Ja? Aber weißt du auch, daß er italienisch gesprochen hat?«

Meiner Meinung nach war es nicht Akiba Pickler. Es war unser Nachbar Felix Seelig, der sich an uns gerächt hat. Er kam eines Abends zu uns herüber und bat um Erlaubnis, unser Telefon zu benützen – seines, so behauptete er, sei gestört.

Zur Liste der Verdächtigen gehört auch der Mann von der Kühlschrankfirma, der zum Zweck einer angeblich fälligen

Kontrolle erschien und dann die Zentrale anrief, die sich möglicherweise in Philadelphia befand.

Diese Beispiele menschlicher Niedertracht erschütterten mich so sehr, daß ich einen Besuch im Hause des Ehepaars Spiegel benützte, um mit meinen in aller Welt verstreuten Familienangehörigen Fühlung zu nehmen. Als ich gerade mit einer weitläufig Verwandten in Buenos Aires sprach, mußte ich ein plötzliches Absinken der Tonqualität feststellen, woraus ich schloß, daß Frau Spiegel, diese heimtückische Hexe, von ihrer Nebenstelle in der Küche mithörte. Ich wechselte blitzschnell zu Hebräisch, sagte: »Gut, dann werde ich den Wagen morgen abholen« und legte auf. Mir kann man mit so billigen Tricks nicht beikommen.

Jedenfalls ist das israelische Volk seit Einführung des direkten Durchwahlsystems mit den Juden der ganzen Welt in innigerem Kontakt als je zuvor. Allerdings erfordern diese Gratisgespräche ein beträchtliches Ausmaß von Erfindungsgeist und Umsicht. Man darf beispielsweise nicht allzu laut sprechen, wenn man einen Babysitter anruft, der in New York wohnt. Auch sollte man Fremdsprachen nach Möglichkeit vermeiden. Im übrigen sind diese Gratisgespräche in Wahrheit gar nicht so gratis, weil man ja auf Umwegen doch wieder für sie bezahlt.

Aber damit die Dinge nicht ausarten, haben wir jetzt an unserer Wohnungstür eine kleine Tafel angebracht:

»Gestörtes Telefon. Bissiger Hund. Bitte lassen Sie Nachricht zurück. Wir besuchen Sie gerne.«

Auslandsreisen gehören schon deshalb zu den Freuden des Bürgers, weil sie ihm immer wieder, immer aufs neue die unbeschreiblichen Wonnen der Heimkehr vermitteln. Dieses großartige Arrangement hat nur den einen Nachteil, daß der Mensch nicht allein reist, sondern mit einem Koffer, auf den sich die Verfolgungswut des gesamten internationalen Bodenpersonals konzentriert.

Übergewicht

Nein, keine Angst, es wird hier nicht von Diät und Kalorien die Rede sein. Es handelt sich um Gepäck, genauer: um die beklagenswerte Angewohnheit der internationalen Fluggesellschaften, Passagiere, deren Gepäck mehr als zwanzig Kilogramm wiegt, mit schweren Geldstrafen zu belegen. Wo bleiben da die Menschenrechte? Was unternehmen die Vereinten Nationen gegen diese offene Diskriminierung? Ein feister Fahrgast mit einem Lebendgewicht von beispielsweise einhundertfünfzehn Kilogramm und den zugelassenen zwanzig Kilogramm Gepäck kommt mit insgesamt einhundertfünfunddreißig Kilogramm unbehindert durch die Kontrolle – der kleine Mann hingegen, der seine siebzig persönlichen Kilogramm durch einen fünfundzwanzig Kilogramm wiegenden Koffer auf lächerliche fünfundneunzig Kilogramm steigert, wird an Ort und Stelle bestraft.

Nach meinen Erfahrungen ist das mitgenommene Gepäck *immer* schwerer als zwanzig Kilogramm. Beim Verlassen des Landes vielleicht noch nicht – bei der Heimkehr um so sicherer. Ganz abgesehen vom neuen Regenmantel, den der Heimkehrer nonchalant überm Arm trägt, mit einem elektrischen Bügeleisen in der einen Manteltasche und einem japanischen Transistor in der anderen.

Seltsamerweise entsteht das Übergewicht völlig unabhängig von Elektrizität oder Japan. Selbst wenn man im Ausland nichts eingekauft hat, wiegt der Koffer um ein paar Kilogramm mehr als zuvor. Kenner behaupten, daß sich das spezifische Gewicht heimischer Erzeugnisse in der Fremde ändert. Andere machen die Atombombe dafür verantwortlich. Wie immer dem sei – der vom Übergewicht niedergedrückte Fluggast steht jedesmal vor dem Problem, wie er der drohenden Bestrafung entrinnen könnte. Jedesmal versucht er unter den Damen an den Abfertigungsschaltern die freundlichste ausfindig zu machen, eine, aus deren Augen ihm eine Andeutung von Menschlichkeit entgegenschimmert – und in deren Stimme dann auch wirklich aufrichtiges Bedauern mitschwingt:

»Es tut mir leid, mein Herr – Sie haben fünfeinhalb Kilo Übergewicht. Bitte zahlen Sie am zweiten Schalter links.«

Worte vermögen den Haß, den man in solchen Augenblicken fühlt, nicht zu schildern. Was bildet sich diese Person eigentlich ein? Nur weil auf dem Ticket steht, daß es verboten ist, mehr als zwanzig Kilogramm Handgepäck mitzunehmen? Es ist ja auch verboten, das Weib seines Nächsten zu begehren, und niemand kümmert sich darum. Wo soll das hinführen?

Im gegebenen Fall führt es zum diensthabenden Manager der Fluggesellschaft, einem wohlerzogenen, glattrasierten Funktionär, der deiner gerechten Beschwerde höflich lauscht, dich persönlich in den Schalterraum zurückbegleitet und dir nach kurzem Gespräch mit der Abfertigungsbestie den Kompromißvorschlag macht, für die fünfeinhalb Kilo Übergewicht am zweiten Schalter links zu bezahlen.

Eines steht fest: mit dieser Linie fliegst du nie wieder. Diese Luftwegelagerer sollen sich in acht nehmen. Man hört ja so allerlei über den Zustand ihrer Flugzeuge. Pflege und Instandhaltung lassen zu wünschen übrig. Und die Betreuung der Fluggäste erst recht.

Um Mißverständnisse zu vermeiden: Es ist nicht die Zusatzzahlung, die mich erbittert, es ist die Erniedrigung des Ertapptwerdens. Die paar Pfund, die man zu zahlen hat, spielen wirklich keine Rolle. Das heißt: sie würden keine Rolle spielen, wenn es wirklich nur ein paar Pfund wären. Aber in Wirklichkeit kostet jedes Kilogramm Übergewicht nicht weniger als zwanzig Pfund, und das summiert sich. Ein unbescholtener Vater, der aus der Diaspora in die alte Heimat zurückkehrt, bringt seinem darbenden Söhnchen ein Spielzeug mit – und die Furie am Schalter knöpft ihm dafür den Gegenwert von 320 Pfund ab, als ob Israel nicht sowieso von lauter Feinden umgeben wäre.

Das zwingt den Israeli geradezu naturnotwendig zur Selbsthilfe. Er kauft also eine kleine Handtasche, in der er fünf Kokosnüsse als Wegzehrung unterbringt und das Fahrrad dazu. Diese Handtasche, Fräulein? Nur Gebrauchsgegenstände für die Reise ... Aber in der gleichen Sekunde, in der du die Handtasche hochhebst – du darfst keine Anstrengung zeigen, es sind ja nur ein paar kleine Gebrauchsgegenstände drin, nicht wahr, Zahnbürste, Taschentücher, Kokosnüsse –, in der gleichen Sekunde wirft die röntgenäugige Dame einen Blick auf die Waage, die bereits etwas über zwanzig Kilogramm anzeigt und säuselt mit engelsgleichem Lächeln: »Bitte, stellen Sie die Handtasche neben Ihren Koffer, mein Herr.«

Wie sich zeigt, wiegt die Handtasche mehr als der Koffer. Daran sind die beiden antiken Kerzenhalter schuld.

Es empfiehlt sich deshalb, die Handtasche in einer Ecke der Abfertigungshalle stehenzulassen, bevor man zum Check-in an den Schalter tritt. Auf allen Flughäfen der Welt wimmelt es von vorübergehend verwaisten Handtaschen.

Aber das Schlimmste kommt erst. Fräulein Röntgenauge händigt dir ein Spezialetikett mit Bindfaden ein, welches an deiner kontrollierten Handtasche zu befestigen ist; erst dann darfst du sie ins Flugzeug mitnehmen.

Erfahrene Übergewichtler begegnen diesem Sabotageakt durch die sogenannte Kästchenstrategie. Sie besteht darin, daß man in einem Garderobenkästchen, wie es gegen geringes Münzentgelt auf jedem Flughafen gemietet werden kann, den Inhalt der Handtasche verstaut und mit der leeren Handtasche zum Schalter geht, wo man sie bereitwillig auf die Waage stellt und das unentbehrliche Etikett ausgefolgt bekommt. Zurück zum Kästchen – hinein mit dem Übergewicht in die Handtasche – hinaus mit der Handtasche zum Flugzeug – und das Leben ist wieder lebenswert.

Schwitzende Israelis, die in fieberhafter Eile den Inhalt eines Garderobenkästchens in eine etikettbewehrte Handtasche stopfen, gehören zu den Alltäglichkeiten des internationalen Flugverkehrs. Die Umgangssprache im Garderobenraum ist das Hebräische. Und wenn sich eine Boeing nach dem Aufstieg leicht seitwärts neigt, weiß man sofort, daß auf dieser Seite die israelischen Fluggäste sitzen.

Um die Wahrheit zu sagen: es gibt nichts Schöneres als unbezahltes Übergewicht. Neuere psychologische Forschungen haben ergeben, daß das Bedürfnis, für Übergewicht nichts zu zahlen, sofort nach dem Geschlechtstrieb kommt. Jedenfalls ist es ein unvergleichliches Hochgefühl, mit einer

Handtasche im Gewicht von zweiunddreißig unbezahlten Kilogramm ein Flugzeug zu besteigen. Was mich betrifft, so fliege ich überhaupt nur deshalb.

Dem Reisenden stellt sich noch ein zweites Problem. Es beginnt und endet, wie so viele Probleme, mit Geld.

Das Trinkgeld-Problem

Der Schreiber dieser Zeilen darf sich schmeicheln, alle Probleme des Lebens, einschließlich verklemmter Reißverschlüsse, gelöst zu haben – bis auf eines: wieviel Trinkgeld man geben soll.

Das hat nichts mit Inflation, Rezession, Konjunktur und dergleichen zu tun. Es ist ein rein psychologisches Phänomen. Wann und wo immer ich dem Boten einer Blumenhandlung oder der Garderobenhexe eines öffentlichen Lokals gegenüberstehe, treten kleine, kalte Schweißperlen auf meine Stirne, und ich fühle mich einer Ohnmacht nahe. Dabei weiß ich ganz genau, daß ich in meiner Not nicht allein bin, daß alle Menschen von der Trinkgeldfrage bedrängt werden, seit jeher, seit Erschaffung der Welt, wahrscheinlich haben schon Adam und Eva der Schlange eine Kleinigkeit zugesteckt, zum Dank dafür, daß sie ihnen den richtigen Baum gezeigt hat ... aber was hilft's. Jeder hergelaufene Kellner versetzt mich in Panik, wenn er, kaum daß ich mich über das Steak hermache, an meinem Tisch vorüberstreicht und mir zuflüstert: »Der Herr ist doch kein Amerikaner? Amerikaner sind nämlich sehr knausrig!« Nach solcherlei

Andeutungen bin ich versucht, meine Brieftasche auf den Tisch zu legen und dem Kerl zu sagen, er möge sich doch bitte herausnehmen, was er für angemessen hält. Einmal, in einem Pariser Fischrestaurant, habe ich das wirklich getan. Ich mußte zu Fuß ins Hotel zurückkehren.

Die Frage des Trinkgelds läßt sich schon deshalb nicht beantworten, weil sie in einem Niemandsland gestellt wird, zu dem nicht einmal die Gewerkschaften Zutritt haben. Es ist immer wieder ein neu entstehender Kampf, ein Kampf zwischen zwei Gegnern, deren einer von allem Anfang an hoffnungslos im Nachteil ist. Dieser eine bin ich. Ich weiß nicht, wieviel Trinkgeld ich geben soll.

Hinterher weiß ich's. Ich habe zuviel gegeben, wenn der Taxifahrer meine Koffer in die Hotelhalle schleppt, und zuwenig, wenn der Hotelportier bei meiner Abreise die Drehtür nicht in Schwung setzt. Undurchsichtig bleiben nur die englischen Hotelportiers, die selbst das generöseste Trinkgeld mit so herablassender Selbstverständlichkeit entgegennehmen, daß man ihnen am liebsten die Hand küssen möchte für die Gnade, die sie einem erwiesen haben. Anders die türkischen Portiers. Die sind menschlich. Wie hoch die Summe auch sein mag, die man ihnen in die Hand drückt – sie halten ungerührt die andere Hand hin und machen große Augen, als wollten sie sagen: »Schön, das war ein Trinkgeld. Wo bleibt der Bakschisch?«

Der Einfluß der Geographie auf das Trinkgeldwesen ist nicht zu unterschätzen. Im allgemeinen steigt die Höhe des Trinkgelds in direkt proportionalem Verhältnis zur Höhe der Temperatur. Je heißer, desto höher. Am Mittelmeer doppelt so hoch. In Venedig zum Beispiel steht seit Jahrhunderten an jedem Gondel-Halteplatz ein pockennarbiger, zahnloser

Greis, nähert sich dem Ein- oder Aussteigenden mit dem Ruf »Attenzione, attenzione« und beginnt in gotteslästerlichem Sizilianisch zu fluchen, wenn man ihn nicht dafür bezahlt. Für zweihundert Lire sagt er »Grazie«, für fünfhundert oder mehr sagt er etwas auf englisch, für einhundert sagt er nichts, für fünfzig spuckt er.

Demgegenüber ziemt sich ein Wort des Lobs für die italienischen Tankstellenwärter, diese Großmeister der Aufrundung. Gleichgültig, wieviel Benzin du verlangt hast – sie füllen dir den Tank für genau 9800 Lire, nicht einen Tropfen darüber, und gehen nicht fehl in der Annahme, daß du dir auf eine Zehntausend-Lire-Note doch nicht zwei schäbige Münzen zurückgeben lassen wirst. Hier zeigt sich der psychologische Aspekt des Trinkgeld-Problems in Reinkultur.

Es hat auch noch andere Aspekte. In Ländern mit hoher Einkommensteuer ist es höher, weil es netto berechnet wird. Noch höher ist es in Ländern, deren Regime zum Marxismus tendiert. Diese Regime haben die menschenunwürdige Gepflogenheit, den Arbeitsmann durch Trinkgelder zu erniedrigen, so gründlich abgeschafft, daß der Arbeitsmann seinen Gram darüber im Alkohol ertränken muß. Daher der Name Trinkgeld. Das Ganze geht auf die programmatische Zielsetzung der sozialistischen Staaten zurück, einen neuen Menschentypus zu schaffen, den klassenbewußten Proletarier, dessen Arbeitsmoral ihm die Annahme von Trinkgeld verbietet. Leider müssen wir darauf verzichten, den Erfolg dieser Erziehungsmaßnahme zu untersuchen, da der in Rede stehende Proletarier vor sieben Jahren in Bulgarien gestorben ist.

Insgesamt läßt sich sagen, daß die werkenden Massen sich in dieser Angelegenheit bedeutend flexibler verhalten als ihre vorgesetzten Behörden. Es ist weniger das Trinkgeld als solches, durch das sich die Massen in ihrer Selbstachtung verletzt fühlen, als vielmehr die geringe Höhe des Trinkgelds – das man im übrigen, um der Menschenwürde willen, einfach auf dem Tisch zurücklassen kann, von wo es der Kellner an sich nimmt. Dieses Verfahren birgt allerdings das Risiko einer freudigen Überraschung für den nächsten Gast.

Es muß hier noch auf einen Punkt hingewiesen werden, den sämtliche Moralisten, Reformer und Revolutionäre bisher übersehen haben. Das Trinkgeld fördert nämlich die soziale Gleichstellung. Der Kellner, der am Morgen den gegenüberliegenden Frisiersalon aufsucht, verabschiedet sich dort mit einem reichlichen Trinkgeld, und wenn der Friseur am Mittag im gegenüberliegenden Restaurant seine Mahlzeit eingenommen hat, gibt er dem Kellner das reichliche Trinkgeld wieder zurück. Das bewirkt ein vollkommenes Gleichgewicht zwischen zwei verschiedenen Klassen und stellt einen wichtigen Schritt in Richtung klassenlose Gesellschaft dar.

All diese tiefschürfenden Überlegungen helfen indessen nicht zur Bewältigung des Grundproblems, wieviel Trinkgeld man geben soll.

Nüchtern betrachtet, erkauft man mit dem Trinkgeld das Lächeln des Empfängers oder zumindest seine Geneigtheit, von Beschimpfungen Abstand zu nehmen. Daraus folgt, daß sich die Höhe des Trinkgelds nach der Festigkeit deines Charakters richtet. Je unsicherer du dich fühlst, desto höher wird die Bestechungssumme sein, die du für ein paar flüchtige Augenblicke der Selbstbestätigung zu zahlen bereit bist. Die Schwierigkeit liegt darin, daß du dir in einem Sekundenbruchteil und ohne jede Hilfe darüber klarwerden mußt, wieviel dir das Wohlwollen der betagten Matrone, die dir beim Verlassen des Kaffeehauses in den Mantel hilft, wert ist.

Damit nicht genug, mußt du auch noch das Gehässigkeitspotential des jeweiligen Trinkgeldempfängers und seine Fähigkeit, dir durch eine gezielte Flegelei den Rest des Tages zu verderben, richtig einschätzen können. Wer kann das schon? Höchstens ein Computer.

In der Schweiz wird das Trinkgeld von der Regierung geregelt, und zwar durch ein seltsam widersprüchliches System. Einerseits teilt dir die Saaltochter, die dich im alkoholfreien Tearoom bedient hat und der du ein paar Münzen zuschieben willst, hochnäsig mit, daß das Trinkgeld bereits im Rechnungsbetrag eingeschlossen ist, andererseits mußt du dem Taxichauffeur auf behördliche Anordnung einen zehnprozentigen Zuschlag zum Fahrpreis entrichten. »Macht zehn Franken und 1,50 für den Service«, gibt er dir am Bestimmungsort unwidersprechlich bekannt und deutet auf eine Affiche, die sicherheitshalber in zwei Sprachen am Schaltbrett angebracht ist: »Service nicht inbegriffen/Service not included« – ein eklatanter Widerspruch aus der Tatsache, daß du ja für den Service, was auf deutsch soviel heißt wie Dienstleistung, soeben zehn Franken bezahlt hast.

Natürlich wäre es einfacher, das Trinkgeld in den Fahrpreis einzuschließen. Macht 11,50 und damit gut. Warum das nicht geschieht, gehört zu den unerforschlichen Rätseln der Menschenseele. Ich weiß nicht, warum die eidgenössischen Taxifahrer auf einer Trennung von Taxe und Trinkgeld bestehen. Ich weiß nur, daß sie um nichts glücklicher sind als ihre Kollegen anderswo auf der Welt. Das von Amts wegen festgesetzte Trinkgeld mag ihrem Berufsstolz förderlich sein. Aber es bringt sie um jenen unvergleichlichen Moment: der Spannung, der das Trinkgeldgeben so überaus populär gemacht hat.

Das Trinkgeld gehört zum Dasein wie die Verkehrsampel

und der Tod. Wir können es nicht abschaffen. Wir müssen mit dem Trinkgeld leben. Bleibt nur die Frage: wieviel, um des Himmels willen, *wieviel* Trinkgeld gibt man?

Nur ganz selten ergibt sich auf Reisen eine Situation, in der das Trinkgeld keine Rolle spielt. So etwas will festgehalten sein.

Ein Weltrekord an Dummheit

Für den Titel des dümmsten Menschen der Welt gibt es eine große Zahl von Anwärtern. Vor einiger Zeit wollte ich ihn an jenen zypriotischen Fremdenführer vergeben, der mir die landschaftlichen Schönheiten der Insel erschloß, den Rückweg nicht finden konnte und schluchzend ausrief: »Gestern war er noch da, das kann ich beschwören!« Später lief ihm ein israelischer Verkehrspolizist den Rang ab, als ich in Herzliah mit den Außenaufnahmen zu meinem Film »Salach« beschäftigt war. »Wie heißt der Film?« fragte er. »Salach«, antwortete ich. »Salach?« Er schüttelte nachdenklich den Kopf. »Den hab ich noch nicht gesehen ...« Aber selbst diese Rekord-Idiotie wurde vor kurzem überboten. Ein Hotelportier in Barcelona erwies sich als unschlagbarer Weltmeister. Ich hatte ihn von meinem Zimmer aus angerufen, und das Gespräch – es erfolgte in englischer Sprache, mit der er überaus radebrecherisch umging – nahm folgenden Verlauf:

»Ich fliege morgen nach Madrid«, begann ich. »Bitte bestellen Sie für mich ein Hotelzimmer mit Bad.«

»Sie warten, ich nachschau, Herr«, antwortete der Portier und legte den Hörer hin. Nach einer Weile meldete er sich wieder: »Es leidtut mir, Herr. Wir haben kein Zimmer frei. Sie versuchen nächste Woche.« Damit legte er den Hörer nicht hin, sondern auf.

Ich läutete aufs neue: »Sie haben mich schlecht verstanden. Ich brauche ein Zimmer in Madrid, nicht hier.«

»Es leidtut mir, Herr, daß Sie sich Mühe machen und rufen noch einmal an von Madrid. Wir haben kein Zimmer. Sie bitte versuchen nächste Woche, Herr.«

»Uno momento!« rief ich in meinem besten Spanisch, ehe er auflegen konnte. »Ich bin nicht in Madrid. Ich möchte ein Zimmer in Madrid haben.«

»Gewiß, Herr. Aber dieses Hotel ist nicht in Madrid. Dieses Hotel ist in Barcelona.«

»Das weiß ich.«

»Warum?«

»Weil ich hier wohne.«

»Sie wohnen?«

»Ja. Hier. Bei Ihnen.«

»Und mit Ihrem Zimmer Sie sind nicht glücklich?«

»Ich bin sehr glücklich mit meinem Zimmer, aber ich muß morgen nach Madrid fliegen.«

»Sie wollen, ich nehme herunter Ihr Gepäck?«

»Ja. Morgen. Nicht jetzt.«

»Ist in Ordnung, Herr. Gute Nacht, Herr.«

Abermals legte er auf, abermals läutete ich an:

»Das bin wieder ich. Der Mann, der morgen nach Madrid fliegt. Ich habe Sie gebeten, mir ein Zimmer mit Bad zu reservieren.«

»Sie warten, ich nachschau, Herr.« Die Pause von vorhin wiederholte sich. »Ich nachgeschaut habe. Es tutet leid mir, Herr. Unsere alle Zimmer sind belegt. Sie versuchen nächste –«

»Ich will kein Zimmer in diesem Hotel! Ich habe schon eines! Ich wohne auf Nummer 206!«

»206? Moment, Herr ... Nein, tutet mir leid. Zimmer 206 ist besetzt.«

»Natürlich ist es besetzt. Von mir.«

»Und Sie wollen anderes Zimmer?«

»Nein. Ich fliege morgen nach Madrid und möchte von Ihnen ein Zimmer reserviert bekommen.«

»Für morgen?«

»Ja.«

»Sie warten, ich nachschau ... Mit Bad?«

»Ja.«

»Sie Glück haben, Herr. Ich für Sie Zimmer habe für morgen.«

»Gott sei Dank.«

»Zimmer 206 wird morgen frei.«

»Danke.«

»Bitte sehr, Herr. Sonst etwas noch, Herr?«

»Einen Schnaps.«

»Kommt sofort, Herr.«

Der Mensch ist ständig nach etwas auf der Suche – nach Glück, nach Liebe, nach Öl oder was immer. Manche suchen den heiligen Gral, manche den Stein der Weisen. Schreiber dieses sucht seine Brille.

Die Brille, das unbekannte Wesen

Sie geht unweigerlich verloren, kaum daß ich sie abnehme. Manchmal schon vorher. Sie scheint irgendwie zu verdampfen, Gläser, Fassung und Gestell. Es ist rätselhaft.

Meistens geschieht es, wenn ich rasch etwas notieren will.

Da ich kurzsichtig bin – ich wurde schon kurzsichtig geboren –, schiebe ich die Brille über meine eindrucksvoll hohe Stirne hinauf, und schon ist sie verschwunden. Die Brille, nicht die Stirne. Auch wenn ich sie vor dem Schlafengehen auf meinen Nachttisch lege oder ihr einen sicheren Platz auf dem Rand der Badewanne zuweise, bevor ich ins Wasser steige, ist sie nachher nicht mehr vorhanden. Sie hat sich irgendwo im Haus versteckt. Vielleicht auch außerhalb des Hauses, ich weiß es nicht, wenn ich es wüßte, müßte ich sie ja nicht suchen. Ich habe den Eindruck, daß sie mich haßt.

Die eigentliche Qual, der geradezu unlösbare Konflikt besteht darin, daß jemand, der seine Brille verloren hat, sie nur mit Hilfe seiner Brille finden kann. Ohne Brille ist man halb blind und tastet hilflos durch die Gegend, einer kurzsichtigen Schlange vergleichbar, die sich in den eigenen Schwanz beißt und ihn auffrißt, bis nichts mehr von ihm übrigbleibt. Oder von ihr.

Die Optiker, die ich zu Rate zog, bestätigen mir, daß Brillen zu jenen Gegenständen gehören, die leicht verlorengehen. Besonders hebräische Brillen lieben es, ihre Unabhängigkeit zu beweisen. Ganz besonders solche mit dünner Fassung. Sie haben keinen richtigen Halt. Und es wäre zwecklos, sie etwa an einem Kettchen zu befestigen und sie vor der Brust baumeln zu lassen wie ein Medaillon. Sie kennen ihren Karl Marx: Brillengläser aller Länder, vereinigt euch! Ihr habt nichts zu verlieren als eure Ketten! Schwupps – weg sind sie.

Mein Fall ist um so schlimmer, als ich nur wenig Dioptrien aufzuweisen habe, so daß mir auch bei bloßen Augen eine gewisse Sehkraft verbleibt. Es kann geschehen, daß ich mit meinem Wagen eine Viertelstunde lang durch eine merkwürdig verwischte Gegend fahre, ehe ich merke, daß ich keine Brille habe. Oder ich suche sie verzweifelt in den Polsterspalten eines Fauteuils und entdecke sie schließlich auf meiner Nase. Leuten mit dicken Brillengläsern kann so etwas nie passieren. Nur unsereins ist ständig auf der Suche nach seiner Brille und wird wütend, wenn sie wieder einmal verschwunden ist. Ich für meine Person pflege sie dann auf ungarisch zu verfluchen und trommle mit den Fäusten gegen die Wand, ehe ich Vernunft an- und die Rekonstruktion des Vorgangs aufnehme:

»Wo habe ich sie zuletzt gesehen?« frage ich mich unter heftigem Blinzeln. »Wenn ich nicht irre – worauf man sich ohne Brille allerdings nicht verlassen kann –, hatte ich sie beim Lesen der Morgenblätter noch in Gebrauch. Dann habe ich die Blechdose mit den Erdnüssen geöffnet. Dann habe ich mich rasiert. Halt!«

Das Rasieren liefert mir einen vielversprechenden Anhaltspunkt. Ich eile ins Badezimmer, suche, stöbere, kehre alles von oben nach unten und finde nichts. Auch die Erdnüsse und die Zeitungen lassen mich im Stich. Ich muß mich bis auf weiteres an den Nebel gewöhnen.

Plötzlich, gegen Mittag, erscheint die Brille auf dem Klavier, und zwar auf den oberen Tasten. Wie sie dorthin gekommen ist, ahne ich nicht. Ich habe das letzte Mal im Alter von sieben Jahren Klavier gespielt.

»Wollen Sie damit sagen«, unterbricht mich an dieser Stelle der unfreundliche Leser, »daß Ihre Brille mit Ihnen Verstecken spielt?«

Ja. Genau das will ich sagen. Meine Brille führt ein eigenes Leben, sogar ein sehr munteres und vergnügtes. Kaum lege ich sie für einen Augenblick beiseite, entfernt sie sich auf Zehenspitzen und geht verloren. Sie weiß, daß mich das ärgert. Deshalb tut sie's ja. Wenn ich sie dann irgendwo finde, wo sie nicht hingehört, zum Beispiel in der Vorhangschnalle am Fensterbrett oder im Kühlschrank unter den Steaks, grinst sie mich an und macht kein Hehl aus ihrer Schadenfreude. Einmal habe ich sie sogar tief innen in unserem Fernsehapparat entdeckt, wo sie die Drähte durcheinanderbrachte. Und während der letzten Hitzewelle fand sie ihren Weg bis aufs Dach hinauf. Sie kann fliegen.

Manchmal nehme ich sie in Präventivhaft. Bevor ich schlafen gehe, sperre ich sie zwischen dem Bleistifthalter und dem Familienfoto auf meinem Schreibtisch ein und memoriere noch im Bett: »Zwischen den Bleistiften und der Familie, zwischen den Bleistiften und ...«

Am Morgen führt mich mein erster Weg zum Schreibtisch. Bleistifte und Familie sind da, die Brille nicht. Ein paar Stunden später setze ich mich ans Steuer meines Wagens, um in die Stadt zu fahren – und höre aus dem Fond ein leises Hallo. Es ist meine Brille.

Manchmal verschwindet sie für Tage, und ich reiße vergebens die Tapeten von der Wand. Die einzig erfolgreiche Gegenwehr besteht darin, sofort eine neue Brille zu bestellen. In der Regel taucht dann die alte fünf Minuten vor dem Anruf des Optikers auf, der mir mitteilt, daß die neue abholbereit ist. Sie wird in die Reserve versetzt, als diejenige, mit der man die andere sucht. Das funktioniert so lange, bis eine von beiden spurlos verschwindet. Beide zugleich gibt es immer nur für ganz kurze Zeit. Sie hassen einander.

Die beste Ehefrau von allen behauptet, daß die Misere nicht an den Brillengläsern liegt, sondern an mir, weil ich so zerstreut bin. Sie hat keine Ahnung von Brillenpsychologie. Also muß ich den Kampf allein ausfechten.

Eines Tags kam mir der geniale Einfall, unsere gemischte Rassehündin Franzi als Brillenjagdhund abzurichten. Ich ließ sie Witterung nehmen, indem ich die Gläser ausführlich an ihrer Nase rieb, dann versteckte ich die Brille im Garten, dann tappte ich nach Franzi, geleitete sie zu meiner Brille und gab ihr ein Stück Zucker als Finderlohn. Nach mehrmaliger Wiederholung dieses Vorgangs führte ich gestern einen Test durch.

»Franzi!« rief ich. »Such die Augengläser!«

Franzi spitzte die Ohren, schnüffelte in die Luft und zog mich schnurstracks zum Zuckerbehälter. Ich konnte den Zucker verstecken, wo immer ich wollte – Franzi kam ihm unfehlbar auf die Spur. Man kann sich auf das Witterungsvermögen von Hunden verlassen. Sie brauchen keine Brillen.

Nach langem Nachdenken habe ich jetzt die endgültige Lösung gefunden. Ich nehme meine Brillen nicht mehr ab. Ich wasche mich mit ihnen, ich weine mit ihnen, ich schlafe mit ihnen. Und ich träume von ihnen. Ich träume, daß ich sie verloren habe.

Am Morgen wache ich auf – und was muß ich feststellen? Ich habe sie verloren.

Die zeitgenössische Literatur hat alle erdenklichen Varianten des Liebesspiels erschöpft: Mann mit Mann, Frau mit Frau, Mann mit Frau (?), alter Mann mit Lolita, alte Frau mit Pinocchio, junge Mädchen mit alten Männern, alte Frauen mit alten Frauen und dergleichen mehr. Hier folgt mein bescheidener Beitrag zu diesem Thema, unter Berücksichtigung der in unserem Lande herrschenden klimatischen Verhältnisse.

Madeleine

Jüngst im Abenddämmer, als aus den Orangenhainen ringsum das heisere Lachen der Schakale ertönte und der Wind gelbe Wölkchen von Wüstensand herbeiblies, stand plötzlich Schultheiss in meinem Garten. Ich freute mich, ihn nach so langer Zeit wiederzusehen. Er hatte sich nicht verändert, er war ganz der alte, elegante Schultheiss, jeder Zoll ein Intellektueller von Distinktion. Nur in seinen Augen, ich merkte es sofort, lag etwas sonderbar Trauriges.

Ich bot ihm Platz und einen Becher bekömmlichen Jordanwassers an. Schultheiss nahm schweigsam einige Schlucke.

»Ich muß mit Ihnen sprechen«, sagte er dann.

»Tun Sie das getrost. Ich vermute, daß Sie deshalb hergekommen sind.«

»Es war nicht leicht für mich, diesen Entschluß zu fassen. Aber ich ertrage es nicht länger. Ich muß mich jemandem anvertrauen. Auch wenn ich ein höherer Regierungsbeamter bin, der seinen guten Ruf zu wahren hat.«

Ich goß ihm noch eine Portion Jordan nach und machte eine aufmunternde Geste.

»Wenn ich nur wüßte, wo ich beginnen soll«, begann er. »Sie kennen mich schon lange. Sie wissen, daß ich ein gesunder, ausgeglichener Mensch bin, der das volle Vertrauen seiner Vorgesetzten genießt.«

»Das sind Sie.«

»So scheint es jedenfalls dem oberflächlichen Betrachter. In Wahrheit jedoch, das dürfen Sie mir glauben, führe ich ein zutiefst einsames Leben. Ich bin Junggeselle, weil ich nie eine passende Gefährtin gefunden habe. Und dabei ging meine ganze Sehnsucht immer nach ein wenig Wärme. Aber ich habe sie nie gefunden – bis zu dem Augenblick, da Madeleine in mein Leben trat.«

Er starrte eine Weile in die Luft, ehe er fortfuhr:

»Der Mensch weiß ja nie, wann das Schicksal an seine Tür pocht. An jenem Tag ließ ich mir nichts davon träumen ... Es war der dritte November vorigen Jahres.«

»Die Liaison dauert also schon sechs Monate?«

»Ja. Ich wachte damals mit einem Schüttelfrost auf und rief den Arzt, der eine fiebrige Grippe konstatierte und mir irgend etwas verschrieb. Mein Wohnungsnachbar ging in die Apotheke, um es zu holen, und kam mit einer Schachtel zurück. Ich öffnete sie und fand einen größeren Gegenstand aus rosafarbenem Gummi.«

»Eine Wärmflasche?«

»Eine ganz gewöhnliche Wärmflasche. Heimisches Erzeugnis. Mit Metallverschluß. Nichts Besonderes ... mein Gott, wie ich mich schäme!«

»Aber warum?«

»Es fällt mir so schwer, über Angelegenheiten der Intimsphäre zu sprechen. Haben Sie Geduld mit mir!«

»Hab' ich.«

»Ich erinnere mich genau. Als ich die Wärmflasche das erste Mal füllte, regnete es draußen, und im Zimmer war's kalt. Ich legte mir die Flasche auf die Brust und ... und ... ob Sie's glauben oder nicht: zum erstenmal im Leben fühlte mein Herz etwas Wärme. Zum erstenmal im Leben war ich nicht allein. Können Sie mich verstehen?«

»Natürlich.«

»Da liegt dieses Ding neben Ihnen, dieses warme, weiche Ding, und seine einzige Aufgabe besteht darin, Ihnen das Leben zu erleichtern. Ich war ihr so dankbar, meiner Madeleine.«

»Wie bitte?«

»So nannte ich sie. Madeleine. Gleich von Anfang an. Warum Madeleine? Ich weiß es nicht. Vielleicht habe ich einmal in Paris ein Mädchen namens Madeleine geliebt. Vielleicht wollte ich sie nur lieben. Oder vielleicht wollte ich nur nach Paris fahren. Wie immer dem sei – von jetzt an konnten mir die Stürme des Lebens nichts mehr anhaben. Ich hatte meine Madeleine bei mir, unter der Decke. Finden Sie das absurd?«

»In keiner Weise. Sehr viele Menschen verwenden Wärmflaschen.«

»Sie schätzen das nicht ganz richtig ein. Bedenken Sie doch: wenn ich kalte Füße habe – Madeleine wärmt sie. Schmerzen in der Hüfte – Madeleine vertreibt sie. Ich kann sie mir auch auf den Bauch legen, wenn ich will. Ihre Möglichkeiten sind unbegrenzt. Und Madeleine bleibt immer bescheiden, immer loyal, immer dienstbereit. Alles, was sie verlangt, ist ein wenig heißes Wasser. Ich wollte es mir lange nicht eingestehen, aber es läßt sich nun einmal nicht leugnen. Ich ...«

»Sie haben sich in sie verliebt?«

»Ja, so könnte man's sagen. Ich muß immer an Pygmalion denken. Sie kennen doch die wunderschöne Geschichte von diesem englischen Sprachforscher, der sich in eine Statue der Aphrodite verliebt. So ähnlich liegt mein Fall. Manchmal frage ich mich: wie ist es möglich, daß ein erwachsener, intelligenter Mensch nach einer nichtssagenden, unscheinbaren Wärmflasche verrückt ist. Es gibt weiß Gott viel schönere und größere. Aber ich will nur meine kleine Madeleine. Ich muß sogar gestehen, daß ich eifersüchtig auf sie bin.«

»Sie betrügt Sie?«

»Sie hat mich schon einmal betrogen.« Schultheiss zündete sich eine Zigarette an und begann nervös zu paffen. »Es war nicht ihre Schuld. Es lag an den Umständen. Vor ein paar Monaten war Madeleine undicht geworden. In meiner rasenden Verliebtheit wollte ich sie immer noch wärmer haben und hatte sie mit so heißem Wasser angefüllt, daß sie an der Seite eine Brandwunde erlitt und zu tropfen begann. Ich war verzweifelt. Ich ging mit ihr zum berühmtesten Wärmflaschenspezialisten, den wir haben – und dort geschah das Schreckliche. Als ich sie am Abend abholen wollte, drückte mir dieser Verbrecher eine vollkommen Fremde in die Hand. Er hatte sie mit einer anderen verwechselt. Ich glaube nicht, daß er es absichtlich getan hat, aber das ist keine Entschuldigung. Ich ließ mir ein Verzeichnis seiner Kundschaft geben und suchte Madeleine in der ganzen Stadt, straßauf, straßab. Gegen Mitternacht fand ich sie endlich, im Bett eines dicken, ächzenden Gemischtwarenhändlers ... dort fand ich sie ...«

»In flagranti?«

Schultheiss konnte nur wortlos nicken.

»Seither habe ich sie nie mehr aus den Augen gelassen. Oft wache ich in der Nacht schweißgebadet auf, weil mir geträumt hatte, daß sie tropft. Meine Angstzustände wurden so schlimm, daß ich eine Eheberatungsstelle aufsuchte. Man untersuchte mich und fand, daß es für mich nur eine einzige Lösung gäbe: eine neue Wärmflasche zu kaufen, um den zerstörerischen Einfluß, den Madeleine auf mich ausübte, endlich auszuschalten.«

»Haben Sie eine gekauft?«

»Ja. Sie liegt ungebraucht in der Schublade. Ich weiß sehr wohl, daß ich nach dem Gesetz berechtigt bin, mir zwei Wärmflaschen zu halten. Aber man kann mich doch nicht zwingen, beide zu verwenden?«

»Gewiß nicht.«

»Madeleine und ich sind fürs Leben verbunden. So ist es nun einmal, und dagegen kann man nichts tun.«

»Lassen Sie sich gratulieren. Es geschieht nur selten, daß eine so tiefe menschliche Beziehung zustande kommt.«

»Warten Sie. Sie wissen noch nicht alles. Ich habe Ihnen den Anlaß meines Besuchs noch nicht erzählt. So schwer es mir fällt – ich muß zugeben, daß es einen ganz bestimmten Umstand gibt, der unser glückliches Zusammenleben trübt. Sehen Sie – diese Wärmflaschen haben nur eine begrenzte Wirkungsdauer, und selbst Madeleine bleibt nicht länger als vier oder fünf Stunden heiß. Und dann ... ich weiß nicht, wie ich mich ausdrücken soll ...«

»Sie wird frigid?«

»Danke. Ich danke Ihnen, daß Sie mir das abgenommen haben. Denn bei all meiner Liebe zu Madeleine muß ich gestehen, daß es kaum etwas Unangenehmeres gibt, als mit einer erkalteten Wärmflasche in Berührung zu kommen. Und wenn es geschieht, wenn ich beispielsweise kurz vor dem Einschlafen dieses kalte Gummizeug an meinen Füßen spüre, dann befördere ich Madeleine mit einem Fußtritt aus dem Bett hinaus.«

»Nein!«

»Barbarisch, nicht wahr. Und am Morgen, wenn ich aufwache und das arme Ding auf dem Fußboden liegen sehe, schlaff und erschöpft ...« Schultheiss begann zu weinen. »Ich schäme mich vor mir selbst. Ich hätte nie gedacht, daß ich so grausam sein kann. Solange sie heiß ist, halte ich sie in meinen Armen, herze und kose sie – und kaum wird sie kalt, behandle ich sie wie einen Fetzen, schleudere sie zu Boden, trete nach ihr. Was hilft es mir, daß ich am Morgen vor ihr niederknie und ihr schwöre, es nie wieder zu tun. Ich tu's ja doch ...« Verzweifelt barg Schultheiss das Gesicht in den Händen. Er war dem Zusammenbruch nahe. »Helfen Sie mir!« wimmerte er. »Erlösen Sie mich von dieser Misere! Geben Sie mir einen Rat!«

Ich dachte lange und angestrengt nach.

»Schultheiss«, sagte ich endlich. »Ich glaube, daß ich die Lösung gefunden habe. Ob's auch wirklich funktionieren wird, weiß ich nicht, aber man kann es jedenfalls versuchen.«

»Was?« fragte Schultheiss begierig. »Was?!«

»Wenn Sie merken, daß die Flasche kalt wird, dann stehen Sie auf und füllen Sie heißes Wasser nach!«

Ein Leuchten ging über Schultheissens gramzerfurchtes Gesicht. Er stand auf, drückte mir wortlos die Hand und entfernte sich, torkelnd vor Dankbarkeit.

Wenn eine israelische Wärmflasche menschliche Regungen zeigt, wird es nicht weiter überraschen, daß bei einem französischen Auto gewisse Symptome von Antisemitismus auftreten.

Ein kapriziöses Persönchen

»Klopfen wir auf Holz«, sagte ich beim Abschied zur besten Ehefrau von allen. »Jetzt fahren wir unseren lieben kleinen Wagen schon zwei Jahre, und er weiß noch immer nicht, wie eine Reparaturwerkstätte von innen aussieht!«

Ich winkte ihr zu und fuhr los.

Als ich kurz danach aufs Gas stieg, begann unser lieber kleiner Wagen, seiner französischen Herkunft wegen »Mademoiselle« geheißen, vehement zu husten und zu stottern, vollführte einen Riesensprung nach vorn, dann nach hinten, produzierte ein wahres Sperrfeuer von Fehlzündungen und hatte gerade noch Kraft genug, um die Werkstatt von Mike dem Auswechsler zu erreichen.

Mike ist mein Lieblingsmechaniker, ein hervorragender Fachmann, ein angenehmer, gefälliger, fleißiger Zeitgenosse mit einem goldenen Herzen und einem einzigen, allerdings verhängnisvollen Laster: er wechselt leidenschaftlich gerne Bestandteile aus. Bei der geringsten Erwähnung eines Autobestandteils, sei's auch in lobendem Sinn, bricht unwiderstehlich sein Tatendrang hervor, und in Sekundenschnelle ist der betreffende Bestandteil durch einen neuen ersetzt. Der alte erweist sich dann immer als schadhaft, zumindest für Mikes scharfe Augen. Ich meinerseits kann noch so angestrengt hinschauen und sehe keinen Schaden.

»Wenn Sie ihn sehen könnten«, belehrt mich Mike ein wenig von oben herab, »hätte der Wagen sich nicht mehr von der Stelle gerührt.«

Angeblich hat Mike schon manch ein Fahrzeug komplett ausgewechselt, Stück für Stück. Man darf seiner Gründlichkeit blindlings vertrauen.

Ich brachte ihm also meine vom Heuschnupfen befallene Mademoiselle, stieg aus und schilderte ihm, was geschehen war.

Mike setzte sich ans Steuer, startete, trat aufs Gas – und Mademoiselle hustete weder noch spuckte sie, gab keine Fehlzündung von sich und keinerlei störendes Motorengeräusch.

»Der Wagen ist vollkommen in Ordnung«, sagte Mike. »Ich weiß nicht, was Sie wollen.«

Um sicherzugehen, öffnete er die Haube, kontrollierte den Vergaser und wechselte einen Verteilerarm aus.

Ich fuhr ab. Mademoiselle glitt majestätisch die Straße entlang.

An der nächsten Straßenecke erlitt sie einen neuen heftigen Hustenanfall, dem eine Fehlzündungskanonade folgte.

Wütend kehrte ich zu Mike zurück. Er ließ ein anderes inzwischen angelangtes Opfer stehen, startete Mademoiselle und fragte: »Wollen Sie mich zum Narren halten?«

Ich gab ihm mein Ehrenwort, daß Mademoiselle, kaum daß wir ihn verlassen hatten, in ihren alten Husten verfallen war.

Mike schnitt eine Grimasse, wechselte zwei Zündkerzen

aus (sie waren schadhaft) und sagte: »Sie sollen bis ans Lebensende so gesund sein wie dieser Wagen.«

Ohne zu wissen, womit ich mir diesen Fluch verdient hatte, fuhr ich los. Diesmal dauerte es etwas länger, ehe Mademoiselle ihren nächsten Anfall bekam. Ich fühlte, wie mir das Blut zu Kopf stieg, aber da half nichts. Ich ließ den Wagen stehen und begab mich zu Fuß in die Werkstatt.

»Mike«, sagte ich, »Sie müssen mit mir kommen.«

Mike verfärbte sich, und die Ausdrucksweise, deren er sich bediente, ließ an Ordinärheit nichts zu wünschen übrig. Er hätte den Wagen nun schon zweimal kontrolliert, sagte er, und ich verstünde vielleicht etwas vom Schreiben, aber in bezug auf Autos wäre ich ein Analphabet.

Schließlich gab er meinen flehentlichen Bitten nach und ging mit mir.

Mademoiselle erwartete uns am Straßenrand. Mike startete sie.

»Zum Teufel!« brüllte er. »Der Wagen läuft wie ein Uhrwerk!«

»Ja, jetzt«, brachte ich zitternd hervor. »Aber fahren Sie doch einmal mit ihr.«

Wir fuhren eine halbe Stunde in einer zum Bersten angespannten Stimmung. Wohlgelaunt war nur Mademoiselle. Sie ging mit unbeschreiblicher Eleganz in die Kurven, steigerte beim Überholen mühelos ihr Tempo und gebärdete sich überhaupt musterhaft.

Wieder in der Garage angelangt, wandte sich Mike mit angewidertem Gesichtsausdruck an mich: »Hysterie ist eine gefährliche Krankheit. *Sie* brauchen eine Behandlung, nicht der Wagen.«

»Mike, bitte glauben Sie mir!« Ich lag beinahe im Staub vor ihm. »Solange Sie da sind, macht der Wagen keine Schwierigkeiten. Aber wenn er weiß, daß er mit mir allein ist ...«

»Blödsinn.«

»Tun Sie mir einen einzigen Gefallen, Mike«, flüsterte ich. »Sagen Sie laut und deutlich ›Schalom, auf Wiedersehen‹, schlagen Sie die Tür zu und tun Sie so, als ob Sie weggingen. Aber in Wirklichkeit bleiben Sie neben mir sitzen.«

»Sind Sie verrückt geworden?« Mike wandte sich zornig ab. Er weigerte sich sogar, irgendein Bestandteil auszuwechseln.

Schweren Herzens machte ich mich auf den Heimweg. Eine Weile ging es ganz gut. Aber in der Arlosoroffstraße fing es wieder an. Und diesmal war es kein gewöhnlicher Husten, sondern ein richtiges Asthma.

Ich drehte um, Richtung Werkstatt. Zwischen den einzelnen Fehlzündungen probte ich den Text für Mike.

»Da bin ich wieder«, sagte ich. »Mademoiselle macht immer noch die alten Mucken. Hören Sie selbst, Mike.«

Und während ich so sprach – zuerst wollte ich's gar nicht glauben – aber es konnte kein Zweifel sein: während ich noch sprach, verfiel Mademoiselle allmählich in eine normale Gangart.

»Hören Sie mich, Mike?« Ich steigerte meine Stimme. »Was habe ich Ihnen gesagt? Jetzt glauben Sie mir hoffentlich, Mike.«

Mademoiselles Tempo war klaglos und gleichmäßig. Das Summen ihres Motors klang wie Musik.

Und dabei ist es seither geblieben. Wenn sie mich mit Mike sprechen hört, benimmt sie sich wie ein wohlerzogenes Auto. Die kleine Anstrengung und das gelegentliche Kopfschütteln der Passanten, besonders wenn die Verkehrsampel auf Halt steht, muß ich eben auf mich nehmen.

Lebenslange Erfahrungen haben mich über eine wahrhaft erschütternde journalistische Regel belehrt: Die Qualität eines Interviews hängt nicht vom Witz und von der Weisheit des Interviewten ab, sondern vom Intelligenzgrad des Interviewers, der das Zeug zum Druck befördert. Und da hilft nichts. Außer ein höherer Intelligenzgrad. Und den hat er nicht.

Ein authentisches Interview

Das Interview, wie es stattfand.

»Schalom, Herr Tola'at Shani. Entschuldigen Sie, mein Name ist Ben. Man hat mich von der Redaktion hergeschickt. Zu Ihnen. Das heißt: für ein Interview.«

»Nehmen Sie Platz, mein Junge. Ich stehe zur Verfügung.«

»Keine schlechte Bude, die Sie da haben. Höchste Klasse. Mein Ehrenwort. Unterkellert?«

»Soviel ich weiß, ja.«

»Und mit Vorgarten. Solche Hütten sind besonders teuer, nicht wahr?«

»Allerdings.«

»Ja, also. Wie gesagt. Ich soll Sie über den historischen Roman interviewen, den Sie geschrieben haben. Sie haben ihn doch geschrieben, wie?«

»Ich habe das Werk soeben fertiggestellt.«
»Großartig. Also Sie sind fertig damit. Wie heißt es?«
»Du bist aus Staub.«
»Warum duzt du mich plötzlich?«
»Es ist der Titel meines neuen Buchs.«
»Ach so. Wird bestimmt ein Bombenerfolg. Wie alle Ihre Bücher. Sie schreiben ja lauter Bombenerfolge.«
»Ich tue mein Bestes. Ob es mir glückt, haben die Leser zu beurteilen.«
»Goldene Worte. Und warum, Herr Tola'at Shani, haben Sie diesen Staub, also diesen Roman oder was es ist, ich meine, warum haben Sie das Buch geschrieben? Gerade jetzt?«
»Bitte drücken Sie sich etwas präziser aus, mein Junge.«
»Okay. Mir kann's recht sein. Macht keinen Unterschied für mich. Ich meine, was ich wissen will: wovon handelt das Zeug?«
»Wenn ich Sie richtig verstehe, wollen Sie die Story meiner jüngsten Schöpfung kennenlernen.«
»Die Story, ganz richtig. Hab' ich ja gesagt.«
»Vielleicht sollten Sie sich Notizen machen, lieber Freund.«
»Brauch ich nicht. Ich behalt's im Kopf. Alles. Auch die Story. Was ist die Story?«
»Mein Roman läßt ein Panorama menschlicher Schwächen und Leidenschaften entstehen. Er spielt im Zweiten Weltkrieg. Sein Held ist ein Soldat der Jüdischen Brigade. Die junge, hübsche Tochter des Bürgermeisters einer kleinen süditalienischen Stadt verliebt sich in ihn ...«
»Weil Sie ›Soldat‹ sagen – da kommen doch bestimmt ein paar erstklassige Keilereien vor, nicht?«
»Wie bitte?«
»Keilereien. Ich meine Kämpfe.«

»Nun ja, ich beschreibe auch einige Kampfhandlungen, aber mehr nebenbei. In der Hauptsache geht es um den inneren Konflikt, den der grausame Krieg in der Seele unseres Soldaten auslöst.«

»Was heißt das – unseres Soldaten? Wessen Soldat ist er?«

»Der Soldat des Romans.«

»Das sollten Sie deutlich sagen. Also was ist los mit ihm?«

»In der Brust dieses Soldaten tobt ein Kampf zwischen seinem glühenden Patriotismus und seinen Haßgefühlen gegen die Unmenschlichkeit des Kriegs.«

»Wer gewinnt? Und was ist das für ein Bild?«

»Welches Bild?«

»Das an der Wand dort drüben.«

»Das ist kein Bild, junger Mann. Das ist mein Diplom.«

»Diplom. Sehr gut. Ein Diplom für was? Macht nichts. Also Ihr Buch über Italien ist eine wahre Geschichte.«

»In gewissem Sinn. Die Szenerie ist authentisch, aber die Story als solche ist eine thematische Variation der ›Antigone‹ von Sophokles.«

»Wovon?«

»Sophokles. Ein griechischer Tragödienschreiber.«

»Kenn ich. Da haben Sie ganz recht. Aber Sie sagten vorhin etwas gegen den Krieg.«

»Antigone war die Tochter von König Oedipus.«

»Natürlich. Oedipus. Das ist der mit der Psychoanalyse. Nicht schlecht. Also das ist Ihre Story, sagen Sie.«

»Die Story selbst hat notwendigerweise lokalen Charakter. Aber ihre Botschaft ist universell. Eine Art Bestandsaufnahme unseres Zeitalters. Sollten Sie nicht doch ein paar Notizen machen, lieber Freund?«

»Wozu? Ich merk mir alles. Machen Sie sich keine Sorgen. Was noch ... Ja, richtig: Sind Sie außer sich vor Freude?«

»Worüber?«

»Wenn einer etwas fertig geschrieben hat, muß er doch vor Freude außer sich sein. Sind Sie außer sich?«

»Hm. Vielleicht. Ich glaube schon.«

Das Interview, wie es erschien.

»ICH BIN AUSSER MIR VOR FREUDE!« SAGT DER AUTOR DES ROMANS »DER STAUBSAUGER« UNSEREM MITARBEITER IN EINEM EXKLUSIVINTERVIEW.

Der bekannte Schriftsteller Tola'at Shani empfing mich in seinem Heim zu einem Exklusivinterview. Anlaß war das Erscheinen seines neuen Romans, dem der Autor einen Bombenerfolg prophezeit.

Ich sitze dem Dichter in seinem geschmackvoll möblierten Studio gegenüber und betrachte sein scharfgeschnittenes Profil, die hagere Gestalt, die schmalen, nervösen Finger. Durch das Fenster hat man einen guten Blick auf die umliegenden Häuser. Es ist später Nachmittag.

Tola'at Shani: »Wie gefällt Ihnen mein Haus?«

Ich: »Nicht schlecht.«

T. Sh.: (stolz) »Es hat einen eigenen Vorgarten, dreieinhalb Zimmer und fließendes Wasser. Solche Häuser sind sehr teuer.«

Ich: »Darf ich Sie nach der Story Ihres neuen Romans fragen?«

T. Sh.: »Aber gerne. Bitte sehr. Also die Story. Da ist dieser Major der Jüdischen Brigade, denn die Geschichte spielt auswärts, an einem Sonntag, und es gibt eine Menge von Schießereien und sonstigen Zusammenstößen, kurz und gut, ein fürchterliches Durcheinander, und diese junge Tochter in der italienischen Stadt, eine Figur, also klas-

sisch, wie ein Filmstar, und die hat ein Verhältnis mit einem Jungen, einem Schriftsteller, der immer vor sich hinträumt, ein Tagträumer sozusagen, ein Traumtänzer …«

Ich: »Einer unserer Soldaten, nicht wahr?«

T. Sh.: »Richtig. Zu Hause geht er noch auf die Universität, der Soldat, und studiert alles mögliche. Aber jetzt, als Soldat, gerät er in einen Konflikt, also in einen Rivalitätskampf um dieses Mädchen. Sie heißt Shula …«

Ich: (unterbrechend) »Einen Augenblick, lieber Freund. Shula – das klingt wie eine griechische Tragödie.«

T. Sh.: »Stimmt. Sie haben den Nagel auf den Kopf getroffen. Und dieses Mädchen, wie heißt sie gleich, ist gegen den Krieg und ist verrückt nach … nach …«

Ich: »Oedipus?«

T. Sh.: »Genau. Ich habe das so konstruiert, um den Komplex direkt aus der Tragödie von Sypholux herauszuarbeiten. Vielleicht hätte ich Ihnen sagen sollen, daß unser Soldat ein wenig zur anderen Fakultät tendiert, Sie verstehen mich. Aber er zeigt es nicht. Es ist übrigens eine wahre Geschichte.«

Ich: »Könnte man sagen, daß es sich um eine Bilanz des Atomzeitalters handelt?«

T. Sh.: (überrascht) »Sie glauben?«

Ich: »Unbedingt.«

T. Sh.: »Na schön. Ich pflege nicht um den heißen Brei herumzureden, wissen Sie. Dort drüben an der Wand hängt mein Diplom.«

Ich: »Großartig, Tola'at Shani.«

T. Sh.: »Diplome bekommt man nicht nur so, das wissen Sie ja sicherlich. Sonst noch etwas?«

Ich: »Noch eine letzte Frage: Sind Sie froh, daß Sie mit dem ›Staubsauger‹ fertig geworden sind?«

T. Sh.: »Ich bin außer mir vor Freude.«

Der beklagenswerteste aller Journalisten ist der literarische Redakteur, schon deshalb, weil er unter schärfster Kontrolle von seiten des schreibenden Publikums steht. Die Amateurdichter überschwemmen ihn mit Manuskripten, die Professionals verlangen regelmäßige Verköstigung mit Lob, und wenn einer von ihnen einem Jubiläum entgegensteuert, tut der Literaturredakteur am besten, sich einer Gesichtsoperation zu unterziehen und irgendwo unterzutauchen. Aber wie tief er auch taucht – der Jubilar wird ihn aufspüren.

Ein dreifaches Jubiläum

Unversehens rannte ich in Gideon Cheschwan hinein, einen Veteran unter Israels Autoren. Während wir zusammen weitergingen, kamen wir auf die gespannte politische Lage zu sprechen.

»Ich bin optimistisch«, sagte Cheschwan. »Vielleicht erleben wir noch, daß die Araber mit uns Frieden schließen.«

»Das hoffe ich auch«, erwiderte ich. »Aber solange sie von Diktatoren beherrscht werden, sehe ich keine großen Chancen.«

Cheschwan klopfte mir wohlwollend auf die Schulter: »Sie sind noch jung und haben Zeit. Was mich betrifft, so werde ich am 25. Oktober 55. Das ist übrigens ein dreifaches Jubiläum für mich. Genau vor 33 Jahren erschien an diesem Tag meine erste Sammlung von Kurzgeschichten, und vor dreißig Jahren begann mein eigentlicher Aufstieg als Schriftsteller. Seither bin ich literarisch so fruchtbar wie kaum ein zweiter.«

»Wenn man nur sicher sein könnte, ob die Ägypter es ehrlich meinen!« warf ich ein.

Cheschwan ließ sich nicht beirren:

»In der Zeitspanne, die ungefähr im Herbst 1936 zu Ende ging, habe ich mich als meisterhafter Erzähler und formstarker Lyriker erwiesen. Aber die Ereignisse führten mich bald zu meiner wahren Berufung: Träger einer prophetischen Botschaft zu sein, die mein schlafendes Volk aufwecken würde. Dazu bin ich ausersehen und dabei bleibt's für den Rest meines Lebens, nicht nur bis zum 25. Oktober, dem Tag, an dem ich ein dreifaches Jubiläum begehe. Denn an diesem Tag wird es genau 35 Jahre her sein, seit meine erste Sammlung von Kurzgeschichten –«

»Um Himmels willen!« unterbrach ich mit einem besorgten Blick nach meiner Armbanduhr. »Ich bin ja schon eine halbe Stunde verspätet!« Und ich verließ ihn eilenden Fußes.

Wochen später, als ich die Begegnung längst vergessen hatte, berief mich der Redakteur unserer Literaturseite zu sich und legte mir einen eingeschriebenen Brief des folgenden Inhalts vor:

Sehr geehrter Herr! In der Nummer vom 20. September Ihres geschätzten Blattes sah ich ein Inserat, in dem »ein herrliches Haus« angepriesen wurde. Vielleicht interessiert es Sie, daß diese Wendung schon in der Bibel mehrmals vorkommt (u. a. Jesaia 64,11: »Unser heiliges und herrliches Haus«). Bei die-

ser Gelegenheit möchte ich Ihnen mitteilen, daß ich am 25. Oktober 55 Jahre alt werde. Zufällig ist dieser Tag zugleich das 35jährige Jubiläum des Erscheinens meiner ersten Kurzgeschichtensammlung und das 30jährige Jubiläum meiner fruchtbaren literarischen Tätigkeit, so daß er für mich ein dreifaches Jubiläum bedeutet. »Und so«, um den bekannten Schriftsteller Ephraim Kishon zu zitieren, »hat der einstige Talmudstudent seinen Weg vom Haus des Rabbi zum Gipfel des Ruhms genommen und wird sich am 25. Oktober als poeta laureatus des hebräischen Schrifttums präsentieren.« Ich darf noch hinzufügen, daß der oben erwähnte biblische Ausdruck sich bis heute in unserem täglichen Sprachgebrauch erhalten hat. Es grüßt Sie respektvoll

Ihr ergebener Gideon Cheschwan.

»Was ist das?« fragte mich mit vor Nervosität zitternder Stimme der Literaturredakteur, nachdem ich ihm den Brief zurückgegeben hatte. »Was bedeutet das?«

»Keine blasse Ahnung«, gab ich nicht minder nervös zurück. »Woher soll ich das wissen? Ich bin ja gar nicht hier. Ich existiere überhaupt nicht. Bitte vergessen Sie mich.«

Grußlos rannte ich hinaus, fest entschlossen, mich bis auf weiteres nicht in der Redaktion zu zeigen.

Die Dinge nahmen ihren unvermeidlichen Lauf. Gideon Cheschwans 55. Geburtstag lag immer drückender in der Luft. Man spürte bei jedem Atemzug, daß zu seinem dreifachen Jubiläum ein großer Empfang stattfinden würde. Je näher der Unglückstag herannahte, desto häufiger sah man Angehörige der Schreiberzunft schreckensbleich nach dem Süden des Landes fliehen. Andere versiegelten ihre Wohnungstür und schlossen sich ein, wieder andere begaben sich in Spitalspflege. Die von Cheschwan frequentierten Straßen lagen entvölkert, die Kaffeehäuser leerten sich schlagartig, sobald er auftauchte. Aber niemand machte sich ernsthafte Hoffnungen, dem Schicksal entgehen zu können.

»Vor ein paar Tagen«, so informierte mich einer meiner Freunde, der Dichter I. L. Grinboter, »erschien Cheschwan plötzlich in meinem Haus in Sichron Jakov und bat mich um Tinte für seine Füllfeder. Angeblich war ihm zu Hause in Tel Aviv die Tinte ausgegangen. Während er seine Feder füllte, äußerte er wie von ungefähr, daß ihm die Tinte hoffentlich bis zum 25. Oktober reichen würde, seinem 55. Geburtstag, der zugleich ein dreifaches Jubiläum und einen Meilenstein in der Geschichte der israelischen Literatur darstelle. Und ich würde doch nicht versäumen, davon gebührend Notiz zu nehmen. Was soll ich tun? Und warum gerade ich? Du kennst ihn doch viel besser.«

Nach einigem Hin und Her beschlossen wir, das Los entscheiden zu lassen. Ich war dumm genug, »Adler« statt »Kopf« zu wählen, und verlor. Damit war ich verurteilt, einen Jubiläumsartikel über Cheschwan zu schreiben, was ein sorgfältiges Quellenstudium erforderte. Ich lieh mir eines seiner Bücher aus, las es gewissenhaft bis zur Mitte der Seite 6 und konsultierte zur Sicherheit auch noch das »Who's Who in Israel«. Dann, in Erfüllung des Auftrags, der mir von Grinboter und ein paar anderen zugewiesen worden war, fand ich mich bei Gideon Cheschwan ein: »Ich komme mit einer guten Nachricht, Herr Cheschwan. Eine Gruppe Ihrer Freunde und Bewunderer möchte aus Anlaß Ihres 55. Geburtstags eine kleine, intime Jubiläumsfeier für Sie veranstalten.«

»Für mich?« fragte Cheschwan in fassungslosem Erstaunen. »Eine Feier für mich? Sie müssen verrückt geworden sein, mein Lieber. So etwas brauche ich nicht. Sparen Sie sich die Mühe.«

»Nein, nein«, widersprach ich. »Gideon Cheschwan hat Anspruch darauf, gefeiert zu werden. Bitte stimmen Sie zu! Bitte!«

Cheschwan überlegte eine Weile, dann schüttelte er den Kopf: »Es geht nicht. Die Zeiten sind zu ernst. Womit hätte ich eine solche Feier verdient? Ich habe getan, was ich tun mußte. Gewiß, ich habe es besser getan als die meisten anderen. Gewiß, die Jugend unseres Landes verehrt mich. Aber das ist mir Lohns genug. Ich bitte Sie, den Plan eines Festempfangs im Mann-Auditorium aufzugeben. Und ich bestehe darauf, daß Sie den Unterrichtsminister, den Parlamentspräsidenten und die führenden Persönlichkeiten unseres öffentlichen Lebens sofort davon verständigen. Am 25. Oktober um 21 Uhr findet im Mann-Auditorium keine Jubiläumsfeier statt, bitte sorgen Sie dafür ...«

Es wurde eine wunderschöne Feier im Mann-Auditorium. Nach der Eröffnungsrede des Unterrichtsministers schilderte I. L. Grinboter in schwungvollen Worten den Weg des einstigen Talmudstudenten vom Haus des Rabbi zum Gipfel des Ruhms, wobei er besonders die im Herbst 1936 erfolgte Wandlung des Dichters hervorhob, dem damals seine eigentliche Berufung innegeworden war: als Prophet eines schlafenden Volkes zu wirken.

Gideon Cheschwan saß an der Spitze der Tafel. Tränen strömten über sein Gesicht. Es war der schönste Tag seines Lebens. Man hatte ihn nicht vergessen.

»Wer zuletzt lacht, lacht am besten«, sagt das Sprichwort und meint offenbar den Typ des begriffsstutzigen Idioten, der einen Witz immer erst zehn Minuten später versteht. In einer Welt, die unter ständiger Kriegsdrohung dahinlebt, hat dieses Sprichwort ohnehin keinen Sinn, weil niemand zum Lachen aufgelegt ist, weder zuletzt noch zuerst. Die eine Seite entwickelt eine neue Rakete, die andere antwortet mit einer Gegen-Raketen-Rakete, das nächste ist eine Gegen-Gegen-Raketen-Rakete – und so geht's weiter bis zum Bankrott.

Wir in Israel üben die Technik der endlosen Kriegführung mit friedlichen Mitteln auf dem Gebiet der Einkommensteuer.

Eine einfache Rechnung

Zalman Weintraub, Inhaber der führenden Spielwarenfabrik Jerusalems, hatte mich beauftragt, eine schwungvolle Dankrede zur Beantwortung der Glückwunschadressen zu verfassen, die seine Angestellten und Bewunderer auf einer anläßlich seines fünfzigjährigen Geschäftsjubiläums stattfindenden Feier an ihn richten würden. Als Honorar für seine spontane Antwort bot mir Herr Weintraub die Summe von 230 Pfund – eine unverhoffte Bereicherung, über die ich im ersten Augenblick hocherfreut war. Mit Hilfe einiger arithmetischer Grundgesetze entdeckte ich jedoch, daß zur Freude kein Anlaß bestand: ich müßte mit meinem Wagen zweimal nach Jerusalem fahren, und der Treibstoff allein würde mich mehr kosten, als mir nach Abzug der Einkommensteuer von meinem Honorar übrigblieb.

»Berate dich mit einem Fachmann«, sagte die beste Ehefrau von allen. »Geh zu Spielberger.«

Spielberger ist der bedeutendste Steuerexperte, den wir haben, ein Mann von ungewöhnlichem Scharfblick, der auch die winzigste Lücke in den Steuergesetzen erspäht. Das glückt ihm um so eher, als er diese Gesetze zur Zeit seiner Tätigkeit im Finanzministerium selbst formuliert hat.

Er hörte mir mit gerunzelten Brauen zu.

»Die Frage«, begann er sodann, »die Frage ist: verdienen Sie mehr als 110 Pfund im Monat?«

»Leider ja.«

»Haben Sie die Absicht, das Land zu verlassen? Für Emigranten gibt es gewisse Ausnahmebestimmungen.«

»Ich bleibe.«

»Das ist eine schwierige Situation. Könnten Sie nicht mit dem Taxi nach Jerusalem fahren?«

»Nein. In diesen großen Wagen wird mir übel, weil sie so schaukeln.«

»Setzen Sie sich neben den Fahrer.«

»Das kann ich nicht riskieren. Im letzten Augenblick steigt eine schwangere Frau ein, der ich meinen Platz abtreten muß.«

»Kommen Sie morgen wieder«, sagte der Steuerfachmann. »Ich werde nachdenken.« – Damit war ich entlassen.

Am nächsten Tag empfing er mich mit der Mitteilung, daß es zwei Möglichkeiten gäbe: »Die erste ist verhältnismäßig einfach. Ihre Frau erwirbt eine mit Verlust arbeitende Firma und fungiert als Ihr literarischer Agent.«

»Sehr gut. Es, kann ja nicht schwer sein, eine solche Firma zu finden.«

»Gewiß nicht«, bestätigte Spielberger. »Aber Sie dürfen, das ist eine unerläßliche Bedingung, in keiner Weise mit dieser Firma persönlich in Zusammenhang stehen, da Sie ja von ihr geschäftlich vertreten werden. Haben Sie Scheidungspläne?«

»Noch nicht.«

»Dann müssen wir uns nach einem anderen Weg umsehen. Die Firma Ihrer Frau wird das gesamte Honorar aus Jerusalem eintreiben und keine Steuer dafür zahlen, denn der Betrag dient dazu, das Debetsaldo der Firma zu verringern.«

»Eine glänzende Idee!«

»Warten Sie. Wenn das Geld auf Firmenkonto verbucht wird, erhebt sich die Frage, wie wir es wieder herausbekommen. Ihre Frau kann es nicht einfach als Gehalt abziehen, sonst müßte sie dafür Steuer zahlen.«

»Entsetzlich.«

»Es gibt einen Ausweg. Die Firma Ihrer Frau gründet eine Tochtergesellschaft im Namen Ihres Sohnes und schließt für Sie eine Lebensversicherung in Höhe des von Weintraub an Sie gezahlten Honorars ab. Wie Sie wissen, sind Lebensversicherungen steuerfrei.«

»Muß ich deshalb sterben?«

»Nicht unbedingt, obwohl es die ideale Lösung wäre. Es gibt eine bestimmte Art von Versicherungen, in Fachkreisen ›der lebende Tote‹ genannt, die man nach drei Jahren kündigen kann, und dann bekommt man die Versicherungssumme in bar ausbezahlt.«

»Großartig!«

»Allerdings besteht die Gefahr, daß die Behörden diesen Versicherungsabschluß als Scheingeschäft ansehen. Deshalb sollten Sie als Nutznießer eine dritte Person namhaft machen, die weder zu Ihnen noch zu der Firma Ihrer Frau, noch zur Tochtergesellschaft Ihres Sohnes irgendeine Verbindung unterhält. Haben Sie einen Freund, dem Sie vertrauen können?«

»Nein.«

»Dann bin ich bereit, als dritte Person aufzutreten. In einem zwischen uns beiden abzuschließenden Separatabkommen übernehme ich die Rolle einer Stiftung mit dem Zweck, die Versicherungssumme, die mir am Ende der dreijährigen Kündigungsfrist ausbezahlt wird, Ihnen zur Verfügung zu stellen.«

»Sie sind ein Genie.«

»Nicht so eilig. Sie müssen die Summe voll versteuern.«

»Was?!«

»Aber das läßt sich vermeiden, indem ich Sie auf der Basis einer Verleumdungsklage ausbezahle.«

»Ich verstehe nicht.«

»Es ist die einzige gesetzlich zulässige Möglichkeit zur Durchführung von Zahlungen zwischen zwei hier ansässigen Personen. Für Beträge, die Ihnen von einem ordentlichen Gericht als Wiedergutmachung einer wörtlichen oder tätlichen Ehrenbeleidigung zugesprochen werden, brauchen Sie keine Steuer zu zahlen.«

»Wieso nicht?«

»Solche Beträge gelten als Spesen.«

»Kennen Sie einen Präzedenzfall?«

»Aus meiner eigenen Praxis. Ich habe einem meiner Klienten auf diese Weise fünfhundert Pfund verschafft. Er brauchte nichts weiter zu tun, als sich von mir zwei Ohrfeigen geben zu lassen. In Ihrem Fall wird bereits eine kleine Beschimpfung genügen. Ich könnte Ihnen zum Beispiel höhnisch vorwerfen, daß Sie mit ungarischem Akzent sprechen.«

»Das ist keine Beschimpfung. Das ist die Wahrheit.«

»In drei Jahren haben Sie ihn vielleicht verloren.«

»Ich glaube nicht an Wunder.«

»Nun, wir werden schon etwas finden. Hauptsache, daß Sie mich auf Ehrenbeleidigung verklagen und daß die Ihnen zugesprochene Entschädigungssumme genau mit der Versicherungssumme übereinstimmt, die von der Tochtergesellschaft Ihres Sohnes zu meinen Gunsten als Stiftung deponiert wird, und zwar in der gleichen Höhe, in der die Firma Ihrer Frau das von Weintraub gezahlte Honorar gegen ihr eigenes Verlustkonto verrechnet. Sind Sie mit dieser Prozedur einverstanden?«

»Gerne. Aber Sie sagten etwas von einer zweiten Möglichkeit?«

»Die zweite Möglichkeit wäre, daß Sie keine Bestätigung ausstellen und der Steuer die 230 Pfund verschweigen.«

»Kommt nicht in Frage. Das könnte zu Komplikationen führen.«

Wenn ich mir unser Steuersystem betrachte und all die übrigen labyrinthischen Gesetze und Verordnungen, denen wir ausgesetzt sind, dann glaube ich immer, daß Franz Kafka sich unter uns sehr wohl gefühlt hätte. Seit unsere progressive Einkommensteuer die Hundert-Prozent-Grenze überschritten hat, seit wir also unter bestimmten, leicht erhältlichen Voraussetzungen mehr Steuer zahlen müssen, als wir verdienen, hat der schwarze Geldmarkt eine noch nicht dagewesene Hochblüte erreicht. Ehrliches, weißes Geld ist kaum noch in Zirkulation, und wenn ein gesetzestreuer Bürger der Regierung tatsächlich alles zahlt, was sie von ihm verlangt, wird er von seiner Umwelt gemieden.

Die Bürde des weißen Mannes

Eines Tages sprach die beste Ehefrau von allen zu mir wie folgt: »Es ist Wahljahr. Geh und kauf uns ein Grundstück.«

Obwohl ich da keinen unmittelbaren Zusammenhang entdecken konnte, suchte ich gehorsam Herrn Nissim Zwanziger auf, den bestbekannten Grundstücksmakler.

»Guten Morgen«, sagte ich. »Ich möchte bei Ihnen etwas kaufen.«

»Was?«

»Grundstücke, Häuser, Wohnungen, was immer.«

»Gerne«, sagte Herr Zwanziger. »Wieviel Geld haben Sie?«

Ich gab ihm die gewünschte Auskunft.

»Und wieviel davon ist schwarz?« fragte Herr Zwanziger.

Nicht ohne Selbstgefälligkeit ließ ich ihn wissen, daß kein Groschen meines Geldes schwarz sei.

Herr Zwanziger wurde deutlicher: »Ich wollte wissen, wieviel Sie unter dem Tisch verdient haben.«

»Ich habe alles auf dem Tisch verdient.«

»Das meine ich nicht«, erläuterte Herr Zwanziger, immer noch höflich. »Ich meine jenen Teil Ihrer Einkünfte, für den Sie keine Bestätigungen ausgestellt haben und von dem die Regierung nichts weiß.«

»Die Regierung weiß alles. Ich habe meine Einkommensteuer voll bezahlt.«

Jetzt lachte Herr Zwanziger schallend auf: »Großartig! Ihr berühmter Humor! Wie Sie mir da ganz ruhig ins Gesicht sagen, daß Sie alle Ihre Steuern bezahlt haben ... Also das macht Ihnen niemand nach. Das ist einmalig. Ich freu mich schon drauf, es im Kaffeehaus zu erzählen.«

Und sein Lachen steigerte sich so gewaltig, daß ich Angst hatte, er würde ersticken.

»Na schön«, sagte er, als er wieder zu Atem kam. »Wir hatten unseren Spaß, wir haben gelacht, und jetzt kommen wir zum Geschäft. Wieviel von Ihrem Geld ist schwarz?«

»Es ist alles weiß.«

Meine Beharrlichkeit schien ihm ein wenig auf die Nerven zu gehen: »Grundstücksgeschäfte sind eine Sache des Vertrauens. Ich verspreche Ihnen absolute Diskretion. Wieviel schwarzes Geld haben Sie?«

»Keinen Groschen.«

Jetzt wurde Herr Zwanziger wütend.

»Wir sind unter uns«, brüllte er. »Niemand hört zu. Sie können völlig ungeniert sprechen.«

Ich blieb ungeniert stumm. Vielleicht bin ich ein jämmerlicher Feigling, aber ich habe tatsächlich meine sämtlichen Steuern bezahlt. Was war zu tun?

»Ich bin bereit, meine Angaben in Gegenwart eines Lügendetektors zu wiederholen und zu beschwören«, flüsterte ich. »Ich habe kein schwarzes Geld.«

»Was wollen Sie dann eigentlich von mir?« fragte Herr Zwanziger.

Diese Frage begann auch mich zu beschäftigen.

»Ich dachte«, fuhr Herr Zwanziger fort, »daß Sie eine seriöse Kundschaft sind. Ich habe Millionengeschäfte mit respektablen Bürgern abgeschlossen, mit Architekten, Gynäkologen, Landwirten und Installateuren – aber keiner von ihnen ist mir jemals mit weißem Geld gekommen. Ich frage Sie zum letzten Mal: wieviel schwarzes Geld haben Sie?«

»Hm«, machte ich ausweichend. »Das spielt doch eigentlich keine Rolle.«

»Soll das ein Witz sein, oder was?« fauchte der ehrliche Makler. »Glauben Sie, daß es in diesem Land einen einzigen Menschen gibt, der für alle seine Einnahmen Bestätigungen ausstellt und alle seine Einnahmen versteuert? Hören Sie endlich auf, mich zu langweilen. In jedem sauberen Geschäft werden zehn Prozent des Umsatzes deklariert und der Rest geht unter dem Tisch von Hand zu Hand. Woher käme sonst unsere Inflation? Von den Monatsgehältern der Angestellten?«

Ich gab klein bei: »Schön, dann sagen wir also den Eigentümern der Grundstücke, daß ich mit schwarzem Geld zahle.«

»Niemals! So etwas mache ich nicht!« Herr Zwanziger straffte sich. »Wenn Sie mich nicht zum Narren halten und wenn Ihr Geld wirklich weiß ist, dann scheint der Betrag in Ihren Büchern oder in Ihrem Bankauszug auf und wird eine leichte Beute für die Steuerbehörde. Ich denke gar nicht daran, meine Kunden, die mir ihr Vertrauen geschenkt haben, in solche Affären zu verwickeln. Vielleicht finden Sie irgendeinen Winkelagenten, der weißes Geld nimmt. Ich nicht, Herr. Ich nicht!«

Allmählich wurde mir meine verzweifelte Lage klar. Auf der einen Seite eine florierende Volkswirtschaft – auf der anderen Seite ich, ganz allein, mit lauter weißem Geld, für das ich leichtsinnigerweise Steuern gezahlt habe und das niemand anrühren will. Es war praktisch wertlos. Ich könnte es ebensogut verbrennen.

»Läßt sich denn gar nichts mit dem Geld anfangen?« flehte ich.

Herr Zwanziger sah mich mitleidsvoll an. Im Grund seines Wesens war er ein gütiger, weichherziger Mensch. Er wollte nur nicht mit dem Gesetz in Konflikt geraten.

»Ich hatte schon einmal einen ähnlichen Fall wie Sie«, erinnerte er sich. »1968, glaube ich. Damals wollte irgendein verrückter Rechtsanwalt ein vierstöckiges Haus bar bezahlen und die volle Summe bestätigt bekommen. Ich habe ihn gefragt, wie wir unsere Bauarbeiter unter dem Tisch bezahlen sollen, wenn wir kein schwarzes Geld zur Verfügung haben. Und dann habe ich ihn hinausgeworfen.«

Ich saß mit gesenktem Kopf. Ich war um nichts besser als dieser Rechtsanwalt. Mit einem Idioten wie mir, der die ganze ökonomische Struktur unseres Landes ins Wanken bringen würde, konnte man wirklich keine Geschäfte machen. Zum Teufel mit meinem lilienweißen Geld.

Herr Zwanziger stand auf und zog mich zum offenen Fenster: »Hier übertönt der Straßenlärm unser Gespräch«, flüsterte er mir ins Ohr. »Also seien Sie unbesorgt und sagen Sie mir endlich, wieviel schwarzes Geld Sie haben.«

Ich brach in Tränen aus und schwieg.

Herr Zwanziger seufzte tief. Dann schrieb er auf ein Blatt Papier: »Ich gebe Ihnen mein Ehrenwort, daß in meinem Büro keine Abhörgeräte eingebaut sind.«

Ich schrieb zurück: »Ich glaube Ihnen, aber ich bin weiß.«

Das war das Ende. Herr Zwanziger schloß das Fenster, ließ sich auf seinen Stuhl fallen und schrie: »Hinaus!«

Ich schlich davon, ein Schatten meiner selbst, ein Ausgestoßener, ein Abschaum der Gesellschaft.

Die freien Berufe, deren Freiheit darin besteht, daß die Einkünfte sich ein wenig leichter verschleiern lassen, erfreuen sich infolgedessen wachsender Beliebtheit. In unserem Land lauern zahllose Anwärter auf ein freies Plätzchen im Einbrechergewerbe, das zur Zeit besonders überlaufen ist. Das hat ein erhöhtes Angebot von Alarmsystemen zur Folge, die sofort installiert werden, nachdem der Einbruch erfolgt ist. Zuerst hat sich die israelische Bevölkerung an die Einbrüche gewöhnt, dann haben sich die Einbrecher an die Alarmsysteme gewöhnt, und jetzt ist alles beim alten.

Alarm

Um eins in der Nacht wachte ich auf, weil draußen ein verwundeter Löwe brüllte. Das Brüllen hielt an, immer in derselben furchterregenden Tonstärke. Es kam aus der Wäscherei im Parterre unseres Hauses. Ich weckte die beste Ehefrau von allen.

»Hörst du das?« schrie ich ihr ins Ohr.

»Alarm«, murmelte sie, ohne die Augen zu öffnen. »Sie rauben die Wäscherei aus.«

Diese Erklärung leuchtete mir ein. Ich vergrub meinen Kopf in den Kissen und versuchte weiterzuschlafen, fand aber keine Ruhe bei dem Gedanken, daß sich in der Wäscherei möglicherweise auch unsere eigene Wäsche befände, und wer weiß, was ihr zustoßen würde.

»Weib«, rief ich aufs neue, »was sollen wir tun?«

»Im Badezimmer liegt das Ohropax. Hol auch eines für mich.«

Ich trat ans Fenster. Vor der Wäscherei stand ein weißer Kombiwagen mit aufgeblendeten Scheinwerfern. Die Alarmanlage heulte wie verrückt. Ich schloß das Fenster und sah, daß auch andere Fenster im Häuserblock geschlossen wurden. Der Lärm war unerträglich. Kaum hatten wir unsere Ohren verstopft, ging das Telefon: »Entschuldigen Sie«, sagte eine heiser gedämpfte Stimme. »Ich habe Sie soeben am Fenster gesehen. Es ist die Wäscherei, nicht wahr?«

»Ja. Ein Einbruch.«

»Schon wieder?«

In den vergangenen Monaten war nämlich schon viermal in der Wäscherei eingebrochen worden. Einmal hatten sie die Eisentür mit großen Hämmern zertrümmert. Dieser primitive Vorgang nahm anderthalb Stunden in Anspruch und machte solchen Lärm, daß die Bewohner der umliegenden Häuser beinahe taub wurden. Dann räumten die Einbrecher den ganzen Laden aus, bis zum letzten Paar schmutziger Socken.

Am nächsten Tag ließ der Besitzer der Wäscherei, der alte Herr Wertheimer, einen Spezial-Stahlrollbalken anbringen, den die nächsten Einbrecher mühsam durchsägen mußten. Das dauerte mehrere Stunden und war eine fürchterliche Qual für die Nerven aller, die es hörten. Man mußte sich fragen, wie die Einbrecher dieses entsetzliche Geräusch überhaupt ertragen konnten, aber sie ertrugen es. Daraufhin bestellte der alte Wertheimer ein elektronisches Alarmsystem modernster Machart, mit infraroten Fotozellen und einem hochempfindlichen Fangnetz, das bei der leisesten Berührung die Alarmglocke in Betrieb setzte.

»Warum stellen sie das verdammte Zeug nicht ab, wenn sie schon einmal drin sind?« fragte mein heiserer Anrufer. »Sie müßten ja nur die Drähte durchschneiden. Ich werde mich beim Bürgermeister beschweren. Ich bin Steuerzahler und brauche meinen Schlaf.«

»Gehen Sie in die Apotheke«, empfahl ich ihm, »und kaufen Sie sich diese Wachsdinger für die Ohren.«

»Hab' ich schon. Sie helfen nicht.«

»Dann weiß ich keinen Rat. Wer spricht denn eigentlich?«

Mein Partner legte auf, ohne zu antworten. Entweder wollte er in die Angelegenheit nicht verwickelt werden, oder er wollte mit einem Menschen, der ihm keinen Rat geben konnte, nichts zu tun haben.

Ich trat wieder ans Fenster. Vor der Wäscherei stand ein Mann auf den Schultern eines anderen und hantierte mit einem Meßband. Sie waren also noch nicht ins Innere der Wäscherei gelangt. Die Alarmglocke heulte.

»Wie wär's mit einem Sandwich?« fragte ich, aber die beste Ehefrau von allen gab keine Antwort, denn sie schlief. Wie sie das fertigbrachte, weiß ich nicht. Ich konnte sie nur stumm beneiden.

Es klopfte an der Tür. Mein Nachbar Felix Seelig stand da, in einem rosa Pyjama und mit roten Augen. Ich bat ihn herein.

»Was glauben Sie, Seelig? Wird das die ganze Nacht so weitergehen?«

In Sachen Elektrizität ist Felix Seelig ein wirklicher Fachmann. Er kann zum Beispiel durchgebrannte Sicherungen auswechseln. Die jetzt entstandene Situation erklärte er mir so, daß die Alarmanlage nach einigen Minuten aufhören würde, wenn sie auf eigenen Batterien liefe, aber wenn sie direkt an das städtische Versorgungsnetz angeschlossen sei, dann stünde es schlecht um unsere Nachtruhe.

»Vor ein paar Wochen, bei dem Einbruch in der großen Möbelfabrik im Norden von Tel Aviv«, berichtete Felix, »gingen drei japanische Alarmsysteme 48 Stunden lang in voller Stärke und hörten erst auf, als die Drähte geschmolzen waren. Aber da hatten die Einbrecher schon längst das Lager ausgeraubt und auf gestohlenen Lastwagen weggeschafft.«

Die Wäschereisirene hörte nicht auf zu heulen.

Es gäbe, so erfuhr ich von Felix, einen neuen Plastikstoff, mit dem man die Fenster nicht nur gegen Zugluft, sondern auch gegen Lärm abdichten könne. Er würde mir ein Muster verschaffen, sagte er. Von seinem jüngeren Bruder, der die Tochter des Abteilungsleiters vom Supermarkt geheiratet hatte. Das junge Paar sei erst vor kurzem von einer Reise nach dem Fernen Osten zurückgekommen. Soll ein fabelhaftes Erlebnis gewesen sein, sagte Felix.

Draußen hatte sich noch ein zweiter Lärm zu dem des Alarmsystems hinzugesellt. Die Einbrecher versuchten sich mit Autogen-Schweißgeräten Eingang zu verschaffen. Ein paar müßige Nachtschwärmer standen herum und beobachteten das Geschehen, wobei sie ihre Finger in die Ohren steckten.

Ich fragte Felix, wieviel seiner Meinung nach die Versicherung in einem solchen Fall zahlen würde. Fünfzig bis sechzig Prozent des entstandenen Schadens, meinte er. Netto.

Wie man hört, will der alte Wertheimer die Wäscherei verkaufen. Es ist zuviel für ihn.

An einem gegenüberliegenden Fenster sahen wir Frau Suschitzky auftauchen. Sie schrie etwas hinunter, was wir des Lärms wegen nicht hören konnten.

Der Fahrer des Kombiwagens stieg aus und schrie etwas

zurück. Seelig wollte verstanden haben: »Was haben Sie gesagt?«

Man sah Frau Suschitzky noch einmal aufschreien und dann das Fenster schließen.

Plötzlich erfolgte eine donnernde Explosion. Flammengarben schossen in den Himmel über Tel Aviv. Dann war es ruhig. Tatsächlich: ruhig. Auch die Alarmanlage hatte dran glauben müssen. Höchste Zeit.

»Komm schlafen«, flüsterte die beste Ehefrau von allen.

Ich zog die Decke über mein Gesicht. Draußen dämmerte der Morgen. Wir werden uns eine andere Wäscherei suchen.

Die lauten Alarmsignale, die immer häufiger durch unser öffentliches Leben schrillen, haben nun endlich zu behördlichen Gegenmaßnahmen geführt, nämlich zu einem einschneidenden Personalabbau unserer Polizei. Sie beschränkt sich auf die Rolle einer grauen Eminenz im Hintergrund, versieht uns mit zahlreichen Ratschlägen, überläßt jedoch die Wahrung von Ruhe und Ordnung den unmittelbar Beteiligten: den Ruhestörern. Das funktioniert um so besser, als es sich hier um einen sozusagen mathematischen Prozeß handelt: Plus und Minus, also positive und negative Faktoren, heben einander auf. Außerdem bewirkt dieser Vorgang eine gerechtere Verteilung des Nationaleinkommens durch eine Art privater Mehrwertsteuer.

Befohlener Schutz

Vor ein paar Tagen gehe ich friedlich nach Hause, als ein Kerl in einem schwarzen Rollkragenpullover sich plötzlich an meine Seite gesellt.

»Ich bin ein Rowdy«, stellt er sich vor. »Ein Bandit. Ein Gangster. Ganz wie Sie wollen. Ist ja egal. Mein übliches Wochenhonorar, damit ich keine Schwierigkeiten mache, beträgt 99 Pfund 50.«

Da ich nicht weiß, wie man auf eine solche Eröffnung am besten reagiert, frage ich ihn zunächst einmal, ob er einer bestimmten Bande angehört. Er bejaht, wir geraten ins Plaudern, sprechen über dies und jenes und erreichen schließlich die Straßenecke, in deren Nähe mein Wohnhaus liegt. Dort bleibt er stehen und schlägt mir so wuchtig ins Gesicht, daß ich in den Ziersträuchern des Vorgartens von Herrn Gelbstein lande. Herr Gelbstein stürzt aus dem Haus und beginnt zu schimpfen, wie haben Sie meine Rhododendrons zugerichtet, unerhört, was soll das, und so weiter.

Während ich ihm noch erkläre, was es soll, schlägt mein Begleiter ein zweites Mal zu und kündigt mir an, daß er mir von nun an täglich an dieser Stelle eine oder vielleicht auch mehrere Ohrfeigen verpassen würde, so lange, bis ich zahle. Er habe nichts gegen mich persönlich, betont er, aber er müsse von etwas leben. Aus seinen weiteren Ausführungen geht hervor, daß er eine unglückliche Kindheit hatte, seine Mutter war eine Trunkenboldin, und aus Gram darüber verprügelte sie seinen arbeitsscheuen Vater regelmäßig. Er selbst arbeite jetzt in unserem Cottageviertel, und zwar an der Eintreibung von möglichst zahlreichen Wochengagen à 99 Pfund 50.

»Sie müssen sich nicht sofort entscheiden«, schließt er. »Besprechen Sie die Sache zuerst mit Ihrer Frau, verständigen Sie die Polizei, tun Sie alles, was man in solchen Fällen zu tun pflegt. Auf Wiedersehen morgen nachmittag. Hier an der Straßenecke.«

Ich folge seinen Anweisungen und berate mich mit der besten Ehefrau von allen. Sie ist dagegen, daß ich zahle. Sie meint, an ein paar Ohrfeigen sei noch niemand gestorben.

Anschließend gehe ich zur nächsten Polizeistation und erzähle dem diensthabenden Sergeanten, was geschehen ist. Er scheint Bescheid zu wissen und teilt mir mit, daß mein

Mann in der Unterwelt unter dem Spitznamen »Hirschi« bekannt ist, Abkürzung für Hirschfänger. Hirschi hat erst vorigen Monat von sich reden gemacht, als er während eines Konzerts in die Kulturhalle von Naharia eindrang und den Dirigenten von hinten über den Kopf schlug. Das Konzert wurde abgebrochen, der Dirigent liegt im Krankenhaus, Hirschi ist mit einem Monat bedingt davongekommen.

Da mir der Sergeant noch mit anderen Geschichten aufwartet, dauert es drei Stunden, ehe wir unseren Bericht fertiggestellt haben. Dann erkundige ich mich, was ich tun soll.

»Feilschen«, empfiehlt der Sergeant. »Handeln Sie ihn herunter. Ich an Ihrer Stelle würde höchstens 75 Pfund zahlen. Schalom und alles Gute, mein Herr.«

Offenbar sind Beschwerden solcher und ähnlicher Art in der letzten Zeit so häufig geworden, daß sich die Polizei auf eine konsultative Tätigkeit beschränkt. Als ich schon an der Tür bin, erteilt mir der Sergeant noch den sehr guten Ratschlag, von Hirschi eine Empfangsbestätigung zu verlangen und die Steuerbehörde zu verständigen.

Am nächsten Tag bekomme ich an der verabredeten Stelle die verabredeten Ohrfeigen, begleitet von Hirschis aufmunternden Worten: »Nur keine Hast. Überlegen Sie sich in aller Ruhe, ob Sie zahlen wollen, und sagen Sie's mir dann.«

Inzwischen hat sich unter meinen Nachbarn herumgesprochen, daß ich auf dem besten Weg bin, mich zu verschulden. Alle weichen mir aus. Nur Gelbstein steht, wenn ich mich nähere, an seiner Gartenhecke, um den Rhododendronstrauch zu schützen. Gelbstein ist ein ehemaliger Ringkämpfer und verfügt über große Körperkräfte.

»Keine Raufhändel vor meinem Haus!« brüllt er mir entgegen.

Am Wochenende nehmen die Dinge eine günstige Wendung. Ein ungeschlachter Geselle in einem gestreiften

Ruderleibchen erscheint während des Mittagessens in unserem Haus und möchte mit mir unter vier Augen sprechen.

»Ich verstehe Sie nicht«, beginnt er. »Wie kann man sich jeden Tag verprügeln lassen? Sie brauchen einen Beschützer. Für 99 Pfund 50 wöchentlich sorge ich dafür, daß Hirschi Sie in Ruhe läßt.«

Als sich im Verlauf unseres Gesprächs herausstellt, daß mein Gast zur selben Organisation gehört wie Hirschi, frage ich ihn, welchen Unterschied es dann noch ausmacht, ob ich mein Geld an ihn oder an Hirschi abführe? Es mache einen gewaltigen Unterschied aus, belehrt er mich, denn Hirschi sei ein ganz gewöhnlicher Schläger, er hingegen biete mir offiziellen Schutz an.

»Denken Sie nach, welche Lösung für Sie die günstigere ist«, schließt er. »Es hat keine Eile. Morgen mittag komme ich wieder.«

Um mich von der Ehrlichkeit seiner Absichten zu überzeugen, tritt er meinen Kleiderschrank ein, zertrümmert einen Stuhl, brüllt mir zu: »Ziehen Sie Ihre Schuhe aus! Beide!« und nimmt sie als Geiseln mit. An der Tür bleibt er nochmals stehen, reißt die Türklinke aus ihrer Verschalung und verabschiedet sich mit den Worten: »Auf eine lange und glückliche Zusammenarbeit!«

Am Nachmittag suche ich wieder meinen Sergeanten auf. Es zeigt sich, daß er auch meinen neuen Beschützer kennt, sogar beim Spitznamen: »Cosi«, für »Cosi fan tutte«. Ein musikalischer Mensch. Lieblingskomponist: Mozart. Im übrigen sei er durchaus zuverlässig, und ich täte gut daran, mit ihm zu einem Abschluß zu kommen.

Mir will das nicht sofort einleuchten. Ich erzähle dem Sergeanten von Cosis gewalttätigem Vorgehen in meinem Haus und wie er mir zugerufen hat: »Ziehen Sie Ihre Schuhe aus! Beide!«

Zu meiner Überraschung schickt der Sergeant sich an, seine Schuhe auszuziehen. Ich erkläre ihm, daß ich lediglich die Worte meines Beschützers zitiert habe. Daraufhin wird er wütend. Die Polizei, so sagt er, habe Wichtigeres zu tun, als sich mit meinen Zahlungsproblemen zu beschäftigen, und ich möge ihn nicht länger aufhalten.

Cosi funktioniert bereits, denn Hirschi kommt nicht zum Rendezvous an der Straßenecke. Ich meinerseits entziehe mich dem Rendezvous mit Cosi und gehe mit meiner Frau zum Mittagessen in ein Restaurant am anderen Ende der Stadt. Wir besprechen unsere Zukunft, besonders deren finanzielle Aspekte.

Beim Aufstehen stolpere ich über die Restaurantkatze, halte mich am Tischtuch fest und reiße das ganze Zeug mit ohrenbetäubendem Krach zu Boden.

Der Besitzer des Restaurants saust herbei.

»Ich zahle«, flüstert er angstbebend. »Nennen Sie die Summe – und ich zahle. Aber lassen Sie um Himmels willen mein Lokal in Frieden!«

Ich beeile mich, seinen Irrtum zu berichtigen. Als ihm der Sachverhalt klar wird, befördert er mich vermittels eines wuchtigen Tritts in den Hintern zur Tür hinaus. Ich lande in den Armen eines drahtigen Burschen in blauem Hemd, der mir mitteilt, daß er mich schon die ganze Zeit gesucht hat.

»Cosi erwartet Sie vor Ihrem Haus«, fügt er hinzu. »Er ist schlecht gelaunt, weil Sie sich von ihm nicht beschützen lassen. Wenn Sie wünschen, schütze ich Sie gegen seinen Schutz, aber das kostet Sie 99 Pfund 50 die Woche.«

Auch mein neuer Beschützer, der sich gleich unter seinem Spitznamen »Blauer Expreß« vorstellt, gehört natürlich zur Organisation. Er ist von kleinerem Wuchs als die beiden anderen. Auf meinen diesbezüglichen Hinweis bemerkt er, daß es auf Körpergröße nicht ankomme. Und er demonstriert mir seine Fähigkeiten, indem er die Scheinwerfer meines Wagens zerschmettert.

»In Ordnung«, sage ich und übergebe ihm einen meiner Schuhe. »Rufen Sie mich morgen vormittag an. Wir werden uns einigen.«

Auf dem Heimweg kommen wir an Gelbstein vorbei, der gerade seinen Garten aufspritzt. Ich trete dicht an ihn heran: »Hören Sie, Gelbstein. Sie sind ein kräftiger Mann. Ihr Bizeps liegt brach. Wie wär's, und Sie schützen mich gegen die Gangster, die mich verfolgen?«

Gelbstein brummt etwas von keine Zeit haben und daß er kein Babysitter sei und überhaupt.

Ich gehe ins Haus, trete seinen Kleiderschrank ein und schleudere einen Stuhl durch die Fensterscheibe.

»Das ist nur eine Anzahlung«, sage ich zum Abschied. »Wenn Sie sich weigern, meinen Schutz zu übernehmen, haben Sie morgen überhaupt keine Fensterscheiben mehr. Überlegen Sie sich's. Und lassen Sie sich auf der Polizeistation um die Ecke beraten. Der Sergeant dort kennt sich aus.«

Gelbstein blieb nachdenklich zurück. Ich erstand in einem nahe gelegenen Warenhaus einen Hammer und einen roten Rollkragenpullover und verständigte den Sergeanten von der neuen Situation.

Wer sagt, daß in unserem Land keine Ordnung herrscht?

Der geneigte Leser wird bereits festgestellt haben, daß die Entwicklung der israelischen Volkswirtschaft mit beispielloser Geschwindigkeit voranschreitet. Während andere Zwergstaaten oft ein Jahrzehnt oder länger benötigen, um ihr wirtschaftliches Wachstum zu festigen und den Gipfel nationalen Wohlstands zu erklimmen, befindet sich das kleine Israel schon nach wenigen Jahren auf dem Weg vom Gipfel abwärts in Richtung Stagnation. Wer das für eine Katastrophe hält, ist offenbar unfähig, auf dem Kopf zu stehen. Denn nur in dieser Position findet man bei uns finanziellen Boden unter den Füßen.

Anleitungen zum persönlichen Wohlstand

Es ist längst kein Geheimnis mehr, daß die Möglichkeiten, rasch und leicht Geld zu verdienen, immer geringer werden, da auf allen Gebieten scharfe Sicherheitsmaßnahmen in Kraft getreten sind. Als einzig rentabler Weg bleibt dem Bürger, der seine ökonomische Lage zu konsolidieren wünscht, die Bankrotterklärung. Hier einige Ratschläge.

Ein solider Bankrott läßt sich natürlich nicht im Handumdrehen bewerkstelligen. Er erfordert sorgfältige Vorbereitung und höchste Glaubhaftigkeit.

Der erste Schritt besteht in der Gründung einer Firma mit einem eindrucksvollen, möglichst fremdländisch klingenden Namen. Es ist gleichgültig, ob die Firma sich mit Im- und Export, Zeitungsartikeln oder Textilwaren beschäftigt. Hauptsache, daß sie es mit beschränkter Haftung tut, im folgenden »mbH« abgekürzt. »Haftung« bedeutet, daß jemand haftet, »beschränkt« weist darauf hin, daß man selber nicht dieser Jemand ist. Man selber hat lediglich die Aufgabe, die Firma dem vorbestimmten Bankrott entgegenzuführen. Das geschieht, indem man Verträge abschließt, Anzahlungen kassiert, Waren bestellt, Lieferungen verzögert, Kredite aufnimmt und dergleichen mehr. Für diese unermüdliche Tätigkeit bezieht man ein hohes Gehalt, setzt sich ein reichliches Spesenkonto aus und unternimmt Geschäftsreisen an die Riviera. Die beste Ehefrau von allen wird mit dem Posten eines Vizebankrottdirektors betraut und erwirbt das Firmenauto gegen eine Anzahlung von 2,40 Pfund in langfristigen Raten.

Allerdings muß man mit dem Mißtrauen der Geschäftspartner rechnen. Bevor sie Kredite gewähren, wollen sie sich zuerst vergewissern, ob die mbH auch Geld auf der Bank hat.

Sie hat. Wieso hat sie? Ganz einfach. Man borgt der mbH aus seiner eigenen Tasche einen bestimmten Betrag und legt ihn auf die Bank, so daß ihn jeder sehen kann.

Und dann macht man Bankrott.

Der Bankrott ist unvermeidlich. Infolge leichtfertiger Finanzgebarung gerät die mbH immer tiefer in die roten Ziffern, bis eines Tags ihre Gläubiger zusammentreffen, sich an einen langen Tisch setzen und mit den geplatzten Wechseln der Firma Patiencen legen. Es folgen sechs schwierige Monate voll von Drohungen, wütenden Telefonanrufen, eingeschlagenen Fensterscheiben und letzten Warnungen nervöser Rechtsanwälte.

Diese Frist muß man geduldig überstehen.

Der Wendepunkt

Kurz bevor der Wendepunkt eintritt, begibt man sich zur Bank, behebt das Darlehen, das man der mbH gewährt hat, und steckt es in die eigene Tasche zurück. Sodann bittet man die Gläubiger zu einer Generalversammlung ins Philharmonische Auditorium und hält ihnen folgende Ansprache:

»Meine Freunde, ich bin bankrott. Ich habe hart gekämpft, ich habe alle erdenklichen Opfer gebracht, ich habe getan, was ich konnte – es war vergebens. Die mörderische Steuerwirtschaft unserer erbärmlichen Regierung hat mich zugrunde gerichtet. In diesem Land ist es einfach unmöglich, sich eine Existenz aufzubauen. Meine Firma hat keinen Groschen an Vermögen. Sie hat nichts als Schulden. Das ist die traurige Wahrheit. Jetzt, da ich sie Ihnen eingestanden habe, fühle ich mich besser. Ich danke Ihnen für Ihre Aufmerksamkeit.«

Die Gläubiger starren aus glasigen Augen vor sich hin. Sie wissen, daß sie nichts machen können. Das Geld, um das sie bangen, ist ja nicht im Besitz einer Person, sondern einer mbH, und die hat keines. Was soll man auch von drei Buchstaben anderes erwarten.

Im Auditorium herrscht die lähmende Stille hoffnungsloser Verzweiflung.

»Es besteht jedoch«, so läßt man sich in diese Stille hinein vernehmen, »es besteht, meine Freunde, vielleicht die Chance eines Auswegs. Wenn Sie mich weiterarbeiten lassen, wenn Sie mir eine kleine Atempause gewähren, sagen wir von einem Monat oder von zwei Jahren, dann könnte sich, wer weiß, vielleicht eine Möglichkeit ergeben, daß ich die Schulden meiner Firma auf Heller und Pfennig zurückzahle.«

Im Gemurmel und Geraune, das daraufhin um sich greift, erhebt sich einer der Hauptgläubiger, sagt: »Entschuldigen Sie uns, bitte« und sucht mit einigen anderen das Restaurant an der Ecke auf, wo über die weiteren Schritte beraten wird. Allen ist klar, daß ihnen keine Wahl bleibt. Wenn sie die mbH den offiziellen Bankrott erklären lassen, sehen sie nie wieder etwas vom investierten Geld, nicht den kleinsten Bruchteil. Denn was immer die mbH an Aktivposten besitzt, wird von den amtlichen Stellen zur Kostendeckung der Bankrottprozedur verschluckt, indessen der Bankrotteur, der sein Privatvermögen rechtzeitig in Sicherheit gebracht hat, frei wie ein Vogel auf neue Abenteuer ausgeht. Überdies macht es sich nicht gut, in die Geschäftsbücher einzutragen: »Eine Investition in Höhe von … hat sich in Luft aufgelöst.« Und bei einer Bücherkontrolle gibt niemand gerne die Auskunft: »Nun ja, leider, diese Summe mußten wir abschreiben.« Kurzum – was gibt es hier zu verlieren? Solange die Schuld nicht abgeschrieben ist, besteht noch ein Hoffnungsschimmer.

Infolgedessen lautet die Entschließung der in die Halle zurückgekehrten Gläubiger: »Also gut, machen Sie weiter.«

Da aber kriecht man mit purpurrotem Gesicht unter dem Tisch hervor und brüllt: »Weitermachen? Möchten Sie mir vielleicht sagen: wie?! Sie verlangen von mir, daß ich ohne jedes Betriebskapital die Leitung einer ruinierten Firma übernehmen soll? Lächerlich. Einfach lächerlich.«

Eine sofort veranstaltete Geldsammlung erbringt viertausend Pfund in bar und dreiunddreißigtausendsechshundert Pfund in Wechseln.

Die Zeit der Verwöhnung

Es ist das Schicksal des hebräischen Gläubigers, seinem Geld bis zum letzten Atemzug nachzujagen. Dem neuen Leiter der mbH werden also neue Kredite gewährt, mit der Auflage, daß er unter keinen Umständen Bankrott anmeldet und seinen Pflichten gegenüber der mbH nachkommt. Die Gläubiger behandeln ihn wie ein rohes Ei und verwöhnen ihn in jeder Hinsicht. Es ist kaum zu fassen, was man aus einem israelischen Gläubiger herausholen kann, wenn er mit dem Rücken zur Wand steht. Verläßlichen Berichten zufolge soll Menasche Sulzbaum, der König der Bankrotteure, eine Versammlung seiner Gläubiger dazu gebracht haben, im Chor für ihn zu beten, ehe er sich gnädig zur Fortsetzung seiner Tätigkeit als Firmenmanager bereit erklärte. »Lieber Gott«, betete die Versammlung, »bitte mach, daß Menasche Sulzbaum gesund bleibt. Amen.«

Ängstliche Gemüter lassen den jeweiligen Schuldner regelmäßig und auf ihre Kosten ärztlich untersuchen, achten darauf, daß er ein geregeltes Geschlechtsleben führt, versorgen ihn mit Taschengeld, Theaterabonnements und Massagen – nur damit er bei guter Laune und in guter Verfassung bleibt. In einigen Fällen hat der Hauptgläubiger, damit nichts schiefgeht, seine Tochter mit dem Bankrotteur verheiratet oder hat ihn als Universalerben eingesetzt.

Kein Zweifel, der Bankrott ist der sicherste Weg zum Erfolg, zur Beliebtheit, zur bequemsten Form von dolce vita. Natürlich muß man die Gläubiger bei der Stange halten und beim geringsten Nachlassen ihrer Disziplin scharf einschreiten:

»Wenn ich's recht bedenke, brauche ich das alles nicht. Ich mache Bankrott und habe meine heilige Ruhe!«

Das bewirkt eine sofortige Steigerung der Obsorge und Ehrerbietung, denn der Bankrotteur ist in der stärkeren Position.

Die Gefahr

Manchmal jedoch kann es geschehen, daß der Bankrotteur die Kontrolle über sein Lebenswerk verliert und unter dem Einfluß von Alkohol oder in einem Anfall von Geistesgestörtheit die Schulden seiner Firma abzudecken beginnt. Solange diese Zahlungen einen Betrag von zweihundert Pfund im Jahr nicht überschreiten, schadet das nichts; im Gegenteil, es erhöht die Spannung. Erst wenn die Sinnesverwirrung des Bankrotteurs so weit geht, daß er die ganze Schuldsumme bezahlt, ist er verloren. Der Zorn eines Gläubigers, dem sein Geld zurückerstattet wird, kennt keine Grenzen. Er ist um seinen Lebensinhalt gebracht, und es soll schon vorgekommen sein, daß der redliche Zahler zum Dank verprügelt wurde. Im übrigen fällt er dem Schicksal jedes ehrlichen Menschen anheim: er wird verhöhnt, betrogen und mißbraucht.

Es möge deshalb jeder halbwegs Vernünftige dafür sorgen, bis ans Ende seiner Tage unter einer möglichst hohen Schuldenlast zu stehen. Dann, und nur dann, ist ihm ein sorgenfreies Leben sicher.

Die große Frage

Nun mag mancher Leser zu der Frage versucht sein: Wenn das alles so leicht ist – warum machen dann nicht alle Menschen Bankrott?

Die Antwort lautet: Sie machen.

Wie in allen Ländern mit sprunghafter Wirtschaftsentwicklung brechen auch in Israel Banken aller Größenordnungen zusammen. Manchmal kommt das Finanzministerium auf dem Weg über die Nationalbank einem in Schwierigkeiten geratenen Privatunternehmen zu Hilfe, teils um eine Kettenreaktion auf dem Geldmarkt hintanzuhalten und die wütende Öffentlichkeit zu beruhigen, teils um andere Banken zum Zusammenbruch zu ermutigen. Stucks, unser pfiffiger Installateur, hat diesen Mechanismus durchschaut und entsprechende Konsequenzen daraus gezogen.

Erhöhter Einsatz

»Hallo. Kann ich Herrn Horowitz sprechen?«

»Am Apparat.«

»Ist das Herr Horowitz, der Gouverneur der Israelischen Nationalbank?« – »Ja.« – »Hier ist Stucks.« – »Wer?« – »Der Installateur Stucks. Herr Horowitz, ich bin in Schwierigkeiten.« – »Wie bitte?« – »Die Wirtschaftskrise bringt mich um, Herr Horowitz. Ich war immer ein ehrlicher Mann, fragen Sie die Leute, für die ich arbeite. Stucks ist ein Symbol der Zuverlässigkeit. Stucks ist ein Felsen. Aber seit diese Rezession begonnen hat, bin ich so nervös wegen der allgemeinen

Lage, daß ich den Einsatz erhöht habe.« – »Welchen Einsatz?« – »Den von Wechsler. Wir spielen beinahe jeden Abend Poker, müssen Sie wissen. Gestern waren vierhundert Pfund in der Bank, ich hatte drei Könige und dachte mir: ›Im Land herrschen Arbeitslosigkeit und Inflation, also warum sollte ich nicht den vierten König kaufen?‹ Im selben Augenblick sagt Wechsler: ›Diese vierhundert und noch sechshundert!‹ Was bleibt mir übrig, als die Anzahlung von Steiner & Co. zu nehmen, zweitausend Pfund für die Leitungsrohre, schließlich habe ich drei Könige in der Hand –«

»Warum erzählen Sie mir das alles, Herr Stucks?«

»Es ist eine Sache des öffentlichen Interesses, Herr Horowitz, Sie werden gleich sehen. Ich setze also die zweitausend Pfund, kaufe zwei Karten, der vierte König kommt nicht – und Wechsler hat drei Asse. Das ganze Geld ist weg. Ich sage Ihnen, Herr Horowitz, die Regierung schafft eine Atmosphäre von solcher Unsicherheit, daß man nicht mehr klar denken kann.«

»Zweitausend Pfund sind kein horrender Betrag.«

»Ja, wenn es nur die zweitausend Pfund wären! Aber ich ziehe auch in anderen Partien die Zahlungen meiner Geschäftspartner heran. Bis jetzt sind es im ganzen zwölftausend Pfund.«

»Und was sagen die Geschäftspartner dazu?«

»Sie wissen noch nichts davon. Deshalb rufe ich Sie ja an, Herr Horowitz. Es ist noch nicht zu spät.«

»Was stellen Sie sich vor?«

»Zuerst einmal müssen wir warten, bis Ruhe eintritt. Wenn der Gouverneur der Bank von Israel keinen Skandal haben will, dann wird es keinen Skandal geben. Alles hängt von einer ruhigen Entwicklung ab. Man kennt mich weit und breit als einen ehrlichen Menschen, Herr Horowitz. Sollte es sich herumsprechen, daß ich Geld veruntreut habe, werden alle

Leute sagen: Um Himmels willen, wenn sogar Stucks so etwas tut, dann sind wir am Ende. Die öffentliche Moral steht auf dem Spiel, Herr Horowitz! Sie müssen sich Ihrer Verantwortung gewachsen zeigen.«

»Bin ich für Ihr Hasardieren verantwortlich?«

»Aber ich hatte drei Könige.«

»Tut mir leid, lieber Freund. Sie müssen sich selbst aus diesem Schlamassel herausarbeiten.«

»Daran habe ich schon gedacht, Herr Horowitz. Es geht nicht. Mein Laden ist nur auf sechstausend Pfund versichert. Das ist zuwenig. Aber wenn Sie meinen Geschäftspartnern sagen, daß Sie persönlich für alles haften, wäre das Problem gelöst. Andernfalls käme es zu einem fürchterlichen Skandal mit gerichtlichen Klagen und Zeitungsartikeln und öffentlichem Gestank. Haben Sie Steiner schon einmal wütend gesehen? Sein Gesicht wird knallrot, die Adern auf seiner Stirn treten hervor – es ist ein furchtbarer Anblick.«

»Das hätten Sie vorher bedenken sollen.«

»Ich habe Sie nicht um Ratschläge gebeten, Horowitz, sondern um Hilfe. Wenn Sie darauf bestehen, lasse ich meinen Laden auf Sie oder Ihre Frau überschreiben. Aber geben Sie mir fünfzehntausend Pfund als Überbrückungshilfe!«

»Vorhin sprachen Sie doch von zwölftausend?«

»Am Sonntag spielen wir wieder.«

»Sie sind unverschämt!«

»Was bin ich? In einer Klemme bin ich, das ist alles. So etwas kann ja schließlich passieren. Und dann steht man als steuerzahlender Bürger da, und die Regierung hilft einem nicht. Wollen Sie eine Panik unter der Bevölkerung hervorrufen? Überlegen Sie sich doch, mein lieber Herr Horowitz, was geschehen wird, wenn zehn oder zwölf erbitterte Auftraggeber über mich herfallen und ihr Geld zurückverlangen. Geschrei, Lärm, ein Auflauf, ein Überfallkommando, Polizei, Journalisten, Rundfunk und Fernsehen – das hat uns in unserer angespannten politischen Lage noch gefehlt. Und das wollen Sie, Herr Horowitz, provozieren!«

»Aber –«

»Soll ich vielleicht zum Islam übertreten?«

»Nein, natürlich nicht.«

»Dann schicken Sie mir morgen das Geld. Mit dem ersten Panzerwagen, den Sie finden. Gleich in der Früh. Womöglich in Fünfzigpfundnoten.«

»Und wie wollen Sie es zurückzahlen?«

»Zurückzahlen? Ich hab' geglaubt, es ist eine Subvention.«

»Es ist ein Darlehen, das Sie zurückzahlen müssen.«

»Dann werde ich es in Gottes Namen am Montag zurückzahlen. Dann werde ich eben am Sonntag den Einsatz nicht erhöhen. Oder nur, wenn ich vier Könige habe.«

»Das ist keine Lösung, Herr Stucks.«

»Also gut. Vier Asse.«

Zu unseren volkswirtschaftlichen Betrachtungen gehört unbedingt noch ein Wort über die »white-collar«-Diebe, die vornehmsten aller Bakschischnehmer, die lebenden Beispiele dafür, wie man im Leben Erfolg hat, ohne erwischt zu werden. Ich muß gestehen, daß auch ich dieser exklusiven Genossenschaft sehr gerne angehören würde, aber leider scheint niemand gewillt zu sein, einen Humoristen zu bestechen.
Im folgenden treten zwei Edelprodukte der Gattung in Aktion, in eine Art Mini-Lockheed-Aktion.

Kein Prinzip ohne Grundsatz

»Hier, Herr Direktor. Nehmen Sie Platz.«

»Danke. Ober! Zweimal Tee mit Rum.«

»Und jetzt können wir ungestört sprechen.«

»Jawohl.«

»Schönes Wetter heute, nicht wahr?«

»Sehr schön. Nur der Regen stört ein wenig.«

»Das kann man wohl sagen.«

»Und was gibt es sonst Neues?«

»Nichts. Wir beginnen demnächst mit dem Bau des Ding-Dong-Zentrums, dessen Leitung in meinen Händen liegt.«

»Was für ein Zufall. Wissen Sie, daß ich die Ehre habe, der

Baufirma vorzustehen, die sich um einen Vertrag bewirbt?«

»Wirklich?«

»Ich darf in aller Bescheidenheit sagen, lieber Direktor, daß wir das Ding-Dong-Zentrum für eine Angelegenheit des gesamten Volkes halten. Es ist ein Projekt von nationaler Bedeutung.«

»Ganz meine Meinung.«

»Wurde der Auftrag für den Bau schon vergeben?«

»Noch nicht, Warum die Frage, wenn ich fragen darf?«

»Mir ist soeben eingefallen, was mir ein Mitglied unseres Verwaltungsrats gestern erzählt hat. Einige Firmen, denen die moralische Seite Ihres Vorhabens offenbar nicht bewußt ist, spielen angeblich mit der Idee einer Spende für den Wahlfonds jener Partei, der Sie, Herr Direktor, wenn ich nicht irre, als ein sehr prominentes Mitglied angehören.«

»Nicht nur ich, lieber Freund, auch meine Partei würde jeden derartigen Versuch energisch zurückweisen.«

»Daran habe ich keinen Augenblick gezweifelt. Trotzdem, gewissermaßen aus theoretischem Interesse, bekäme ich gerne einen Begriff von der Höhe des Betrags, den Ihre Partei energisch zurückweisen würde.«

»Unglücklicherweise bin ich nicht in der Lage, Ihnen die gewünschte Auskunft zu erteilen. Die Parteizentrale hat auf ihrer letzten Exekutivsitzung keine konkreten Angaben darüber gemacht, auf welche Weise sich die Vergabe des Bauauftrags mit einer Spende von dreihundertfünfzigtausend Pfund in Verbindung bringen ließe. Es erübrigt sich also, dieser hypothetischen Möglichkeit nachzugehen.«

»Sehr richtig. Um so richtiger, als meine Firma, selbst wenn sie unverantwortlicherweise bereit wäre, sich auf derart fragwürdige Machenschaften einzulassen, auf keinen Fall über einen Betrag von zweihunderttausend Pfund in drei Raten hinausgehen könnte.«

»Ich finde es wenig sinnvoll, wenn zwei vielbeschäftigte Männer ihre Zeit auf abstrakte Diskussionen verschwenden. Immerhin glaube ich mich zu entsinnen, daß meine Partei auf gewisse Anspielungen, in denen sogar höhere Summen als die von Ihnen genannte erwähnt wurden, mit größter Empörung reagiert hat.«

»Sie bestätigen meinen Verdacht, Herr Direktor. Es gibt tatsächlich in unserem Land dubiose Geschäftsunternehmen, die sich um noch höhere Anspielungen bemühen. Aber eine solide Firma wie die unsere kann es sich nicht leisten, solche Empörung hervorzurufen.«

»Jeder von uns beiden, lieber Freund, muß über die Grenzen seiner Prinzipienlosigkeit Bescheid wissen.«

»Natürlich. Deshalb wäre es vielleicht von Nutzen, wenn Sie, verehrter Direktor, prinzipiell feststellen könnten, ob die Empörung Ihrer Partei groß genug ist, um zweihundertfünfzigtausend Pfund zurückzuweisen.«

»Ist das der höchste Betrag, der nicht in Frage kommt?«

»Allerdings.«

»Ich fürchte, daß meine Partei nicht in der Lage sein wird, diesen Vorschlag energisch genug abzulehnen.«

»Lassen Sie mich hinzufügen, daß die eben genannte imaginäre Summe die Zuwendung eines Beitrags an einen von Ihnen namhaft zu machenden Privatfonds nicht ausschließt.«

»Meinen Sie mich?«

»Nein, um Himmels willen!«

»Dann ist es gut. Hören Sie, lieber Freund. Solange unser theoretisches Gespräch sich um Parteifragen gedreht hat, war ich, wenn auch zögernd, bemüht, Ihnen zu folgen. Jetzt aber, da Sie persönlich geworden sind, muß ich Ihnen ein klares, lautes Halt entgegenschleudern. Ich bin keiner von diesen charakterlosen Schwächlingen, die ihre Position dazu ausnützen, eine zweistöckige Villa am Meer für sich herauszuschlagen. Mit Privatstrand.«

»Wo?«

»Etwa in Herzliah, möglichst nicht allzu weit von der Autostraße. Was mich betrifft, so würde ich den bloßen Versuch, mir so einen Vorschlag zu machen, als persönliche Beleidigung übelster Art empfinden.«

»Ich habe von Ihnen nichts anderes erwartet.«

»Dann tun wir wohl am besten, unser amüsantes Spielchen zu beenden. Vergessen wir die ganze Sache.«

»Einverstanden. Wann kommen wir wieder zusammen?«

»Übermorgen. Hier. Um die endgültigen Ablehnungen zu fixieren.«

Seit Bestehen der Schöpfung und seit das dazugehörige Textbuch, die Bibel, zum Bestseller aller Zeiten geworden ist, zerbrechen sich sämtliche Verleger des Erdballs den Kopf darüber, wie man einen Bestseller produziert. Das Rezept wurde in unseren Tagen entdeckt.

Der Aufstieg des Jakob Schreibermann

Nach der Anzahl seiner im Druck vorliegenden Werke zu urteilen, war Jakob Schreibermann ein arrivierter Autor, denn er hatte nicht weniger als dreizehn Bücher veröffentlicht. Leider wurden sie vom hebräischen Lesepublikum nicht zur Kenntnis genommen. Die Möglichkeit, daß der eine oder andere Sonderling eines oder das andere der dreizehn Bücher gelesen hatte, läßt sich zwar nicht gänzlich ausschließen, aber keines von ihnen ist jemals gekauft worden. Sie vergilben allesamt in den Lagerräumen der Verleger.

Jakob Schreibermann litt entsetzlich unter diesem offenbar unabänderlichen Schicksal. Er wanderte von Redaktion zu Redaktion, er wartete und ging wieder weg und kam zurück und wartete aufs neue und kam abermals zurück und fiel auf die Knie und bettelte und flehte und kam nochmals zurück und weinte und wehklagte und kam so oft zurück, bis schließlich alle Zeitungen ein paar lobende Zeilen über sein jeweils jüngstes Werk gebracht hatten. Einmal wurde ihm von einem Literaturredakteur nahegelegt, die kurze Notiz der Einfachheit halber selbst zu schreiben – er, der Autor, wüßte ja über sein Buch besser Bescheid als irgendein Fremder. Jakob wollte den Mann im ersten Impuls ohrfeigen, besann sich jedoch eines Besseren, ging nach Hause und schrieb die vereinbarte Eigenrezension. Natürlich schrieb er sie nicht unter seinem Namen, sondern unter einem Pseudonym: Simon S. Sluchowsky. Sie geriet so enthusiastisch, daß sogar Jakob von Begeisterung übermannt wurde und heiße Dankbarkeit für Sluchowsky empfand – aber das Buch blieb trotzdem liegen.

Ab und zu suchte Jakob die Buchhandlung an der Straßenecke auf.

»Wie geht mein Buch?« fragte er.

»Schlecht«, antwortete der Buchhändler. »Sehr schlecht. Vielleicht zieht's zu den Feiertagen ein wenig an. Aber vorläufig ist nichts los damit. Absolut nichts.«

»Wie ist das möglich?« beharrte Jakob. »Wo doch in allen Zeitungen so gute Besprechungen erschienen sind?«

Daraufhin zuckte der Buchhändler nur noch die Achseln.

Jakob Schreibermann war der Verzweiflung nahe. Er erwog, das Verfassen von Büchern überhaupt aufzugeben und sich der Literaturkritik zuzuwenden. Dann entschloß er sich zu einem letzten produktiven Versuch, schrieb einen Roman über einen demobilisierten Soldaten, der die Kassa eines Kibbuz veruntreut hatte, und gab ihm den Titel »Der Moosmacher«, womit er sowohl den landwirtschaftlichen Hintergrund als auch den Charakter des Helden andeuten wollte. Die Kritik sprach von einem Meilenstein bzw. Höhepunkt bzw. Wahrzeichen der neueren israelischen Literatur, und das Buch wurde nicht gekauft.

Jakobs Nerven begannen zu versagen. Als er eines Tages im Autobus saß und von einem vollbärtigen Fahrgast aufgefordert wurde, seinen Sitzplatz an eine ältere Dame abzutreten, reagierte er äußerst unwirsch. Das fiele ihm gar nicht ein, sagte er, es hätte ja auch niemand seinen Roman »Der Moosmacher« gekauft, und warum sollte er sich den Menschen dafür noch gefällig zeigen. Der Vollbart – der, was Jakob nicht wußte, ein führender israelischer Literaturkritiker und obendrein mit der betreffenden Dame verheiratet war – erwiderte nichts, stieg aus, erwarb ein Exemplar des »Moosmachers« und schrieb eine vernichtende Kritik:

»... Es ist ein erbärmlicher Einfall«, hieß es dort unter anderem, »aus einem israelischen Soldaten, einem der heldenhaften Verteidiger unseres Vaterlands, einen Betrüger zu machen. Davon abgesehen, hat Herr Schreibermann keine Ahnung vom Aufbau eines Romans, wie ihm ja überhaupt die Kenntnis aller akzeptierten Regeln und Gepflogenheiten abgeht. Er gehört offenbar zu jener jungen Generation, die nicht einmal soviel Lebensart besitzt, im Autobus älteren Damen Platz zu machen. Und von solchen Leuten müssen wir uns etwas erzählen lassen!«

Nach der Lektüre dieser Kritik wollte Jakob Schreibermann aus dem Fenster springen. Erst als er auf dem Fensterbrett stand, erkannte er die Zwecklosigkeit seines Vorhabens: er wohnte ebenerdig. Also setzte er sich hin und schrieb einen 26 Seiten langen Entschuldigungsbrief an den bärtigen Kritiker, flehte ihn an, ihm noch eine letzte Chance zu geben, er würde von jetzt an immer im selben Bus mit ihm fahren und der verehrten Gattin des verehrten Literaturpapstes pausenlos seinen Sitz anbieten, nur möge jener um Himmels willen davon ablassen, ihn öffentlich zu zerfleischen.

Auf dem Weg zum Postamt widerfuhr dem von Panik Erfaßten ein Wunder. Der Buchhändler an der Ecke teilte ihm mit, daß er bereits vier Exemplare des »Moosmachers«

verkauft hätte, und das grenzte nach israelischen Begriffen an einen Bestseller.

Jakob wurde von einem wilden Freudentaumel erfaßt und zerriß den Brief.

Noch in derselben Woche fand er sich einem weiteren Angriff ausgesetzt. Ein anderer führender Kritiker, erbost darüber, daß er den »Moosmacher« nicht als erster verrissen hatte, schrieb eine noch bösere Kritik, bezeichnete den Roman als schnödes Machwerk und den Autor als Schandfleck der Nation, warnte vor den demoralisierenden Folgen solcher Bücher und gab abschließend der Hoffnung Ausdruck, daß sich für Jakob Schreibermann in Hinkunft kein Verleger finden würde.

Diesmal dachte Jakob nicht mehr daran, aus dem Fenster zu springen. Hatte ihn doch der Buchhändler an der Ecke informiert, daß der Verkauf des »Moosmachers« um sechs weitere Exemplare angestiegen sei – ein in der Literaturgeschichte Israels einmaliges Ereignis, das eine Wende in der Haltung des lesenden Publikums zu signalisieren schien. Tatsächlich beantwortete der Verleger, dem er zufällig auf der Straße begegnete, Jakobs Gruß mit einem freundlichen: »Hallo, wie geht's?«

Der Trend hielt an.

Wenige Wochen später wurde Jakob Schreibermann, der ebenso bekannte wie umstrittene Autor, zu einem Meeting der Organisation »BEJ«, des »Bundes Enttäuschter Jugend«, als Hauptredner eingeladen und nahm die Gelegenheit wahr, sich gründlich mit seinen Kritikern auseinanderzusetzen. Er stehe hinter jedem Wort seines Romans, sagte er, und niemand, auch kein noch so einflußreicher Möchtegern-Fachmann, könne ihn davon abbringen, »daß ein demobilisierter Soldat unter bestimmten Umständen durchaus fähig wäre, eine Kibbuzkassa zu veruntreuen«.

Diese kühnen Worte riefen in der Öffentlichkeit einen Sturm der Entrüstung hervor, prominente Persönlichkeiten wandten sich in Leserbriefen und Protestversammlungen gegen den Roman, und Jakob bekam den ersten Vorschuß seines Lebens.

In einer stillen Stunde machte er sich daran, sein Werk nochmals zu lesen und stieß auf einige schlüpfrige Stellen, die er rot anzeichnete und mit der Randbemerkung »Pornographie!!« versah. Dann schleuderte er das Exemplar durch ein offenes Fenster in die Wohnung des angesehenen Literaturkritikers Jehuda Misrachi.

Die gewünschten Folgen ließen nicht lange auf sich warten. Im Kulturteil einer allgemein respektierten Wochenzeitschrift erschien aus Jehuda Misrachis Feder ein dreispaltiger Artikel, der wohl das Schärfste darstellte, was bisher gegen den »Moosmacher« geschrieben worden war: »Welch ein Abgrund sittlichen Tiefstandes tut sich hier vor uns auf! Da ist, um nur ein einziges Beispiel zu nennen, von den ›bebenden Brüsten einer jungen Mulattin‹ die Rede, die sich ›wie zwei Hügel aus Schokolade unter ihrer durchsichtigen Bluse wölbten‹, und ähnliches mehr. Mit solchen Mitteln wird auf die niedrigsten Instinkte des Lesers spekuliert. Wer braucht diesen schmierigen Absud einer perversen Phantasie? Es ist ein Skandal, daß so etwas bei uns überhaupt gedruckt wird!« Tags darauf bildeten sich vor den Buchhandlungen Schlangen von Käufern, die »das Buch mit den Schokoladehügeln« verlangten. Die Auflage war in wenigen Stunden vergriffen, auf dem schwarzen Markt wurden Überpreise für die wenigen noch vorhandenen Exemplare gezahlt, und als Schreibermann den Literaturprofessor in einem Interview als »alten impotenten Ziegenbock« bezeichnete, forderte dieser in einem offenen Brief an den Unterrichtsminister das Verbot des Romans, selbstverständlich erfolglos. Es erschien im Gegenteil eine zweite und kurz darauf eine dritte Auflage.

Jakob Schreibermanns Popularität wuchs ebenso wie sein Bankkonto. Er wurde zu einem begehrten Gast auf öffentlichen und privaten Veranstaltungen, zu einem allseits umbuhlten Gesellschaftslöwen und zur Hauptfigur auf der Jahresversammlung des Schriftstellerverbandes, wo er sich durch höhnische Zwischenrufe bemerkbar machte und in einer kurzen Wortmeldung behauptete, daß die israelische Literatur im vergangenen Geschäftsjahr außer dem »Moosmacher« nichts Nennenswertes hervorgebracht hätte. Ein Teil der Presse wandte sich heftig gegen diese Anmaßung, ein anderer Teil schlug sich auf die Seite des Autors und schien recht zu behalten: Schreibermann wurde mit dem begehrten Literaturpreis der Grinbotter-Stiftung ausgezeichnet.

Bald nach der feierlichen Preisverleih brachte ein vielgelesenes Boulevardblatt einen von Simon S. Sluchowsky gezeichneten Artikel, der in der rüdesten Weise über die Preisrichter und den Autor herfiel und von nicht wiederzugebenden Schmähungen nur so strotzte.

Mittlerweile liegt der »Moosmacher« in einer sechsten Auflage vor, und der Kampf der Meinungen wogt immer noch hin und her. Jakob Schreibermann wird, wenn man nicht bald aufhört, ihn zu beschimpfen, über kurz oder lang als der bedeutendste Schriftsteller seiner Generation gelten.

Als ich vorhin Kafka erwähnte, ahnte ich noch nicht, daß er mir wenige Seiten später den Anstoß zu einer Geschichte liefern würde. Ihr Held ist der einzige israelische Bürger, der jemals unsere surrealistische Steuerpolitik unterstützt hat.

Der Denunziant
(sehr frei nach Franz Kafka)

Als der Großindustrielle K. eines Morgens erwachte, fand er sich in ein riesiges Insekt verwandelt.

»Was ist da passiert?« fragte er sich entsetzt. Dann rief er sich die Ereignisse des vorangegangenen Tages, die zweifellos an seiner peinlichen Lage schuld waren, ins Gedächtnis zurück.

Er erinnerte sich genau an die sachliche, unbeteiligte Stimme, mit der ihm sein Buchhalter am Vortag mitgeteilt hatte, daß sein, K.s, Unternehmen – eine florierende Import-Export-Gesellschaft – das laufende Geschäftsjahr mit einem Gewinn von einer halben Million israelischer Pfund, in Ziffern 500 000 Pfund, abgeschlossen hatte. Das bedeutete nach den geltenden Steuergesetzen, daß die Firma bzw. Herr K., nach Bezahlung der Körperschaftssteuer, der Investitionsanleihe, der Krankenversicherung, der Pensionsversicherung und einer Reihe anderer Abgaben dem Staat eine

Gesamtsumme von 106,3% des erwirtschafteten Profits schuldete, in Ziffern 531 500 Pfund, ein ansehnlicher Betrag, über den K. nicht verfügte.

»Das darf nicht wahr sein«, stellte K. in Gedanken fest. Es wollte ihm nicht in den Kopf, daß die Steuer, die er zahlen sollte, die Höhe seiner Einnahmen überstieg.

Mittlerweile hatte er sich wieder in den loyalen, furchtsamen Bürger zurückverwandelt, der er war. Er erhob sich von der Lagerstatt seines alptraumgeschüttelten Schlafs, kleidete sich an und verließ das Haus, um der Angelegenheit nachzugehen.

Sein Weg führte ihn in die Kanzlei einer renommierten Steuerberatungsstelle, die sich in den Geheimnissen des Steuerwesens um so besser auskannte, als sie von zwei ehemaligen Beamten des Finanzministeriums geleitet wurde. Die beiden Herren lauschten ihm mit gelangweilter Miene, denn sie bekamen solche oder ähnliche Geschichten beinahe täglich zu hören.

Als er geendet hatte und sie um Rat fragte, rieten sie ihm, sein Steuerbekenntnis zu fälschen.

»Wenn Sie es halbwegs geschickt anstellen«, sagten sie, »wird Ihnen weder das Finanzamt dahinterkommen, noch riskieren Sie, daß Sie wegen der zehnprozentigen Belohnung, die das Finanzamt für Hinweise auf Steuerhinterziehungen auszahlt, von einem Spitzel denunziert werden.«

»Ich habe Angst«, sagte K. »Gibt es keinen anderen Weg?«

»Doch. Es gibt einen.«

»Nämlich?«

»Zahlen«, sagten die Steuerberater und geleiteten ihn zur Tür.

Der eine von ihnen, ein elegant gekleideter Mann in dunklem Anzug mit diskret gestreifter Krawatte, flog am Nachmittag nach Vaduz, der Hauptstadt des Fürstentums Liechtenstein, um eine größere Finanztransaktion abzuschließen.

Als K. nach Hause kam, fand er eine Vorladung zur Steuerbehörde. Er ging sogleich hin und wurde von einem untergeordneten Beamten empfangen, der seit jeher die Steuerangelegenheiten der Firma K. behandelte.

»Ich habe einige Fragen an Sie zu richten«, begann der Beamte. »Wie ich sehe, schulden Sie uns erheblich mehr, als Sie in diesem Jahr verdient haben. Es würde mich interessieren, aus welchen fragwürdigen Quellen Sie die Differenz begleichen wollen?«

Er heftete einen durchdringenden Blick auf K. und wartete auf Antwort.

K. versuchte den gegen ihn gerichteten Verdacht durch die Angabe zu zerstreuen, daß er genügend Geld erspart hätte, um die zusätzliche Steuer zahlen zu können. Der Beamte runzelte die Brauen: Nach den ihm vorliegenden Geheiminformationen habe K. – wie übrigens auch andere gefinkelte Großverdiener – seine gesamten Ersparnisse in eine freiwillige Staatsanleihe investiert, die einen nicht unbeträchtlichen Zinssatz abwerfen würde, zahlbar am Ende des Jahrhunderts.

In tiefen Gedanken verließ K. das Steueramt. Seine Unterlippe zitterte ein wenig, und er überlegte, ob er sich den entstandenen Komplikationen nicht durch Abreise entziehen sollte.

Dann fiel ihm ein Ausweg ein, ganz plötzlich, ein so naheliegender und simpler Ausweg, daß er sich wundern mußte, wieso er ihm nicht schon früher eingefallen war.

Zu Hause angelangt, nahm K. das für seine Steuererklärung vorgesehene Formular zur Hand und erklärte, daß seine Firma im abgelaufenen Geschäftsjahr keinen Profit zu verzeichnen hatte, nicht ein einziges Pfund. Hierauf kehrte er zum Finanzamt zurück und richtete an den Beamten, während er ihm das Formular übergab, die höfliche Frage: »Bitte, darf ich Sie auf einen Fall von Steuerhinterziehung hinweisen, der zufällig zu meiner Kenntnis gelangt ist?«

»Selbstverständlich«, antwortete der Beamte. »Das ist das mindeste, was ein ehrlicher Bürger tun kann.«

»Und bekomme ich dann auch die ausgesetzte Belohnung?«

»Selbstverständlich«, antwortete abermals der Beamte, dessen Wortschatz nicht übermäßig groß war.

»Gut«, sagte K. »Hiermit informiere ich Sie, daß ich im Steuerbekenntnis meiner Firma einen Jahresgewinn von fünfhunderttausend Pfund verheimlicht habe. Ich bitte um Auszahlung der üblichen Belohnung von zehn Prozent, das sind fünfzigtausend Pfund, steuerfrei.«

Der Beamte tat, was Beamte immer tun, wenn sie mit einem originellen Einfall konfrontiert werden: er glotzte.

Nachdem er ungefähr eine Minute lang geglotzt hatte, verließ er den Raum und begab sich zu seinen Vorgesetzten, um ihren Rat einzuholen.

Höheren Orts machte man sich unverzüglich an das Studium der einschlägigen Verordnungen und Erlässe, konnte jedoch keine einzige Klausel entdecken, die es für ungesetzlich erklärt hätte, daß jemand sich selbst denunziert. Alle Versuche, K. von seiner Forderung abzubringen, blieben erfolglos, und als er drohte, notfalls bis zum Obersten Gerichtshof zu gehen, gab die Steuerbehörde nach. Man wollte den Fall unter keinen Umständen an die Öffentlichkeit gelangen lassen; er könnte, so befürchtete man, Schule machen.

K. erhielt bald darauf einen Scheck des Finanzministeriums auf 50 000 Pfund, liquidierte seine Firma und suchte in Begleitung einer ihm befreundeten Dame einen beliebten Badeort im Süden des Landes auf.

Zu der nun folgenden Geschichte, die den ersten Teil dieses Buches beschließt, wurde ich in der Schlange vor einer Kinokasse angeregt. Ich sah nahe vor mir einen grauhaarigen, schon ein wenig verwitterten alten Herrn, der mir irgendwie bekannt vorkam, ohne daß ich zunächst wußte, woher und wieso. Plötzlich hatte ich's entdeckt und stürzte auf ihn zu. »Mein lieber, alter Lehrer!« rief ich. »Erinnern Sie sich nicht an mich? Vom Gymnasium?« Der Alte entzog sich meiner Umarmung. »Verrückt geworden?« brummte er. »Was heißt hier Lehrer? Wir sind in dieselbe Klasse gegangen. Ich bin dein Mitschüler ...«

Man ist so alt, wie man ist

An einem der letzten Tage – genauer gesagt – am heutigen Morgen – überkam mich der häßliche Gedanke, daß ich vielleicht nicht mehr ganz so jung bin wie früher. Damit will ich nicht sagen, daß mich mein plötzlicher Geburtstag in Panik versetzt hätte. In meinen Augen sind Geburtstage nichts Besonderes. Ich hatte schon welche, und sie haben mich nicht beeindruckt. Was ich verabscheue, ist die übertriebene, die sozusagen unrealistische Anzahl dieser Geburtstage, sind die Zahlen, mit denen sie bezeichnet werden. Was soll das heißen: heute bin ich fünfzig Jahre alt? Ich war noch nie fünfzig, ich war die ganze Zeit jünger. Da steckt irgendwo ein Fehler. Die Leute vom Matrikelamt sollten besser aufpassen. Nach meinem eigenen Dafürhalten, ich meine: nach dem Eindruck, den ich von mir selbst habe, bin ich noch nicht einmal über die Zahl dreißig hinaus. Es könnte sogar sein, daß ich im kommenden November erst 29 werde oder etwas Ähnliches. Was will man von mir?

Ein entscheidendes Argument zu meinen Gunsten ist die hervorragende körperliche Verfassung, in der ich mich befinde. Ich gehe, sitze und stehe wie in meinen besten Jugendtagen, ich habe noch immer meine sämtlichen Augen und Ohren, meine Nase befindet sich auf dem gewohnten Platz. Offenbar handelt es sich bei dem behördlicherseits mir aufgezwungenen Alter um einen Registraturfehler. Die Veränderungen, die sich im Lauf der Jahre bemerkbar gemacht haben, fallen kaum ins Gewicht. Schön, ich renne nicht mehr hinter Taxis einher, sondern rufe nach ihnen, und ich benütze lieber den Aufzug, als weiß Gott wie viele Stockwerke zu ersteigen. Auch läßt sich nicht leugnen, daß meine Hausapotheke immer größer und nach jeder Auslandsreise immer bunter wird. Das liegt an dem in unseren Breiten herrschenden Klima. Ich kann mich noch erinnern, daß ich einmal quer über den Plattensee geschwommen bin, um ein besonders intelligentes Mädchen zu treffen. Gestern, als ich mit meinen Kindern ins Strandbad ging und von ihnen aufgefordert wurde, ins Wasser zu springen, hatte ich keine Lust dazu. Einfach keine Lust. Überhaupt keine ...

Ehrlich gesagt: ich bin verzweifelt. Das letzte Mal erlebte ich eine solche Verzweiflung, als ich neunzehn wurde und wußte: Jetzt werde ich alt.

Mein peinlicher Zustand wird mir bei jeder Gelegenheit vor Augen geführt. Erst vor wenigen Wochen sah ich im Autobus eine jammervoll verwelkte Frauengestalt sitzen, die

Einkaufstasche zwischen den knochigen Knien, das häßliche Gesicht voller Runzeln und Falten. Es war ein richtiger Schock für mich, als ich plötzlich entdecken mußte, daß ich dieser abstoßenden Erscheinung in meiner Jugend den Hof gemacht hatte. Armes Ding, dachte ich bei mir. Das ist alles, was von diesem einstmals so attraktiven Mädchen übriggeblieben ist. Ich hätte sie kaum erkannt ... Und während ich von heißen Wogen des Mitleids überflutet wurde, erhob sich das einstmals so attraktive Mädchen und bot mir ihren Platz an.

Oder meine sechsjährige Tochter Renana. Wir sitzen zu Hause vor dem Bildschirm und sehen den Film »Ben Hur«, in dem es bekanntlich von römischen Soldaten und frühen Anhängern des Christentums nur so wimmelt. »Mammi«, läßt sich Renanas piepsende Stimme vernehmen, »war Papi damals schon dabei?«

Kein Zweifel: ich wirke älter, als ich bin. Selbst wenn man die zwei Jahre abzieht, die ich mit dem Wählen besetzter Telefonnummern verbracht habe, bleibt noch genug übrig. Natürlich hat das nichts Konkretes zu bedeuten, es ist eine Angelegenheit abstrakter Gedankengänge, man denkt und denkt, und plötzlich kann man sich an nichts mehr erinnern. Wenn ich nicht sofort alles aufschreibe, was mir durch den Kopf geht, fällt es in Sekundenschnelle der Vergessenheit anheim und ist für die Nachwelt verloren.

Besonders häufig vergesse ich Gesichter. Gute Freunde, liebe alte Bekannte, ja sogar Familienangehörige begegnen mir auf der Straße, und ich habe keine Ahnung, woher ich sie kenne. Selbstverständlich erwidere ich ihren Gruß mit freundlichem Lächeln und herzlichem Winken, aber das täuscht nur mich, nicht sie.

»Sommer 55«, klärt mich so einer mit beleidigter Miene auf. »Brindisi. Na?«

»Ach ja!« jauchze ich. » Brindisi! Wie geht's denn immer, alter Junge?«

Und ich entferne mich eilends, ohne seine Auskunft abzuwarten. Wer ist er? Und was ist Brindisi?

Nicht einmal meine Feinde behalte ich im Gedächtnis. Damit gerate ich in den Ruf der Toleranz. Das ist das Ende.

Es fällt mir auch immer schwerer, Namen zu behalten. Seit einiger Zeit spreche ich die jungen Damen, mit denen ich zu tun habe, ausnahmslos mit dem gleichen Namen an (»Puppe«), damit keine unangenehmen Verwechslungen entstehen.

Noch größere Schwierigkeiten bereitet mir der Konsum von Literatur. Seit bald einem Jahr lese ich Solschenizyns Erzählung »Ein Tag im Leben des Iwan Denissowitsch« und komme über die ersten fünf Seiten nicht hinaus. Auf Seite fünf nämlich heißt es: »›Galubtschik‹, sagte Wladimir Pruschtschenko und wandte sich zu Parslejewitsch Tschuptschik um, der am Gartenzaun mit Pjotr Nikolajewitsch Kusnjezewisky plauderte.« An dieser Stelle bleibe ich unweigerlich stecken, die Namen verschwimmen vor meinen Augen, ich kann die handelnden Personen nicht mehr voneinander unterscheiden und fange das Buch wieder von vorne zu lesen an.

Andererseits gibt es auch Dinge, die mit ehernen Lettern in mein Gedächtnis geprägt sind. Zum Beispiel die Aufstellung der ungarischen Fußball-Nationalmannschaft aus dem Jahre 1930. Man kann mich mitten in der Nacht aufwecken, und ich leiere sie fehlerlos herunter: Kohut, Toldi, Dr. Sarosi und natürlich Turay II, der damals den österreichischen Mittelstürmer Sindelar vollkommen kaltgestellt hat ...

Aber sonst herrscht in meinem Gedächtnis dichter Nebel. Obwohl man mir das, wie ich schon angedeutet habe, nicht ansieht. Niemand würde mich für älter als 47 halten, oder höchstens 48½. Vielleicht rührt das auch daher, daß ich Tennisschuhe trage.

Erst gestern begegnete ich den ungebetenen Trostversuchen einer jugendlichen Zeitgenossin mit den Worten: »Mein liebes Fräulein, ich bin lieber 25 und sehe wie 52 aus als umgekehrt.«

Dagegen läßt sich schwer etwas sagen, und die junge Dame sah auch dementsprechend dümmlich drein.

Die Leute scheinen es darauf angelegt zu haben, mir auf die Nerven zu gehen. Zum Beispiel kommt irgendein Idiot auf mich zu und erklärt mir, daß man so alt ist, wie man sich fühlt. Ein gefährlicher Blödsinn. Das Alter ergibt sich aus der Summe der Lebensjahre. Da braucht man gar nichts zu fühlen. Man braucht nur den Reisepaß zu öffnen und das Geburtsdatum nachzuschauen. Und wenn man seinem Paßfoto zu ähneln beginnt, ist es Zeit, dem Leben ade zu sagen.

Allerdings kommen mit dem Alter auch die Segnungen der Weisheit und der heiteren Entsagung. Ich bin ein solcher Fall. Ich beneide niemanden mehr um irgend etwas, ich nicht. Das einzige, was mich noch erbittern kann, ist ein Mann in meinen Jahren, der jünger aussieht als ich. Ich denke da an einen ganz bestimmten Versicherungsagenten, der mir um mindestens zwei Monate voraus ist und trotzdem, im Gegensatz zu meinem silbrigen Schopf, kein weißes Haar aufzuweisen hat.

»Wie kommt es«, fragte ich ihn, »daß Sie immer noch über Ihr jugendliches Schwarzhaar verfügen?«

»Eine Sache der Disziplin«, antwortete er mit hämischem Grinsen. »Wenn man einmal über vierzig ist, muß man etwas unternehmen. Sehen Sie mich an. Ich stehe jeden Morgen um sechs Uhr auf, jawohl um sechs, nehme eine eiskalte Dusche, reibe meinen Körper mit einer harten Drahtbürste ab, mache am Strand einen Dauerlauf von mindestens drei

Kilometern, jawohl täglich, gehe jeden zweiten Tag in die Sauna, nähre mich hauptsächlich von Früchten und Joghurt, spiele Tennis, reite, lese den ›Playboy‹, nehme teil am pulsierenden Leben, und außerdem ...«

»Was?« fragte ich atemlos.

»Außerdem lasse ich mir die Haare färben.«

Ein Vorwort in der Mitte

Immer häufiger werde ich gefragt, wie ich es fertigbringe, in einer für Israel so schweren Zeit heitere Geschichten zu schreiben; warum ich mich mit den Trivialitäten des täglichen Lebens beschäftige, wenn das Leben meines Volkes auf dem Spiel steht, und ob ich es nicht angebracht fände, mich um ernstere Dinge zu kümmern.

Ich antworte mit einem vorbehaltlosen Ja, obgleich ich sehr wohl Vorbehalte machen könnte (zum Beispiel: daß die sogenannte leichte Muse gerade in schweren Zeiten eine wichtige Aufgabe zu erfüllen hat). Ich antworte mit ja, weil ich jenen ernsten Dingen tatsächlich die Aufmerksamkeit zuwende, die man mit Recht von mir fordert. Schon seit langem habe ich meine eigene Widerstandsbewegung organisiert und kämpfe gegen die Gleichgültigkeit der westlichen Welt, gegen ihre zynische Bereitschaft, für einen Wochenend-Ausflug im vollgetankten Auto ein kleines tapferes Volk zu vergessen, das die einzige Bastion der Freiheit und der Demokratie im Nahen Osten aufgebaut hat und sich seit Jahr und Tag gegen eine erdrückende Übermacht wehren muß. Auch gegen die Fehler und Nachlässigkeiten im eigenen Lager kämpfe ich. Überhaupt herrscht in meinen Artikeln kein Mangel an ernsten Themen. Und da mein Lesepublikum im deutschen Sprachraum die Artikel nie zu Gesicht bekommt, lasse ich eine kleine Auswahl von ihnen folgen. Manche wurden schon vor Jahren veröffentlicht. Aber an ihren Voraussetzungen, an der lebensgefährlichen Bedrohung, der mein Land ausgesetzt ist, hat sich nichts geändert.

Die Leser, die mich nur als Spaßmacher kennen, werden es mir hoffentlich nicht übelnehmen, wenn ich bei einigen der folgenden Geschichten auf jede heitere Einkleidung verzichte. Selbst der routinierteste Humorist sieht sich manchmal außerstande, komische Grimassen zu schneiden, wenn er lieber weinen möchte.

Im übrigen könnte ich mir denken, daß meine Leser an den lustigen Geschichten, die sie von mir gewohnt sind, sogar größeren Gefallen finden werden, wenn sie etwas über den nicht ganz so lustigen Hintergrund erfahren. Jedenfalls bitte ich sie um Entschuldigung für die Unruhe, die ich ihnen verursache, wenn sie weiterlesen werden.

E. K.

Tel Aviv, im Juni 1976

Das Kainszeichen

Zur Zeit, da die einschlägigen internationalen Körperschaften ihre Nachforschungen über den unnatürlichen Tod Abels wiederaufnahmen, weilte Kain, der Bruder des Dahingeschiedenen, im Lande Nod und bestellte seinen Acker. Er tat das ohne besonderen Erfolg – hatte er doch, ehe er seßhaft wurde, ein Vagabundenleben geführt und sich nie mit Landwirtschaft beschäftigt. Außerdem litt er darunter, daß die damalige Weltbevölkerung – ihre Gesamtzahl belief sich ursprünglich auf vier Personen – den Umgang mit ihm mied. Das lag an den hartnäckigen Gerüchten, die ihm eine mehr als zwielichtige Rolle in der oben erwähnten Affäre zuschrieben. Es galt als sicher, daß Kain zu einem unsteten und flüchtigen Erdendasein verurteilt worden war, obwohl andererseits feststand, daß die Verurteilung sich lediglich auf Indizienbeweise stützte. Höheren Orts war man sich über diesen juristischen Defekt durchaus im klaren, weshalb man ja auch von einem Todesurteil abgesehen hatte.

So lagen die Dinge, als auf einem der östlich von Eden gelegenen Äcker Kains eines Tages aus einem Erdloch eine gelbe, stark riechende Flüssigkeit emporschoß, die, wie sich alsbald zeigte, hervorragend geeignet war, Feuer zu unterhalten und im Winter die kalten Wohnhöhlen zu heizen.

Die neuen Untersuchungen des Falles Kain, die daraufhin von einigen blockfreien Nationen in die Wege geleitet wurden, konnten die Schwächen des gegen Kain ergangenen Urteils überzeugend bloßlegen. Kain war ja nicht etwa auf frischer Tat ertappt worden, sondern nur deshalb in den Verdacht der Täterschaft geraten, weil sich auf der ganzen bewohnten Welt niemand anderer finden ließ. Diesen Umstand, der übrigens einen traurigen Beweis für die unzureichenden Sicherheitsvorkehrungen der Behörden darstellte, hatte Kain bereits im Prozeß hervorgehoben. Auch die Frage des Tatmotivs entzog sich nach wie vor einer zufriedenstellenden Aufklärung, um so mehr, als der Verdacht gegen Kain in einer bis dahin glücklich dahinlebenden Familie entstanden war. Sogar die Staatsanwaltschaft mußte zugeben, daß Kains Eltern eine vorbildlich harmonische Ehe geführt hatten, was sich jederzeit auf Herz und Rippe nachprüfen ließ. Ein weiterer Schlechtpunkt für die Anklage ergab sich daraus, daß der Kronzeuge Adam, der mittlerweile im bemerkenswerten Alter von 782 Lenzen stand, sich an nichts mehr erinnern konnte, außer an seine Eheschließung mit der Schlange.

Obwohl die Dinge sich für ihn recht günstig anließen, brach Kain plötzlich zusammen und legte ein Geständnis ab. Gott, so gab er an, hätte Abels Opfer akzeptiert und seines verschmäht. Darin erblickte er einen flagranten Fall von Diskriminierung und die eigentliche Ursache, warum ein Viertel der Menschheit vernichtet wurde.

Jetzt griffen die Großmächte, die stärkstes Interesse an jener hochwertigen gelben Flüssigkeit hatten, in das Verfahren ein. Sie ließen durch einige mit ihnen verbündete Staaten die Frage aufwerfen, ob Kains Geständnis nicht vielleicht unter unzulässigem Druck erfolgt wäre und ob der Schauplatz des angeblichen Totschlags sich nicht auf einem zu Kains Besitz gehörigen Territorium ereignet hätte, das von Abel widerrechtlich in Anspruch genommen worden sei. Der

Vertreter Pakistans gab sogar zu bedenken, daß die Schafherde Abels ohne vorherige Warnung in das Kainsche Hoheitsgebiet eingedrungen sein könnte. Daraufhin habe Kain seine Selbstbeherrschung verloren, und als er sich bückte, um sie wiederzufinden, sei er von Abel attackiert worden. Es spräche somit alles dafür, daß Kain in berechtigter Notwehr gehandelt hätte.

Im Hinblick auf diese Erkenntnisse übergaben 29 blockfreie Staaten dem UNO-Generalsekretär Waldheim eine Petition, in der sie verlangten, daß die ganze Angelegenheit neu aufgerollt werden müßte. Sie wurden von den Ländern des NATO-Paktes unterstützt, deren Entschließungsantrag ein wenig besser ausgewogen war und die Schuld an dem bedauerlichen Vorfall gleichmäßig auf beide Brüder verteilte. Der sowjetische Delegierte jedoch stellte fest, daß es zu diesem Vorfall niemals gekommen wäre, wenn Abel keine Besitzansprüche auf ein ihm nicht gehöriges Gebiet erhoben hätte.

In liberalen und intellektuellen Kreisen begann dieser Standpunkt immer größeren Anklang zu finden. Unter dem Schlagwort »Gerechtigkeit für Kain!« setzten Protestaktionen ein, fortschrittliche deutsche Zeitschriften veröffentlichten tiefschürfende Analysen über die latenten Aggressionstendenzen Abels, schwedische Studenten demonstrierten für Kains Rehabilitierung und beriefen sich auf einen Leitartikel der »Prawda«, der sich für »die legitimen Rechte Kains« eingesetzt hatte. Die Volksrepublik China rügte die reformistisch verwaschene Haltung der Sowjetunion und bezeichnete Abel als den eindeutig Schuldigen, Oberst Gadaffi nannte ihn einen »dreckigen Mörder«, und einer der geistigen Führer der dritten Welt, Feldmarschall Dr. h. c. Idi Amin Dada, forderte in einem sechstausendachthundert Worte langen Telegramm die Völker Afrikas auf, zum Zeichen der endgültigen Überwindung des Kolonialismus die Leiche Abels auszugraben und ins Meer zu werfen.

Nach längeren Debatten beschloß die Vollversammlung der UNO mit einer Mehrheit von 29 Stimmen bei 132 Enthaltungen, die gerechten Bemühungen Kains um Wiedergutmachung eines historischen Irrtums zu unterstützen, und lud ihn als Beobachter zur nächsten Sitzung des Sicherheitsrates ein.

Wenige Wochen, nachdem man entdeckt hatte, daß die im Lande Nod gefundene Flüssigkeit sich auch für Beleuchtungszwecke eignete, trat die Vollversammlung unter dem Vorsitz Algeriens neuerlich zusammen. Gegenstand der Beratungen war ein Antrag auf Änderung der Resolution Nr. 369, deren entscheidende Stelle nunmehr lauten sollte: »Und Abel erhob sich wider seinen Bruder Kain und wurde von ihm in Notwehr erschlagen.« Die Gegenstimmen – insgesamt zwei – kamen von Israel, das am Urtext festhalten wollte, und von Ecuador infolge eines technischen Versehens. Hinter den Kulissen gelang es den Vereinigten Staaten, eine gemäßigte Textfassung durchzusetzen, in der einerseits »eine aktive, in vorbereitender Funktion erfolgte Beteiligung Abels an seiner Ermordung« festgestellt und andererseits unter ausdrücklichem Hinweis auf Kain »jede Anwendung von Gewalt« schärfstens verurteilt wurde. Dieser Kompromißvorschlag fand einstimmige Billigung.

Kains Auftritt vor den Vereinten Nationen gestaltete sich zu einem noch nicht dagewesenen Triumph. Von Beifall umtost, betrat der unerschrockene Kämpfer für Recht und Gerechtigkeit das Rednerpult, in der einen Hand die Keule, mit der er sich gegen seinen Bruder gewehrt hatte, in der anderen Hand eine Lampe mit der begehrten gelben Flüssigkeit; er richtete einen flammenden Appell an die Gemeinschaft der Völker, fortan in brüderlicher Liebe zusammenzuleben und das Wort »Gewalt« aus ihren Wörterbüchern zu streichen.

Der Sicherheitsrat beschloß die Einsetzung eines »Unterausschusses zur Bereinigung historischer Fehlentscheidungen« und wählte Kain zum Vorsitzenden.

Auch die UNESCO ließ sich nicht lumpen und schuf einen alljährlich zu verteilenden Preis »für den erfolgreichsten Beitrag zur Förderung des Weltfriedens«. Der Preis hatte die Form einer in Gold gehaltenen Plakette, die von zwei quer ausgehöhlten Linien durchlaufen war, und hieß zu Ehren seines ersten Empfängers »Das Kainszeichen«.

Welcher weltbekannte Staatsmann sollte als erster mit dem Großen Goldenen Kainszeichen dekoriert werden? Doch wohl der Schöpfer des gerechten und dauerhaften Friedens zwischen Nord- und Südvietnam, der Nobelpreisträger Prof. Dr. Henry Kissinger! Wir hier in Israel sind allerdings in einen heftigen Meinungskampf über die Meriten seiner Nahost-Diplomatie verstrickt. Manche halten ihn für den Totengräber des jüdischen Staates, andere glauben, daß es nur so aussieht. Ich für meine Person betrachte Dr. K. als einen hervorragenden Taktiker, der sich im Nebel seiner eigenen Theorien verirrt hat, hungrig geworden ist und verzweifelt die Entspannungssuppe löffelt, die er sich selbst eingebrockt hat. In dieser Suppe hat er uns die Rolle der Fliege zugewiesen.

Das Geheimnis des Henry K.

Tragisch, zutiefst tragisch ist das Schicksal eines Mannes, der ganz allein, mit der Bürde seines Geheimnisses beladen, durchs Leben gehen muß. Man könnte ihn mit dem Helden einer griechischen Tragödie vergleichen, oder mit dem Außenminister eines großen Landes, mit Henry, der im Grunde seines Herzens nichts sehnlicher wünscht, als daß

Israel blühe und gedeihe – aber das darf er niemandem sagen, sonst hält man ihn für voreingenommen.

Ehe er in sein Amt eingeschworen wurde, ließ er sich's angelegen sein, alle diesbezüglichen Zweifel zu beheben. Er sagte es dem Senatskomitee, das ihn in Washington der üblichen Prüfung unterzog, ganz ausdrücklich: »Meine Vergangenheit als Flüchtling«, sagte er, »wird meine Politik in keiner Weise beeinflussen.«

Wie man weiß, hatten ihn die Nazis wegen seiner Abstammung von Flüchtlingen schon als Kind verfolgt – er wurde ja, wie man weiß, in der Stadt Fürth in Deutschland als Sohn einer gläubigen Flüchtlingsfamilie geboren. Schon deshalb fühlte er sich verpflichtet, das arabische Mißtrauen, dem er infolge seiner dunklen Vergangenheit ausgesetzt war, gründlich zu zerstreuen. Andererseits gab er am Beginn seiner Tätigkeit die feierliche Erklärung ab: »Wenn ich jemals einen Schritt unternehmen müßte, der für Israel schädlich wäre, würde ich sofort von meinem Amt zurücktreten.« Aus dieser Zwickmühle ergibt sich die Schwierigkeit seines Problems: Wie soll er die Araber überzeugen, daß er uns auf Grund seiner schweren Kindheit nicht etwa bevorzugt behandeln würde? Wie soll er seine wahren Gefühle verbergen?

Seine Chance kam im Jom-Kippur-Krieg, als er durch einen geschickten diplomatischen Schachzug die ägyptische Armee vor der Vernichtung bewahrte. Der unschuldige Sadat ging ihm wie ein kleines Kind in die Falle, erkor »dear Henry« zu seinem Freund auf Lebensdauer und umarmte ihn vor jeder sich bietenden Kamera.

Anders die Israelis. Sie nahmen von Henrys Täuschungsmanöver nichts weiter zur Kenntnis, als daß der hoffnungslos eingekesselte Feind mit Nahrungsmitteln und Munition versorgt wurde, und das paßte ihnen nicht. So sind sie, diese Israelis. Störrisch und streitsüchtig. Und Kissinger konnte ihnen natürlich nicht sagen: »Meine Brüder, das alles tue ich ja nur in eurem Interesse!« Nein, seine Lippen waren versiegelt. Außerdem steigerte der israelische Ärger sein Ansehen in den ölproduzierenden Ländern. Also zog er es vor, still vor sich hin zu leiden. Tief innen war er für Israel. Außen – seinem Amt als Außenminister entsprechend – brachte er es so weit, daß König Feisal ihn zärtlich »mein Juwel« nannte und halblaut bemerkte: »Er ist zwar ein Flüchtling, aber ein anständiger Mensch.« Angeblich war der König sogar zur »Bar Mizwah«-Feier von Kissinger jun. eingeladen, aber er mußte krankheitshalber absagen und schickte als Geschenk eine in arabisches Ziegenleder gebundene Ausgabe der »Protokolle der Weisen von Zion«.

Man darf nicht vergessen, wie schwer es für einen Menschen ist, ständig hinter einer Maske zu leben und sein Geheimnis für sich behalten zu müssen. Nur die intimsten Freunde Kissingers wissen, was in ihm vorgeht, und er hat keine intimen Freunde. Er ist durch und durch einsam. Stumm und verbissen wacht er über die Interessen Israels, ein guter Engel in der Verkleidung eines gereizten Professors. Und wir, blinde Neffen, die wir sind, beurteilen ihn nach den Ergebnissen seiner Diplomatie, statt uns auf seine verborgenen Motive zu verlassen.

Als er erkennen mußte, daß er mit seiner Politik nicht weiterkam, spaltete er sich in ein Dutzend Unterbeamter des amerikanischen Außenministeriums. Sie sangen im Chor das Lob des friedlichen Sadat und die Schande des kriegslüsternen Rabin. Auf uns wirkte das manchmal fast schon so, als könnte es für Israel von Schaden sein. Aber dann erinnerten wir uns an Henrys Erklärung, daß er in einem solchen Fall sofort zurücktreten würde, und da er nicht zurücktrat, konnte Israel auch keinen Schaden erleiden.

Inzwischen haben sich seine düsteren Prophezeiungen

bewahrheitet: Amerikas Unterstützung für Israel ist auf einen Tiefpunkt abgesunken, wie es ihn in der Geschichte unserer wechselseitigen Freundschaft noch nie gegeben hat. Als 24 Senatoren ihre Unterschrift unter eine pro-israelische Resolution verweigerten, stellte sich Henry auf ihre Seite und gegen die 76 anderen Senatoren, die das Dokument unterschrieben hatten. »Ich bin«, sagte er, »in erster Linie und vor allem Außenminister der Vereinigten Staaten!« Wahrlich, so spricht ein aufrechter Mann. Niemand kann ihm Mangel an Mut oder seine Abstammung von Flüchtlingen vorwerfen.

Und so führt er sein qualvolles Doppelleben weiter. Sein Herz blutet für uns, wir bluten für seine Politik. Dabei wird seine Lage noch dadurch erschwert, daß er außer den Arabern auch seinen Präsidenten Ford über seine wahre Haltung hinters Licht führen und sich als der grimmige Außenminister gebärden muß, der streng darauf achtet, Israel in seinem übermütigen Selbsterhaltungstrieb zu bremsen. Hier ein kleines Embargo, dort eine Zurechtweisung durch den amerikanischen Botschafter – es klappt wie geschmiert. Wie mit Öl geschmiert.

Er wird sein Geheimnis bis zum Ende für sich behalten, bis zum Rückzug Israels hinter die Grenzen von 1967, bis zur Unterzeichnung sinnloser internationaler Garantien, bis zum letzten arabischen Generalangriff – wie gesagt: bis zum Ende.

Dann aber, inmitten der Ruinen des einstmals blühenden Judenstaates, wird er, das Flüchtlingskind aus Fürth, endlich Farbe bekennen und gramgebeugt ausrufen: »Ich habe euch geliebt!« Und wir werden die beruhigende Gewißheit mit ins Grab nehmen, daß er nur äußerlich an diesem Grab mitgeschaufelt hat.

Unser Land ist so klein, daß sein Name auf den meisten Landkarten infolge Platzmangels nur in abgekürzter Form aufscheint: »Isr.« Erst als wir den Suezkanal erreicht hatten, konnten wir uns endlich voll ausschreiben: »Israel«. Dann hat uns Kissinger das »l« wegverhandelt. Und jetzt drängen uns die Vereinten Nationen, auch alle übrigen Buchstaben aufzugeben.

Seit das Palästinenserproblem in Mode gekommen ist, steht die Verurteilung Israels als fester Programmpunkt auf der Schlußsitzung jeder internationalen, nationalen, regionalen oder sonstigen Körperschaft. Kein Kaninchenzüchterverein, der uns nicht in barschen Worten auffordert, uns sofort hinter die Grenzen von 1967 zurückzuziehen. Selbst die wenigen Freunde, die wir in der Weit noch haben – man wird sie demnächst am Daumen einer Hand abzählen können –, wollen nichts davon hören, daß das Palästinenserproblem künstlich geschaffen wurde, daß die arabischen Staaten, deren Territorium beträchtlich größer ist als ganz Europa, mühelos imstande gewesen wären, nach dem Krieg von 1948 (den ja nicht wir begonnen hatten) ihre geflüchteten Brüder aufzunehmen, und daß wir, ungeachtet unseres Taschenformats, nahezu eine Million jüdischer Flüchtlinge aufgenommen haben, die aus den arabischen Ländern vertrieben wurden. Das will niemand wissen. Auch hilft es uns nicht, immer aufs neue zu wiederholen, daß wir – von einigen

lebenswichtigen Grenzkorrekturen abgesehen – alle besetzten Gebiete im Tausch für einen wahren Frieden sofort räumen würden. Man hört uns nicht zu. Man hört den arabischen Terroristen zu, die mit ihren Bombenanschlägen Frauen und Kinder hinmorden.
Wir haben einen schweren Fehler begangen. Wir haben geglaubt, die Welt würde sich von Kain abgestoßen fühlen und hätte für seine Gewalttätigkeit nichts übrig. Das Gegenteil trifft zu. Wir mußten es am eigenen Leib erfahren. Brutalität steht bei den Menschen hoch im Kurs. Deshalb gehen sie ins Kino, deshalb hocken sie vor dem Fernsehschirm. Sie lieben die Gewalt. Sie genießen den kalten Schauer, der ihnen den Rücken hinunterläuft. Man muß nur beobachten, mit welcher Wollust in der Stimme, mit welcher inneren Bewegung westliche Staatsmänner bekanntgeben, daß sie die Regierung von Südjemen um Asyl für die Terroristen ersucht haben; mit welch orgiastischer Dankbarkeit die befreiten Geiseln den wartenden Pressevertretern erklären: »Unsere Wächter haben sich wie Gentlemen benommen und alle ihre Zusagen eingehalten.«
Gewalttäter erfreuen sich der größten Beliebtheit, nicht nur in den Wildwestfilmen. Aus Gründen des öffentlichen Anstands wird den Mördern im Kino nicht applaudiert. Dafür feiert man sie um so enthusiastischer in den Vereinten Nationen. Wenn wir uns mit militärischen Mitteln gegen die Terroristen wehren, werden wir von den internationalen Gremien streng verurteilt. Denn die terrorfreundliche Welt hat folgende Regeln festgelegt: Solda-

ten – nein, Terroristen – ja. Tanks – nein, Bombenanschläge auf Märkte – ja. Luftangriffe – nein, Tretminen auf Schulwegen – ja. Vielleicht sollten auch wir uns entschließen, nach diesen Regeln vorzugehen?

El Morgana

»Ihr Israelis seid auf dem Holzweg. Man darf doch ein Land nicht für die Terrorbanden verantwortlich machen, die auf seinem Gebiet operieren.«

»Wenn die Verantwortlichen wollten, könnten sie –«

»Ihr glaubt, daß die Araber nur die Sprache der Gewalt verstehen. Aber das ist ein Irrtum.«

»Wir müssen zurückschlagen, weil –«

»Wie wollt ihr jemals zu einem dauerhaften Frieden kommen, wenn ihr immer wieder Aggressionsakte gegen eure Nachbarn verübt?«

»Aber in Wirklichkeit sind es doch unsere Nachbarn, die –«

»Irgendeine kleine Geheimorganisation begeht einen Sabotageakt – und ihr antwortet darauf mit einer groß angelegten militärischen Vergeltungsaktion, die in keinem Verhältnis zum Anlaß steht. Dann dürft ihr euch nicht wundern, daß ihr von der ganzen zivilisierten Welt verurteilt werdet.«

»Warum verurteilt die zivilisierte Welt niemals –«

»Wer hat denn diesen letzten Luftangriff auf eine palästinensische Kommandostelle im Libanon durchgeführt? Antworten Sie! Wer?«

»El Morgana.«

»Da sehen Sie's! Bei den Arabern sind es nur die ›Al-Fatach‹-Leute, aber bei euch ... Was haben Sie gesagt?«

»El Morgana.«

»Wer ist El Morgana?«

»Eine in Israel operierende Geheimorganisation.«

»Von der habe ich noch nie gehört.«

»Sie ist ja auch geheim. Zehntausende junger hebräischer Freiheitskämpfer gehören ihr an. Sie haben an Rachels Grab einen feierlichen Eid abgelegt, das Reich König Salomons von den Arabern zu befreien.«

»Die sind doch wohl illegal?«

»Selbstverständlich. Die Regierung bekämpft sie mit allen verfügbaren Mitteln. Aber es läßt sich leider nicht leugnen, daß El Morgana von der Bevölkerung unterstützt wird. Auch das Weltjudentum kommt diesen Fanatikern mit Geldspenden zu Hilfe. Sie unterhalten geheime Trainingslager, werben durch geheime Zeitungsannoncen für ihre Zwecke und veranstalten geheime Demonstrationen. Da marschieren sie mit Fahnen und Transparenten und Musikkapellen durch die Straßen, und aus den Lautsprechern dröhnt ihr Kampfruf: ›Tod den arabischen Usurpatoren!‹ Immer am Freitag.«

»Und was tut die Polizei?«

»Sie ist machtlos. El Morgana beherrscht das Land. Ihr Arm reicht überall hin, ihre Gefolgsleute sitzen an den höchsten Stellen, die gesamte Jugend zählt zu ihren Anhängern. Wer es wagt, etwas gegen El Morgana zu unternehmen, riskiert sein Leben. Die Männer der Morgana stehen außerhalb des Gesetzes. Sie zahlen nicht einmal Steuern. Sie stolzieren in ihren Untergrunduniformen einher, erteilen Befehle und anerkennen keine Autorität außer ihrer eigenen.«

»Das ist ja die reinste Anarchie!«

»Wem sagen Sie das. Aber Freiheitskämpfern kann man sich nun einmal nicht in den Weg stellen. Bei ihrer letzten

Expedition gegen einen libanesischen Terroristenstützpunkt hatte unsere Regierung nur die Wahl, entweder wegzuschauen oder das Land in einen blutigen Bürgerkrieg zu stürzen. Nach einer Kabinettssitzung, die bis in die frühen Morgenstunden dauerte, wurde beschlossen, El Morgana gewähren zu lassen.«

»Wie konnte so ein Beschluß zustande kommen?«

»Offenbar ist auch unsere Regierung bereits unterwandert. ›Im Grunde, wenn auch nicht in der Praxis, ziehen wir alle am gleichen Strick‹, sagte der Ministerpräsident. Das klang für die El-Morgana-Leute wie ein Signal. Sie schwangen sich in ihre Helikopter und schlugen los.«

»Es war also nicht die israelische Armee, die in den Libanon eindrang?«

»Keine Spur. Es war El Morgana. Es waren unsere illegalen Freiheitskämpfer.«

»Aber um Himmels willen – warum haben Sie das in der Sitzung des Sicherheitsrates, in der Israel verurteilt wurde, nicht laut und deutlich gesagt?«

»Weil wir Idioten sind.«

Israel ist das einzige Land, in dem arabische Terroristen eingesperrt werden. Es ist auch das einzige Land, in dem die von der Arbeit heimkehrenden Männer nach Erledigung ihrer Haushaltspflichten wieder weggehen, weil sie – einschließlich Opa – im Rahmen der zivilen Landesverteidigung ihren Wachtdienst versehen müssen, auf freiwilliger Basis, bei Nacht, und was das schlimmste ist: paarweise.

Nachtwache, nicht von Rembrandt

Am Anfang war ein Rundschreiben, gezeichnet von Dr. Wechsler und folgenden Inhalts: »Alle Männer in unserem Häuserblock haben sich bereits freiwillig gemeldet. Was ist mit Ihnen?«

Dann kam das gleiche Zirkular noch einmal.

Dann kam die beste Ehefrau von allen: »Was werden die Nachbarn sagen? Du mußt dich zum freiwilligen Zivilschutz melden.«

Ich rief Wechsler an.

»Hallo«, sagte ich. »Wegen dieser Sache mit dem –«

»Sie sind heute um drei Uhr dran«, antwortete Wechsler. »Um drei Uhr nachts. Oder um drei Uhr früh. Ganz wie Sie wollen. Um drei.«

Meine Vereidigungszeremonie verlief äußerst feierlich. Als

ich im Hauptquartier ankam – es war im Werkzeugschuppen unserer Volksschule untergebracht –, fand ich auf dem Tisch ein beinahe neues Notizbuch sowie zwei Flinten aus der Zeit der Französischen Revolution; daneben, zusammengekauert vor sich hin dösend, einen Zivilschützer, der soeben seine Wache beendet hatte. Er übergab mir das Kommando und murmelte mit schlaftrunkener Stimme:

»Immer um den Häuserblock herumgehen ... und wenn du fertig bist, laß alles auf dem Tisch liegen ... gute Nacht ...«

Hierauf stieß er zwei undeutliche Flüche aus, den einen gegen Arafat, den anderen gegen unsere Regierung, und döste weiter.

Die Sache war die, daß unsere Dienstzeiten viel zu lange dauerten, nämlich vier volle Stunden. Und das taten sie deshalb, weil sich außer mir noch niemand freiwillig gemeldet hatte. Ich fragte nach Wechsler und erfuhr, daß er schlief. In seinem Bett. Er hätte das Intervall von drei bis sieben übernehmen sollen, aber er schlief, und jetzt fiel es mir zu, gemeinsam mit Isachar. Damit händigte mir Kamerad Halbschlaf die Flinte ein. »Sie hat zwei Magazine«, grunzte er. »Der Ingenieur auf Nummer acht weiß, wie man das Zeug bedient, der Lange mit der Glatze, laß mich schlafen.« Kurz darauf erschien Isachar. Ich warf noch rasch einen Blick in das Logbuch. Die letzte Eintragung lautete: »Stellte um 01.35 einen Verdächtigen. Er behauptete, auf Nummer vierzehn zu wohnen. Wurde nachgeprüft. Wohnt auf Nummer vierzehn. Das ist alles, glaube ich. Schluß.«

Wir begannen unsere Wache. Isachar hatte seine Französische Revolution geschultert, ich trug die meine in der Hand. Sie besaß einen kräftig ausladenden Kolben, und wer damit eins über den Kopf bekam, war nicht zu beneiden.

»Gehen wir ein wenig«, schlug Isachar vor. »Es regnet nicht.«

Wir fielen in Marschtritt, um militärischer zu wirken. Die Patronen in meiner Tasche zogen meine Hosen hinab und ließen meine Moral steigen. Achtung, hier kommen wir, links-rechts, links-rechts, schlaft ruhig, Nachbarn, wir schützen euch.

Das einzige, was meine patriotische Hochstimmung ein wenig trübte, war die Monotonie des Unternehmens. Die trostlose Eintönigkeit. Wie lange kann man denn als erwachsener Mensch um einen Häuserblock herummarschieren, herum und wieder herum, und wenn's vorbei ist, nochmals herum?

»Dauert's noch lange?« fragte ich nach einer Stunde des Rundumstapfens meinen Waffengefährten.

Er warf einen Blick auf seine Armbanduhr: »Noch drei Stunden und vierundfünfzig Minuten.«

Wir waren also erst sechs Minuten auf Wache. Merkwürdig. Ich hatte den Eindruck, daß wir uns schon dem Ende näherten. So kann man sich täuschen.

Isachar teilte mir mit, daß er um sechs Uhr aufstehen müsse. Eine dringende Arbeit in Sichron. Er ist in der chemischen Isolierungsbranche tätig. Das heißt, er stopft Mauerlöcher, damit's nicht hineinregnet.

»Es gibt jetzt eine Menge neuer Präparate«, belehrte er mich. »Wir verwenden keinen Kitt mehr, sondern eine großartige neue Flüssigkeit. Polygum. Auf Polyesterbasis. Wirklich hervorragend. Klebt nicht an der Kelle und trocknet in zwei Tagen. Wenn's nicht regnet.«

Ich hing an seinen Lippen und warf von Zeit zu Zeit eine fachmännische Frage dazwischen, zum Beispiel über die Widerstandskraft von Pollybumsti oder wie das heißt. Man kann ja nicht stundenlang mit einem Menschen umhermarschieren, ohne ein Wort zu äußern.

»Es stimmt, die Belgier haben ein Isolationsmaterial auf

den Markt gebracht, das keine Luftblasen macht«, gestand Isachar. »Aber das taugt meiner Meinung nach nur für undicht gewordene Grundmauern, die keiner direkten Feuchtigkeit ausgesetzt sind. Wenn's um große, luftige Räumlichkeiten geht, käme es für mich nicht in Frage. Nicht für mich!«

Es war ihm anzusehen, daß man ihm ein Vermögen bieten könnte – und er würde dieses belgische Zeug nicht anrühren. Er ist ein Fachmann, er muß auf seinen Ruf bedacht sein, er ist ein Fels in der Isolierbrandung. Glücklich der Mann, den Isachar isoliert!

Was mich betrifft, so wurde ich mit der Zeit ein wenig nervös. Ich interessiere mich sehr für alles Chemische, aber nicht die ganze Nacht hindurch. Verstohlen blickte ich nach meiner Uhr: vierzig Minuten vergangen. Also noch drei Stunden und zwanzig Minuten gründlicher Isolierung.

»Dubček –«, ich versuchte, dem Gespräch eine scharfe Wendung zu geben –, »Dubček wollte protestieren, als die Russen damals in die Tschechoslowakei einmarschierten, du erinnerst dich …«

Mir schwebte ein Themawechsel zum Politisch-Historischen vor. Allmählich hoffte ich, bis zu Stalin zu gelangen. Die Tschechoslowakei schien mir ein guter Ausgangspunkt zu sein.

Isachar ging bereitwillig darauf ein: »Ganz in der Nähe von hier wohnt ein tschechisches Ehepaar. Vorige Woche habe ich ihnen das Dach repariert. Mit einem Spezial-Silikonmantel auf Polyesterbasis.«

Verzweifelt hielt ich nach irgend etwas Ausschau, was für Zivilschutz geeignet gewesen wäre, aber die Gegend war niederschmettemd friedlich. Isachar fuhr fort, mir von seinen glorreichen Isolationsmanövern zu erzählen. Es gab im weiten Umkreis nichts, was er nicht zugestopft hätte, ausgenommen seinen Mund. Ich versuchte es nochmals mit dem Dubček-Gambit, aber nach zwei Zugwechseln waren wir wieder auf der Polyesterbasis. Meine Uhr zeigte 4.15, und die Sonne wollte nicht aufgehen. Schon um mich wachzuhalten, stellte ich immer weitere Fragen, und Isachar erteilte mir immer weitere Auskünfte.

»Einmal«, so berichtete er um 5.20 Uhr, »hat mir Schechter eine Gallone Plastikzement verkauft. Auf halbem Weg nach Rischon schaue ich nach – und was muß ich sehen? Das Zeug ist hart wie Granit. So etwas kann mir mit amerikanischem Polyester nicht passieren. Aber wie willst du feststellen, ob die Flüssigkeit, die du kaufst, aus Amerika kommt? In einem neutralen Behälter? Wie willst du das feststellen?«

Ich wollte gar nichts feststellen, schon längst nicht mehr. Wenn zwei Eheleute eines Tags entdecken, daß sie nicht zueinander passen, lassen sie sich scheiden. Auch alte Geschäftspartner gehen gelegentlich auseinander. Nur ein Zivilschützer wie ich bleibt hoffnungslos einzementiert. Und es fehlten noch anderthalb Stunden.

»Halt!«

Ich stellte eine verdächtige Katze und verjagte sie aus unserem Rayon. Dann lehnte ich mich erschöpft an die Hausmauer …

Ich muß stehend eingeschlafen sein. Isachar klopfte mir auf die Schulter, um mich zur Fortsetzung unserer Marschtätigkeit aufzufordern. Aber er schwieg. Offenbar hatte ich meine fällige Gegenfrage versäumt.

»Und was«, fragte ich, »wenn das Zeug nicht rechtzeitig trocknet?«

Es war einer der größten Fehler meines Lebens. Isachar kam mit der Beantwortung meiner Frage bis 6.15 Uhr aus. Ich betete zu Gott, er möge uns ein paar Terroristen über den

Weg schicken, damit ich endlich etwas anderes zu tun bekäme, als dieses entsetzliche Isoliergewäsch über mich ergehen zu lassen.

»Und was das beste ist«, fuhr Isachar erbarmungslos fort, »als Schechter mir das nächste Mal so einen Kanister andrehen wollte –«

An dieser Stelle geschah es. Nach den Berichten von Augenzeugen, die auf die Straße gestürzt kamen, begann ich wild in die Luft zu schießen und brüllte jedem, der sich mir näherte, allerlei unverständliche Befehle zu, wie: »Polyester in Deckung!« – »Zement – Feuer!« und dergleichen mehr. Man konnte mich nur mit Mühe beruhigen.

Übrigens erfuhr ich, daß ich nicht das erste Zivilschutzopfer war. Schon vor mir hatte ein Zivilschützer, nach vierstündigem Wachtdienst mit einem Installateur, durch Gewehrsalven größeren Sachschaden an den Fensterscheiben der umliegenden Häuser verursacht.

Um sieben Uhr früh deponierten wir unsere Ausrüstung im Hauptquartier. Isachar entkam nach Hause und wollte, wie Wechsler mich ein paar Tage danach wissen ließ, nie wieder mit mir zusammen Wache schieben. Ich hätte ihn, so sagte er, mit meinen Fragen zu Tode gelangweilt.

Als ruchbar wurde, daß Schreiber dieses persönlich über Israels Sicherheit wacht, verzogen sich die Terrororganisationen in die reine Luft Europas und spezialisierten sich auf die Entführung von Flugzeugen. Zweifellos wäre dieser inzwischen zu höchster Popularität gelangte Sport schon im Keim erstickt worden, wenn die Welt sich geeinigt hätte, jedes Land, das den Entführern Asyl gewährt, zu boykottieren. Aber das hätte gegen ein allgemein akzeptiertes Moralprinzip verstoßen, welches besagt, daß eine Tonne Öl 11,50 Dollar kostet.

Die Ausgestoßenen

Ort der Handlung: Flughafen München. Zeit: 1976, vormittags. Ich kehre von einem Besuch im kulturgetränkten Europa mit einer nichtisraelischen Maschine nach Hause zurück.

»Ist das Ihr Gepäck?« fragt der Beamte, während er meinen israelischen Reisepaß genau untersucht. »Hat Ihnen jemand vielleicht ein Paket mitgegeben?«

»Nein, niemand. Ganz bestimmt nicht.«

Erst wenige Tage zuvor hatten die Zeitungen über eine dieser hervorragend inszenierten Luftpossen berichtet. Die Sache ist ganz einfach: Man geht ins Cockpit, stellt sich hinter den Piloten und apostrophiert ihn wie folgt: »Guten Tag.

In meiner Tasche sind zwei Handgranaten. Bitte stellen Sie sofort die Verbindung mit dem Präsidenten der Vereinigten Staaten her. Ich verlange die Entlassung der inhaftierten Mörder, die Goldreserven von Fort Knox und die Beistellung einer Portion Schischkebab ...«

Ich sehe mich um. Der Flug scheint voll ausgebucht zu sein. In der Schlange, die sich langsam an den Glasverschlag des Beamten heranschiebt, entdecke ich eine Hippiegestalt mit schwarzem Schnurrbart und verdächtiger Sonnenbrille. Ist das vielleicht der Funker des Terrorkommandos? Ich suche vergebens nach seinem Gegenstück, den bewaffneten Leibwächtern für die Passagiere. Es gibt keine. Es gibt sie nur auf der El Al.

Die israelischen Passagiere drängen sich gewohnheitsmäßig zusammen. Nach einiger Zeit erscheint ein starkes Aufgebot deutscher Polizisten mit Maschinenpistolen und faßt uns scharf ins Auge. Die übrigen Fluggäste weichen mißmutig zurück und lassen keinen Zweifel daran aufkommen, daß sie auf unsere Gegenwart lieber verzichten würden. Wir senken schuldbewußt die Köpfe und machen uns so klein wie möglich. Es ist ja auch kein angenehmes Gefühl, unter den Völkern der Welt die Rolle des ewigen Störenfrieds zu spielen. Die Franzosen fliegen ruhig, die Polen fliegen ruhig, die Araber fliegen ruhig, nur die Juden stören diese Ruhe auf jedem Flughafen. Eine arrogante, aggressive Rasse, um einen verewigten Präsidenten Frankreichs zu zitieren.

Vor dem Eingang zu einer Einzelzelle wird man von einem Wachbeamten aufgefordert, das Handgepäck für die Kontrolle vorzubereiten.

Die Untersuchung, die sich auch auf den Inhalt des Reisenden erstreckt, ist peinlich genau. Jedes einzelne Stück wird geprüft, jede Tasche wird geleert, selbst die beschämend leere Geldbörse muß hergezeigt werden. Die Detektive wühlen armtief in den Koffern, fördern schmutzige Socken zutage, öffnen jede Schachtel und konzentrieren ihr Interesse vor allem auf Metallgegenstände. Sie machen uns für diese lästigen Vorgänge nicht direkt verantwortlich, aber ihr Mienenspiel läßt deutlich genug erkennen, was sie denken: »Wenn es euch Zigeuner nicht gäbe, könnten wir uns den ganzen Wirbel ersparen.« Der ewige Jude steht da, inmitten seiner halbleeren Koffer und deplazierten Habseligkeiten, das Spielzeug für seine Kinder in der einen Hand, die Kofferschlüssel in der anderen, und hat das Gefühl einer unmittelbar drohenden Verhaftung.

»Halt!« bellt mir der Untersuchungsrichter entgegen. »Was haben Sie hier?«

»Eine Kamera.«

»Für Ihren persönlichen Gebrauch?«

Da ich nicht weiß, wie man eine Kamera anders gebrauchen könnte als persönlich, beschränke ich mich auf ein stummes Nicken. Das überzeugt ihn. Er gibt mir mit einem kurzen Wink zu verstehen, daß ich entlassen bin.

In der Nebenkabine kämpft meine Frau um eine Chance, den Inhalt ihrer Koffer wieder so zu verpacken, daß die Schlösser einschnappen. Das dauert entsetzlich lange. Von draußen werden empörte Rufe der Wartenden hörbar. Einige klopfen ungeduldig an die Zellentüre. Es ist immer das gleiche. Zeitverlust, Lärm, Nervosität, Aufregung. Mit einem Wort: Israelis.

Meine Blicke schweifen durch die Halle. In dem für die Arab Airline reservierten Warteraum sitzen einige kultivierte Gentlemen mit ihren Damen und plaudern kultiviert oder gehen kultiviert auf und ab. Sie haben keine Kümmernisse. Sie sind Bürger eines angesehenen Mittelmeerstaates. Sie sind der lebendige Beweis, daß auch ein kriegführendes Volk seine Würde bewahren kann. Das Flughafenpersonal schätzt und liebt sie.

Die Araber repräsentieren eine alte Kultur. Wir repräsentieren die finsterste Levante.

Ich nähere mich einer Gruppe, die den Aufruf zum Flug nach Damaskus erwartet. Es ist beinahe rührend zu sehen, wie sorglos es unter unseren Nachbarn zugeht. Sie wissen, daß sie uns vertrauen können. Von uns haben sie keine Flugzeugentführung zu befürchten.

Eigentlich schade. Ich träume von einer kräftigen Männerstimme, die sich hoch oben in der Luft wie folgt vernehmen läßt: »Achtung! Hier spricht die IDF, die Israelische Demokratische Front für die Befreiung von Samaria und Judäa. Wir haben das Kommando des Flugzeugs übernommen. Bleiben Sie ruhig auf Ihren Plätzen, dann wird Ihnen nichts geschehen ...«

Eigentlich schade.

Ein eigener Autobus, flankiert von zwei Panzerwagen der Polizei, transportiert uns zum Flugzeug, das in einem verlassenen, grasüberwachsenen Winkel am Ende des Flughafens wartet.

Zur gleichen Zeit startet aus einer zentralen Position der stolze Adler der Arab Airline zum Flug nach Damaskus.

Flugzeugentführer, das müssen wir zugeben, stoßen bei uns auf gewisse Schwierigkeiten, weil wir auch in der Luft von der Schußwaffe Gebrauch machen. Man erinnert sich noch der bitteren Beschwerde, die vom Sprecher einer palästinensischen Befreiungsorganisation vorgebracht wurde, als bewaffnete Männer des israelischen Sicherheitsdienstes die Entführung einer El-Al-Maschine auf dem Flughafen Zürich vereitelten. Ich gebe im folgenden eine Presseaussendung wieder, deren englisches Original sich in meinem Besitz befindet:

Terroristen wütend über El Al

Beirut (AP). – *Ein Sprecher der »Volksfront für die Befreiung Palästinas« protestierte energisch gegen die Anwesenheit waffentragender Geheimagenten auf einer El-Al-Maschine. Es handle sich hier um eine »grobe Verletzung der internationalen Luftverkehrsgesetze«, stellte er fest. In dem von Radio Damaskus ausgestrahlten Bulletin hieß es weiter, lediglich »diese empörende Mißachtung der Vorschriften« habe den Entführungsplan verhindert.*

Eine weitere Mißachtung der im Luftverkehr üblichen und von der gesamten zivilisierten Welt anerkannten Regeln ereignete sich auf dem Flughafen von Tel Aviv, als eine Sabena-Maschine, die sich in der Gewalt arabischer Terroristen befand, von einem israelischen Kommando gestürmt und befreit wurde. So las man's jedenfalls in den Aussendungen der Presseagenturen. Was sich in Wahrheit abspielte, geht aus dem nachstehenden Bericht hervor.

Wie man Terroristen terrorisiert

Die Sache sah nicht gut aus. Das entführte Flugzeug war vor wenigen Minuten gelandet, die Terroristen hatten ihre Forderungen gefunkt und abschließend bekanntgegeben, daß sie im Nichterfüllungsfall die zur Explosion vorbereiteten Sprengstoffladungen zünden würden.

Im Kontrollturm des Flughafens Lydda beriet der Krisenstab, was zu tun sei: »Es gibt nur einen Ausweg – man muß die Bande ermüden. Man muß ihre Spannkraft zermürben, womöglich bis an die Grenzen eines Nervenzusammenbruchs.«

»Sehr schön. Aber wie?«

»Auch darauf gibt es nur eine Antwort: Schultheiss!«

Zehn Minuten später, im Wagen des Generalstabschefs und mit Blaulichteskorte, erschien Ezechiel Schultheiss, der Star unseres bürokratischen Establishments. Er kam direkt aus dem Spital, wo er mit den Führern der Bäckergewerkschaft über eine zweiprozentige Tariferhöhung verhandelte, und zwar ununterbrochen seit drei Tagen und drei Nächten. Im Lauf der Verhandlungen waren nach und nach sämtliche Bäcker unter schweren Erschöpfungssymptomen ins Spital eingeliefert worden, nur Schultheiss hatte nichts von seiner Frische eingebüßt.

Jetzt wurde er vom Verteidigungsminister persönlich instruiert: »Wenn wir die Flugpassagiere nicht anders freibekommen, tauschen wir sie gegen inhaftierte Terroristen aus. Sie, Schultheiss, haben für Ihr Gespräch mit den Entführern freie Hand. Wenden Sie die üblichen Methoden an. Behandeln Sie die Kerle so, als ob es israelische Steuerzahler wären.«

»Okay«, sagte Schultheiss, bestellte einen Tee mit Zitrone und bat um die Telefonistin aus seinem Büro.

Nachdem Ilana sich am Schaltbrett niedergelassen hatte, wurde die Funkverbindung mit dem Flugzeug aufgenommen.

Aus dem Cockpit erklang eine tiefe Männerstimme: »Tod den Juden. Hier spricht die Organisation Schwarzer September. Befolgen Sie meine Anordnungen.«

»Einen Augenblick«, unterbrach Schultheiss. »Man versteht schlecht. Wer ist schwarz – die Organisation oder der September?«

»Halten Sie den Mund und befolgen Sie –«

»Verzeihung – aber wer sind Sie eigentlich?«

»Was heißt das – wer ich bin?«

»Woher soll ich wissen, daß Sie wirklich ein Terrorist sind? Sie könnten ja auch ein Fluggast sein.«

»Würde ich dann mit Ihnen sprechen?«

»Vielleicht hält man Ihnen einen Revolver an die Schläfe.«

»Na und?«

»Das würde die Situation grundlegend ändern. Es ginge dann nicht um eine direkte Verhandlung, sondern um eine Vermittlung.«

»Was für ein Unterschied wäre das, zum Teufel?!«

»Ein gewaltiger, mein Herr. Im Falle einer Vermittlung müßte ich eine andere Behörde einschalten. Ich habe die beste Absicht, mit Ihnen zu kooperieren, aber ich muß mich nach meinen Vorschriften richten. Wie ist Ihr Name, bitte?«

»Hauptmann Dschamel Rafat.«

»Mit einem ›K‹ in der Mitte?«

Man hörte ein heiseres Röcheln. Dann meldete sich der Kapitän des Flugzeugs: »Er ist der Führer der Gruppe, Sie können mir glauben.«

»Ich akzeptiere Sie als provisorischen Zeugen. Ihre Paßnummer?«

»75103/97381.«

»Wann und wo ausgestellt?«

An dieser Stelle riß Hauptmann Rafat das Gespräch wieder an sich: »Wenn die Verhandlungen nicht in zwanzig Sekunden beginnen, jagen wir das Flugzeug in die Luft.«

»Zwanzig Sekunden von wann an?«

»Was meinen Sie?«

»Ich meine – wann beginnen die zwanzig Sekunden?«

»Sie beginnen jetzt, sofort, in diesem Augenblick.«

»Wie spät haben Sie?«

»11.29 Uhr, verdammt noch einmal.«

»Auf meiner Uhr ist es erst 11.22 Uhr – ich lasse nachsehen. In solchen Situationen kann jede Sekunde eine Rolle spielen. Bitte warten Sie.«

»Hallo!« brüllte Hauptmann Rafat, aber die Verbindung war bereits unterbrochen und blieb es für drei Minuten. Dann kam Hauptmann Rafat wieder zum Kontrollturm durch. Was er hörte, war die Stimme Ilanas: »Wer hat Ihnen erzählt, daß ich mit Chaim ausgegangen bin? Dudik lügt. Sie kennen doch Dudik ... Hauptmann Rafat? Endlich. Man sucht Sie schon. Bitte sprechen.«

Und Hauptmann Rafat sprach: »Wir verlangen die sofortige Entlassung von 390 palästinensischen Freiheitskämpfern, die sich bei Ihnen in Haft befinden. Ich diktiere die Namen ...«

»Bitte nicht über das Telefon«, sagte Schultheiss. »Außerdem liegen 390 Enthaftungen weit über der zulässigen Quote. Wir haben gar keine Transportmittel für so viele Personen. Ich dachte an sechs oder sieben, höchstens acht.«

»390.«

»Neun. Einer von ihnen stottert.«

»Ich handle nicht.«

»Also gut, zehn. Sechs bei Inkrafttreten unseres Abkommens, drei am 31. Oktober und –«

»Jetzt sofort und alle.«

»Alle zehn?«

»Dreihundert.«

»Elf, ohne Empfangsbestätigung.«

»250. Das ist mein letztes Wort.«

»Zwölf. Es kostet mich selbst mehr.«

Die Verbindung zwischen Cockpit und Kontrollturm wurde aufs neue unterbrochen. Nach ihrer Wiederherstellung drangen rätselhafte Satzfetzen aus Hauptmanns Rafats Kopfhörern: »Galiläa-Import-Export ... Schechter, Gurewitsch, Misrachi ... alle weggegangen ... niemand mehr hier ...«

Dann schaltete sich die erregte Stimme des Flugzeugkapitäns in das Gespräch ein: »Achtung, Kontrollturm. Die Entführer treffen Vorbereitungen zur Zündung der Sprengkörper. Sie stellen Ihnen ein Ultimatum von dreißig Minuten. Und sie meinen es ernst. Achtung, Kontrollturm. Haben Sie verstanden? Ein Ultimatum! Dreißig Minuten!«

»Verstanden«, sagte Schultheiss. »Aber ich brauche es schriftlich. Ich muß mich ja meinen Vorgesetzten gegenüber decken. Sagen Sie den Leuten, sie sollen auf Sabena-Briefpapier ungefähr folgendes schreiben: ›Wir, die unterzeichneten Terroristen, wohnhaft dort und dort, erklären hiermit, daß wir die auf dem Flughafen Lydda stehende Maschine der Sabena mittels chemischer Substanzen‹ und so weiter und so weiter. In dreifacher Ausfertigung. Hebräisch, arabisch und flämisch. Paßfotos wären erwünscht.«

Der Flugkapitän antwortete nicht. An seiner Stelle meldete sich Rafat und verlangte nach einem Rettungswagen des Roten Kreuzes.

»Das heißt bei uns Roter Davidstern«, belehrte ihn Schultheiss.

Rafat überhörte ihn: »Der Wagen soll mit einer weißen Flagge an das Flugzeug heranfahren«, schloß er keuchend.

»Welche Größe?«
»Was – welche Größe?«
»Wie groß soll die Flagge sein?«
»Das ist mir scheißegal, Sie Trottel! Eine kleine weiße Flagge!«
»Wir haben zwei Flaggen, eine zu 78 x 45 und eine zu 75 x 30, aber die ist in der Wäsche. Sollte Ihnen die andere zu groß sein, dann kann ich aus Haifa eine kleinere bestellen.«
Der Kehle des Terroristenführers entrang sich ein dumpfes Stöhnen: »Kommen Sie ohne Flagge.«
»Ich oder der Rettungswagen? Bitte entscheiden Sie sich. Sonst weiß ich ja nicht, was ich ins Protokoll schreiben soll. Hallo? Hallo?«
Auf der anderen Seite trat Funkstille ein. Dann gaben die Entführer bekannt, daß sie ihre Geiseln im Tausch gegen 25 inhaftierte Palästinenser freilassen würden, unter der Bedingung, daß sie nicht länger mit Schultheiss verhandeln müßten.
Schultheiss schlug eine gemischte Kommission vor, bestehend aus einem akkreditierten Terroristen des Gazastreifens, einem parteilosen Justizbeamten und Dr. Bar-Bizua vom Verkehrsministerium.
Hauptmann Rafat fragte, ob man ihm einen Arzt schicken könnte. Seine Stimme klang hohl.
Auch sein Stellvertreter, der jetzt das Mikrophon übernahm, ließ deutliche Anzeichen von Nervenzerrüttung erkennen. Das Entführungskommando, erklärte er, sei bereit, in ein anderes Land abzufliegen, sobald die Maschine aufgetankt hätte.
»Ich verbinde mit unserem Treibstoffdepot«, sagte Ilana und ließ die Anwesenden den nun folgenden Dialog mithören.

Ziva (die Telefonistin des Depots): »Bedaure, unser Abteilungsleiter ist weggegangen.«

Rafat: »Wann kommt er zurück?«

Ziva: »Keine Ahnung. Wahrscheinlich sitzt er beim Essen.«

Rafat: »Öffnen Sie das Depot, oder es geschieht ein Unglück.«

Ziva: »Die Schlüssel sind bei Modche.«

Rafat: »Ich zähle bis drei. Dann lassen meine Leute das Flugzeug explodieren. Eins – zwei –«

Schechter: »Hallo, hier Schechter, Galiläa-Import-Export. Womit kann ich dienen?«

Rafat (mit ersterbender Stimme): »Hier ... Schwarz ... ich meine ... der Schwarze Oktober ... Wir wollen weg von hier ... weg ... weg ...«

An dieser Stelle übernahm Schultheiss noch einmal das Gespräch.

»Hauptmann Rafat?« fragte er. »Es ist alles in Ordnung. Der Tankwagen wird sofort vorfahren.«

Er nickte dem Verteidigungsminister zu. Der Verteidigungsminister nickte dem Leiter des Einsatzkommandos zu. Den Rest kennt man aus den Zeitungsberichten, die im Wirbel der Ereignisse eine Kleinigkeit übergangen haben; sie hätten noch folgendes hinzufügen müssen:

»Nach erfolgreicher Beendigung seiner Mission auf dem Flughafen begab sich Ezechiel Schultheiss in das Spital zurück, wo er seine Verhandlungen mit den Bäckern fortsetzte.«

Wenn es etwas gibt, worunter wir noch mehr leiden als unter der Last unserer Rüstungsausgaben, dann ist es der weitverbreitete Irrtum, daß uns das freut. Nicht das Leiden. Die Rüstung. In Wahrheit würde kein zweites Volk seine Kanonen so gerne gegen Butter eintauschen wie wir. Denn allmählich drohen wir daran zu ersticken, daß wir pausenlos Pulverdampf einatmen müssen, seit nunmehr 28 Jahren, seit dem Tag, an dem wir von den Vereinten Nationen die Bewilligung zur staatlichen Existenz bekamen und prompt von sieben arabischen Ländern überfallen wurden. Seit diesem Tag wissen wir, daß nicht nur unsere staatliche, sondern unsere persönliche Existenz, daß unser nacktes Leben und die Zukunft unserer Kinder von unserem militärischen Potential abhängen. Folglich nennt man uns Militaristen.

Es kann der Beste nicht in Frieden leben, wenn ...

Das Erfreuliche an der letzten Reserveübung, zu der man mich einberufen hatte, war nicht so sehr ihre glatte Abwicklung als vielmehr die gute Stimmung, von der sie beherrscht wurde, das halb schon vergessene Gefühl des Vertrauens, das sie allen Beteiligten vermittelte. Es war wie eine Wiederauferstehung unserer alten Moral, die damals einen so heftigen Schock hatte hinnehmen müssen, damals, als die Amerikaner gleichzeitig die ägyptische Armee und die westliche Ölversorgung retteten, auf einem Sitz, auf unsere Kosten, zum Abschluß des Jom-Kippur-Kriegs.

Sicherlich gingen die Amerikaner nicht darauf aus, unsere staatliche Existenz zu gefährden. Sie haben Grundsätze, an die sie glauben und von denen sie uns ehrlich überzeugen möchten, zum Beispiel: Was für General Motors gut ist, ist auch gut für Israel. Die Großzügigkeit, mit der sie uns behandeln, äußert sich u. a. darin, daß sie auf eine kleinliche Deutung und Durchführung der vom UNO-Sicherheitsrat beschlossenen Resolution 242 verzichten. Der kurze Passus, in dem das Wort »Friede« vorkommt und der uns sichere und anerkannte Grenzen garantiert, ist irgendwo in den Korridoren ihres State Department verlorengegangen. Als Ersatz offerieren sie uns ein Tauschgeschäft: Waffenlieferungen gegen Gebietsaufgaben. Sie bestätigen eine alte politische Erfahrung: Wer dringend Unterstützung braucht, wird nur zögernd unterstützt. Angesichts der gespannten Lage vermeiden sie es sorgfältig, unsere arabischen Nachbarn etwa durch eindeutige Taten zu reizen, die klarmachen, daß der Staat Israel bestehen bleiben muß. Daraus ergibt sich die automatische Panik, mit der der Sprecher der amerikanischen Regierung auf die rein theoretische Möglichkeit reagiert, daß die bald heimatlose Sechste Flotte im Hafen von Haifa stationiert sein könnte. Nein, nein! Sie liefern lieber den Arabern Waffen als uns, schon um das prekäre Rüstungsgleichgewicht aufrechtzuerhalten, und zwar im Verhältnis vier zu eins für die Araber. Drei zu eins wäre bereits eine Provokation.

Früher einmal hieß es, die Amerikaner seien an einem

starken Israel interessiert. Das stimmt nicht mehr. Um in der arabischen Welt Fuß fassen zu können, wäre ihnen ein schwaches, harmloses und gehorsames Israel willkommen, eine Art Musterprotektorat, dessen Vorhandensein auch die Araber hinnehmen würden, vielleicht zehn oder zwölf Jahre lang. Diesem Konzept liegt die Annahme zugrunde, daß die einstmals legendäre Kampfkraft der israelischen Armee durch die vereinigten arabisch-sowjetisch-amerikanischen Bemühungen entscheidend geschwächt wurde, daß die Helden müde sind und daß sie sich schon bei der bloßen Erwähnung des Wortes »Krieg« die Ohren zuhalten. Darauf beruht auch die arabische Salamitaktik: eine Scheibe verlorenes Gebiet für eine Scheibe Salami. –

Das Thema »Krieg« treibt die Heuchelei der zivilisierten Welt zu höchster Blüte. Der Krieg, dieses uralte, fürchterliche Phänomen, das noch jeden Wendepunkt, noch jede Entwicklung in der Geschichte der Menschheit begleitet hat, das über Freiheit oder Knechtschaft, über Fortschritt oder Rückschritt, über Kultur oder Barbarei entscheiden kann, spaltet die Welt in zwei Lager: die Guten, die gegen den Krieg sind, und die Bösen, die ihn haben wollen. Man nennt sie je nach Mode und Standort auch Pazifisten und Militaristen oder Tauben und Falken.

Es ist – das muß einmal mit aller Deutlichkeit gesagt sein – es ist eine Demagogie, wenn man eine der edelsten Qualitäten des Menschen, nämlich seine Bereitschaft, sich für die Freiheit zu opfern, als Mordgier und Zerstörungslust diffamiert. Nichts leichter, als in Vers oder Prosa den Krieg zu verdammen, über verstümmelte Leichen und zerschossene Städte zu klagen – und so zu tun, als ob das Bedürfnis nach Freiheit, die Liebe zur Heimat oder auch nur der Wunsch, seine Angehörigen zu schützen, etwas Verwerfliches wäre. Wer den Frieden als abstrakten Selbstzweck betrachtet, wer

Frieden um jeden Preis haben will, vergißt eine Grundregel menschlicher Koexistenz: Für den Frieden braucht man zwei, für den Krieg genügt schon einer, der entschlossen ist, ihn zu führen. Ein Volk, das um keinen Preis Krieg führen will, führt ihn herbei. Es lädt den Krieg geradezu ein. Und in unserem Teil der Welt braucht man eine solche Einladung nicht zweimal zu verschicken.

Friede um jeden Preis: das ist das Schicksal der Tschechoslowakei. Krieg, wenn es sein muß: das ist das Schicksal Finnlands. Welches von diesen beiden Völkern besser dran ist, kann jedermann aus eigener Anschauung feststellen. Vorausgesetzt, daß man ihn in die Tschechoslowakei einreisen läßt.

Durch nichts wird ein Volk so sehr geeint und seine Moral so sehr gestärkt wie durch den gemeinsamen Willen, seine Existenz auch auf dem Schlachtfeld zu verteidigen, wenn es sie anders nicht mehr verteidigen kann. Das ist die schlichte Wahrheit. Wir sollten gewiß alles tun, um den Krieg abzuschaffen. Aber solange das ein utopisches Postulat bleibt, sollten wir ihm nicht jeden moralischen Aspekt absprechen. – Ich bin mir klar darüber, daß man mir jetzt eine Glorifizierung des Kriegs unterstellen wird. Nichts liegt mir ferner. Mein neunzehnjähriger Sohn Raphael hat soeben seinen Militärdienst angetreten. Ich hoffe und bete, daß er niemals in den Krieg gehen muß. Alle israelischen Väter hegen die gleiche Hoffnung und beten das gleiche Gebet. Aber weder sie noch ihre Söhne täuschen sich darüber, daß es nicht von ihnen abhängt, ob wir Krieg haben werden oder nicht. In dieser Entschlossenheit, sich nicht zu täuschen, sich nicht täuschen zu lassen und den harten Tatsachen ins Gesicht zu sehen, liegt seltsamerweise unsere größte und vielleicht einzige Chance, Frieden zu haben; unsere einzige Chance, daß uns die Araber nach allen Erfahrungen, die sie mit den israelischen Vätern und Söhnen gemacht haben, in Frieden lassen werden.

Es gibt welche unter uns, die diesem Zustand nicht gewachsen sind, die den Lärm der Geschütze und Flugzeugmotoren nicht mehr ertragen. Sie täten besser daran, das Land ihrer Väter zu verlassen und deren Gräber anderswo zu beweinen. Wir können ihnen leider keine Garantie geben, daß jener peinliche Lärm nie wieder ausbrechen wird.

Dann müssen wir also für alle Zeiten Krieg führen?

Hoffentlich nicht. Oder vielleicht nur für die nächste Zeit, noch ein paar Jahre lang. Oder nur noch ein letztes Mal. Ich weiß es nicht. Aber ich weiß, daß es nur ein einziges Land gibt, das an einem starken Israel interessiert ist: Israel.

Unsereiner wird häufig gefragt, wie er es erträgt, in einem Land zu leben, in dem man bei jeder Gelegenheit auf eine Mine treten oder über einen Terroristen stolpern kann. Nun, man gewöhnt sich eben an alles, auch daran, daß man sich an alles gewöhnt. Wir haben das Auffinden versteckter Explosionsstoffe zu einer Art Volkssport umfunktioniert. Andere Völker haben ihr Fußballtoto, wir haben den wöchentlichen Anerkennungspreis für die Entdeckung und rechtzeitige Entschärfung von Bomben.

Lauter heldenhafte Retter

Eines Vormittags im Monat Mai besuchte das Ehepaar Geiger die Ausstellung moderner Skulpturen im Museum von Jerusalem. Frau Geigers Aufmerksamkeit fiel schon beim Eingang auf ein interessantes Objekt. Es war ein kleines, in eine schwarze Plastikhülle verpacktes Paket, mit einem Klebestreifen an der Wand befestigt und mit einer weißen, etwa 10 m langen Schnur versehen, von deren Ende her sich ein Flämmchen auf das Paket zubewegte.

Frau Geiger wandte sich an Herrn Geiger und sagte: »Was wird diesen modernen Künstlern als nächstes einfallen?«

Ihr in Kunstfragen bewanderter Gatte antwortete: »Alles besser als ein kitschiger Sonnenuntergang.«

Dann sah er im Ausstellungskatalog nach, suchte jedoch vergebens nach dem Namen des Objekts und beschloß, sich bei der Museumsleitung zu beschweren, weil sie drei Pfund für ein paar wertlose Seiten einhob, in denen man nichts finden konnte.

Da niemand zur Entgegennahme seiner Beschwerde, in Sicht war, beauftragte Geiger seinen siebenjährigen Sohn Arie, jemanden zu holen. Der Knabe weigerte sich, diesem Befehl nachzukommen, und wurde geohrfeigt.

»Jetzt holst du mir sofort einen Museumsdiener«, schrie ihn sein Vater an.

Arie entfernte sich schluchzend und fragte unterwegs einen Besucher, wo die Museumsdiener zu finden wären.

»Die trinken wahrscheinlich Tee unten im Kiosk«, lautete die Auskunft.

Immer noch unter Tränen machte sich Arie auf den angegebenen Weg. Im Kiosk angelangt, erkundigte er sich beim Kellner zunächst nach dem Örtchen fürs Pipi. Dort sah ein Polizist das schluchzende Kind und führte es zu den Eltern in die Ausstellungsräume zurück. Bei dieser Gelegenheit durchschnitt er die Zündschnur, deren Flämmchen jetzt bereits zwanzig Zentimeter vor dem Paket angelangt war.

Überflüssig zu sagen, daß die Geigers über Nacht zu Helden der Nation wurden, besonders der kleine Arie, der noch rechtzeitig Hilfe herbeigeholt hatte.

»Wir verdienen keinen Dank«, erklärte Herr Geiger auf einer am nächsten Tag abgehaltenen Pressekonferenz. »Wir haben unsere Pflicht getan, nichts weiter. Jeder andere Bürger hätte an unserer Stelle ebenso gehandelt.«

Ein Gruppenbild, darstellend die Familie Geiger, den Polizisten und den Kellner, zierte die Titelseite sämtlicher Tageszeitungen.

»Das Kind zitterte und konnte kaum sprechen«, berichtete der Kellner. »Es war mir klar, daß ich sofort handeln mußte.«

Inzwischen erhob sich die Frage nach dem Unbekannten, der Klein-Arie mit unfehlbarer Sicherheit zum rettenden Kiosk gewiesen hatte. Die Presse nahm sich der Sache an, und schon am nächsten Tag stellte sich der Erfolg ein: Ein Klavierstimmer namens Schmuel Kaganski aus Rechovoth gab sich auf der Polizeistation als der Gesuchte zu erkennen.

»Ich war nicht ganz sicher, ob ich mit dem Kiosk das Richtige getroffen hätte. Aber ich sagte mir, daß unbedingt etwas geschehen muß, nicht wahr. Also schickte ich das Kind ohne zu zögern ...«

Aries Mutter stand noch unter dem Schock der dramatischen Ereignisse.

»Lieber Gott«, seufzte sie während des Festbanketts, das die Stadtverwaltung zu Ehren der Familie Geiger gab. »Wie gut, daß mein Bruder mich gerade an diesem Vormittag ins Museum geschickt hat!«

Frau Geigers Bruder, von Beruf Elektriker, gestand seinerseits, noch nie in einem Museum gewesen zu sein.

»Was mag mich veranlaßt haben, meine Schwester und meinen Schwager hinzuschicken?« äußerte er sich den Interviewern gegenüber. »Vielleicht war es mein Instinkt oder meine Vaterlandsliebe. Vielleicht lag es auch nur daran, daß ich von einem mir befreundeten Sportjournalisten zwei Eintrittskarten geschenkt bekommen hatte ...«

Der Sportjournalist Jankel Horowitz, Spender des schicksalhaften Geschenks, fand die Bekundungen öffentlicher Dankbarkeit völlig unangebracht.

»Der einzelne ist in einem solchen Fall nicht wichtig. Hauptsache, daß ich das Museum gerettet habe.«

Seit Erscheinen des Fotos, das ihn zusammen mit seiner Mutter und dem Bürgermeister zeigte, erfreut sich Jankel

Horowitz größter Popularität. Seine Mutter erhielt vom Bürgermeister ein Ehrendiplom in Anerkennung der Tatsache, daß sie einem solchen Sohn das Leben geschenkt hatte. Vater Horowitz, dem man einen gewissen Anteil an dieser Schenkung zubilligen muß, segnete die Demonstranten vom Balkon seines Wohnhauses.

»Allein aus diesem Grund«, sagte er mit bewegter Stimme, »allein um der Geburt meines Sohnes willen hat es sich gelohnt, daß ich vor vierzig Jahren geheiratet habe.«

Das fehlende Glied in der Kette ist der Rabbiner, der damals die Trauung vornahm. Die Nachforschungen sind im Gange.

Obwohl wir ein verhältnismäßig junges Staatswesen sind, mußten wir uns bereits daran gewöhnen, in der Familie der Völker isoliert zu sein. So haben uns beispielsweise die Engländer gleich bei unserer Staatsgründung ihre Unterstützung entzogen. Als nächstes wechselten die Russen auf die Gegenseite. Dann kam das französische Waffenembargo. Dann sperrten die Deutschen ihre neutralen Häfen für Waffentransporte an die überlebenden Juden. Und was die Amerikaner betrifft, so sind sie zwar unsere Freunde, aber je länger sie es sind, desto weniger wollen sie daran erinnert werden. Im Grunde hatten wir, seit wir ins Leben traten, immer nur zwei wirklich loyale Verbündete: die Juden in aller Welt, und die Araber.

Gamal, wo bist du?

Erinnern wir uns, wie oft in unserer Geschichte wir von Katastrophen bedroht waren, vor denen es keine Rettung zu geben schien. In solchen Zeitspannen, in denen die Welt darauf bestand, daß wir uns hinter unsichere Grenzen zurückziehen oder einen anderen Weg finden, um durch Selbstmord dem Tod zu entgehen, in solchen schicksalsschweren Tagen wandten sich unsere Blicke immer wieder in Richtung

Nil, und unsere Lippen murmelten ein Stoßgebet: »Gamal, wo bist du?«

Und er kam. Gamal Abd el Nasser hat uns zeit seines Lebens nie im Stich gelassen. Wann immer Israel in Not war, stand er auf und verkündete mit lauter, klarer Stimme: »Was man uns mit Gewalt genommen hat, werden wir uns mit Gewalt wiederholen!«

Oder: »An unserem festen Willen, Israel zu zerschmettern, kann nichts und niemand etwas ändern.«

Um sicherzugehen, standen wir in der Kulisse und soufflierten: »He! Die Beschlüsse von Karthum! Was ist mit den drei Nein?«

Und pünktlich schloß der große ägyptische Staatsmann ab: »Kein Friede, keine Verhandlungen, keine Anerkennung!«

Und dann konnten wir endlich erleichtert aufatmen.

Nasser hat uns verwaist zurückgelassen. Sein Nachfolger enträt der Fähigkeit, die Massen in emotionelle Rauschzustände zu versetzen. Er läßt sogar eine gewisse Neigung zu logischem Denken erkennen. Schon nach wenigen Monaten ist er dahintergekommen, wie die Dinge wirklich liegen: Die Welt erwartet von Israel Taten, von Ägypten Worte. Also erklärt sich Sadat bereit, die territorialen und politischen Zugeständnisse Israels mit einer unbegrenzten Anzahl von Worten aufzuwiegen. Er erklärt sich bereit, mit uns sogar darüber zu sprechen, ob er einen Staat, gegen den Ägypten vier Kriege verloren hat, unter gewissen Umständen möglicherweise nicht vielleicht doch als existent anzuerkennen bereit wäre – aber selbst diese Gespräche, auf deren Ergebnis er sich im voraus nicht festlegen will, hängen davon ab, daß wir zuerst ein paar kleinere Voraussetzungen erfüllen: Aufgabe aller besetzten Gebiete einschließlich Ost-Jerusalems, Lösung des Palästinenserproblems durch Errichtung eines eigenen und selbstverständlich demokratischen Staates, dessen Territorium auch Israel einschließen wird, Verbot jüdischer Einwanderung für die nächsten 50 Jahre, und was dergleichen Kleinigkeiten mehr sind. Dann ist er bereit, mit uns zu sprechen. Und das sagt er immer wieder. Weil er entdeckt hat, daß es aufs Reden ankommt.

Immer ungeduldiger mahnen uns die Völker der Welt: »Worauf wartet ihr noch? Ihr hört doch, was er sagt! Wollt ihr nicht endlich etwas tun?«

Nasser, wo bist du ...

Aber Nasser ist fort und kommt nicht wieder. Er liegt in der nach ihm benannten Moschee begraben, und mit ihm im Grab ruhen unsere Hoffnungen, den Völkern begreiflich zu machen, daß man uns vernichten will. Es ist vorbei mit der Hilfestellung, die wir von der arabischen Führungsmacht zwei Jahrzehnte lang bekommen haben, vorbei mit der Zusammenarbeit zwischen den beiden Regierungen. Von jetzt an gehen wir getrennte Wege.

Nasser ist tot. Es gibt keinen mehr, der im richtigen Augenblick den richtigen Unsinn äußert. Wir sind allein. Wir haben unseren treuesten Verbündeten verloren. Wer weiß, ob Arafat ihn auf die Dauer ersetzen kann.

Als Anwar el Sadat die Nachfolge Nassers antrat, zweifelten wir an seiner Fähigkeit, die Position des großen Rais ausfüllen zu können. Heute wissen wir, daß es im gesamten arabisch-israelischen Krisengebiet keinen gerisseneren Politiker gibt als ihn. Auch die Amerikaner haben das gemerkt. Und die Russen noch mehr. Er ist ein Meister der Flexibilität. Wir ziehen Kissingers Hut vor ihm. Außerdem hat er eine sehr attraktive Gattin. Vor allem aber ist er dahintergekommen, daß er gegen Israel nicht zu kämpfen braucht. Die Zeit, die Amerikaner und die israelische Einkommensteuer besorgen das für ihn. Und schließlich darf er als hervorragender Ornithologe gelten. Er weiß, wie man Vögel zu behandeln hat. Die Falken sind davon überzeugt, daß die friedlichen Töne, die er gelegentlich anschlägt, in Wahrheit nur seine Kriegsvorbereitungen tarnen sollen, und die Tauben halten sein Säbelrasseln für einen bloßen Vorwand zur Herbeiführung des Friedens.

Salaam heißt Friede

Es begann im Oktober 1973, als die III. Ägyptische Armee eingekesselt war und Ägypten das dringende Bedürfnis nach einem gerechten und dauerhaften Frieden empfand, oder zumindest nach einem friedlichen und dauerhaften Nachschub für seine von der Vernichtung bedrohte Kerntruppe.

Um diese Zeit landete der amerikanische Außenminister auf dem Flughafen von Tel Aviv und schwenkte ein Papier in seiner Hand, welches Frieden für unsere Zeit verhieß.

Seine Argumente waren, wie immer, sowohl widerspruchsvoll als auch unwidersprechlich:

»Nehmen wir an, ihr schlagt die Ägypter auch diesmal. Was habt ihr davon? Sie und alle Araber werden euch nur desto mehr hassen. Aber wenn ihr euch großmütig zeigt und ihnen die Möglichkeit gebt, ihre Selbstachtung wiederherzustellen, werden die Dinge eine völlig neue Wendung nehmen, und die Araber werden sich zum erstenmal in der Geschichte mit euch an den Verhandlungstisch setzen.«

Das klang nicht schlecht, und die unmittelbar folgenden Ereignisse schienen dem Zauberer aus Washington recht zu geben: Wir erinnern an das historische Treffen beim Kilometerstein 101 (Entfernung von Kairo), an den männlichen Händedruck des ägyptischen mit dem israelischen Truppenkommandanten und an die Bekundungen spontaner Kameradschaft zwischen den einfachen Soldaten unter dem wachsamen Auge der Fernsehkameras.

Worauf war dieser verblüffende Wandel der arabischen Haltung zurückzuführen? Darauf, daß die Ägypter sich nicht mehr gedemütigt fühlten, daß sie den Kopf wieder hochtragen konnten und daß sie mit dem verzweifelt benötigten Nachschubmaterial versorgt wurden.

Damals hat uns Sadat die erste Lektion erteilt, wie ein gerechter Friede zu bewerkstelligen ist: nur Stolz und Selbstvertrauen werden die Araber dazu bewegen, mit uns zu verhandeln, und nur dann, wenn sie vom Verdursten bedroht sind.

Diese Zusatzklausel ist wichtig. Ohne sie gilt's nicht. Oder glaubt jemand im Ernst, die Rettung der arabischen Ehre wäre der Schlüssel zum Frieden? Warum sollte ein stolzer Sieger größeres Interesse an einem Friedensschluß haben als ein Geschlagener?

Der Beweis für die Unsinnigkeit solcher Gedankengänge ließ nicht lange auf sich warten. Kaum war auf Grund der israelischen Zugeständnisse die Angst von unseren Gegnern gewichen, kaum hatten sie sich – Allah und seinem Öl sei Dank – ein wenig erholt, trat eine bemerkenswerte Veränderung nicht nur der militärischen Lage ein. Es zeigte sich, daß wir den Sinn der Resolution 338, in der von Friedensverhandlungen und ähnlichen Dingen die Rede war, ganz offensichtlich mißverstanden hatten. Und das lag ausschließlich an uns und unserer mangelnden Kenntnis arabischer Sprachfeinheiten. Sie wurden uns von Sadat in entgegenkommender Weise erläutert.

Es gibt, so ließ er uns wissen, im Arabischen zwei Ausdrücke für Frieden: »Sulh«, womit echter Friede und gute Nachbarschaft gemeint sind, und »Salaam«, was nichts weiter bedeutet als die temporäre Unterlassung kriegerischer Handlungen. Er, Sadat, hätte die ganze Zeit – oder zumindest seit der Rettung seiner umzingelten III. Armee – nur von »Salaam« gesprochen.

Obwohl dieses Wort einen unguten Anklang an die sogenannte Salami-Taktik aufweist, erklärten wir uns auch mit Salaam-Verhandlungen einverstanden, mußten jedoch von unserem stolzen und unbesiegten Nachbarn eine weitere linguistische Belehrung hinnehmen: Selbst Salaam-Verhandlungen kämen erst für die nächsten Generationen in Betracht.

Als wir bei Dr. Kissinger vorstellig wurden, hatte er sofort eines seiner unwidersprechlichen Argumente zur Hand.

»Liebe Freunde«, sagte er, »ihr habt den historischen

Augenblick versäumt, die Ägypter gründlich aufs Haupt zu schlagen. Ihr habt die Befreiung ihrer besten Streitkräfte aus einer hoffnungslosen Lage zugelassen. Jetzt dürft ihr euch nicht wundern, daß sie nicht mehr auf der vorherigen Basis verhandeln wollen.«

Auf dieser Nichtverhandlungs-Basis stehen wir jetzt und warten auf den nächsten Sprachkurs unseres Lehrers Sadat.

Vor 38 Jahren, als der Staat Israel sich noch im Zustand einer absurden Utopie befand, wurde ein anderer kleiner Staat von allen Seiten beschuldigt, den Weltfrieden zu gefährden. Die Weigerung der Tschechoslowakei, Adolf Hitlers große Idee für die Schaffung eines größeren Deutschlands zu begreifen, drohte zu kriegerischen Auseinandersetzungen zu führen. Die Krise erreichte ihren Höhepunkt im Herbst 1938, als der Führer verkündete, es gäbe »zur Befreiung der sudetendeutschen Gebiete keinen anderen Weg als die Gewalt«. Dürfen wir dem Leser den Hergang der Ereignisse in Erinnerung rufen? Achtung. Sie lesen israelische Geschichte!

Memorandum für Vergeßliche

Die Tschechoslowakei besaß zwei mächtige Verbündete. Mit Frankreich hatte sie einen militärischen Pakt geschlossen, und das von Chamberlain regierte England ließ keinen Zweifel daran, daß es am Schicksal der tapferen kleinen Demokratie, die von lauter Diktaturen umgeben war, stärksten Anteil nahm.

Angesichts der immer kritischer werdenden Lage reiste Chamberlain nach Berchtesgaden, wo er sich vom Führer und Reichskanzler überzeugen ließ, daß Deutschland auf nichts anderes bedacht sei als auf einen dauerhaften Frieden. Wieder in London, unterrichtete er das englische Parlament über das Ergebnis seiner Reise sowie über die Bereitschaft Hitlers und Mussolinis, mit ihm und Daladier zu einer Konferenz zusammenzutreten und alle schwebenden Fragen auf diplomatischem Weg zu lösen. Die Abgeordneten erhoben sich von ihren Plätzen und bereiteten ihm langanhaltende Ovationen. Nur Winston Churchill, mißmutig an seiner Zigarre paffend, verließ das Haus.

»England hatte die Wahl, sich zu erniedrigen oder Krieg zu führen«, brummte er. »Es hat die Erniedrigung gewählt und wird den Krieg bekommen.«

Bald darauf fand die angekündigte Gipfelkonferenz statt. Das Ergebnis der Beratungen wurde der tschechoslowakischen Regierung von ihren treuen Alliierten England und Frankreich zugeleitet und besagte im wesentlichen, daß in der politischen Entwicklung nunmehr ein Punkt erreicht sei, an dem die tschechoslowakische Republik nicht länger in gesicherten Grenzen existieren könne, wenn ihre von Deutschen bewohnten Gebiete nicht unverzüglich dem Deutschen Reich einverleibt würden.

Prag, starrköpfig wie immer, lehnte es ab.

In Frankreich und England fanden daraufhin stürmische Demonstrationen gegen den Krieg und gegen die Tschechoslowakei statt. Warum, so hieß es, sollten sich die Großmächte in ihrer friedlichen Koexistenz von einem so kleinen Land stören lassen? Eigentlich war es ja überhaupt kein Land. Es war eine Verlegenheitsschöpfung der Friedensverträge von Versailles und in politischer Hinsicht völlig bedeutungslos.

Ein ehemaliger Beamter des Arbeitsministeriums und jetziger Berater Chamberlains, Sir Horace Wilson, flog am 26. September 1938 zu Hitler, um gemeinsam mit ihm und dem englischen Botschafter Sir Neville Henderson den Frieden zu retten. Sie gelangten zu einem Abkommen, das von den beiden Briten als »höchst zufriedenstellend« bezeichnet wurde und folgende Hauptpunkte aufwies:

1. Die Befestigungsanlagen entlang der tschechoslowakisch-deutschen Grenze sind zu räumen. Die von der Tschechoslowakei besetzten sudetendeutschen Gebiete fallen an das Großdeutsche Reich.

2. Die Souveränität aller Staaten dieser Region muß respektiert werden.

3. Nach vollzogenem Rückzug erhält die Tschechoslowakei internationale Garantien für ihren Fortbestand.

Die Vereinbarung fand den Beifall Präsident Roosevelts, und der Papst betete für ihren Erfolg. Präsident Beneš erhielt ein englisch-französisches Ultimatum ungefähr folgenden Inhalts:

»Dieses Abkommen war das einzige Mittel, eine Invasion der Tschechoslowakei und damit eine bewaffnete Auseinandersetzung zu vermeiden. Sollte die tschechoslowakische Regierung es an der nötigen Flexibilität fehlen lassen, würde sie die volle Verantwortung für den Krieg tragen. England und Frankreich wären unter diesen Umständen außerstande, der Tschechoslowakei zu Hilfe zu kommen.«

Prag ließ sich von seiner nun schon sprichwörtlichen Starrköpfigkeit nicht abbringen und mobilisierte seine hervorragend ausgebildete Armee, insgesamt siebenhunderttausend Mann und 1360 Kampfflugzeuge. Das tschechoslowakische Säbelrasseln rief allenthalben größte Empörung hervor, während Hitlers aufrichtiger Friedenswille größte Anerkennung fand. Die internationale Presse berichtete über Terror und Grausamkeiten, verübt von den blutrünstigen Tschechen an der wehrlosen deutschen Minderheit. Der französische Außenminister Georges Bonnet erklärte am

29. September dem amerikanischen Botschafter William Bullitt, daß er nicht daran denke, fünfzig Millionen Franzosen in den Tod zu hetzen, nur damit sieben Millionen Tschechen ihre Gewaltherrschaft über drei Millionen Sudetendeutsche aufrechterhalten könnten.

Unterdessen begaben sich Chamberlain und sein Ratgeber Wilson nach München, um in Anwesenheit von Göring und Ribbentrop mit Hitler die endgültige Lösung des leidigen Problems zu fixieren. Die beiden tschechischen Emissäre Mastny und Jan Masaryk durften im Vorzimmer warten.

Gegen Abend teilte ihnen Sir Horace Wilson glückstrahlend mit, daß in praktisch allen Punkten restlose Einigung erzielt worden sei.

»Herr Hitler hat einige bemerkenswerte Konzessionen gemacht«, erklärte Chamberlains Ratgeber. »Zum Beispiel hat er die Frist für die Räumung des Sudetenlandes vom ersten auf den zehnten Oktober erstreckt.« Dann entfaltete er eine Landkarte mit den neuen Grenzen der Tschechoslowakei.

Die beiden erbleichten: »Sie haben ja den Nazis alles in die Hand gegeben! Und Sie haben uns keine Möglichkeit gelassen, unser Land zu verteidigen!«

»Tut mir leid«, sagte Dr. Kissinger – nein, Horace Wilson. »Die Zeit drängt. Ich muß ins Beratungszimmer zurück.«

Und damit war die Sache erledigt.

Die Welt atmete auf. Eine jubelnde Menge empfing den britischen Premier auf dem Flughafen von London, wo er ein Stück Papier durch die Luft schwenkte.

»Hier ist Hitlers Unterschrift!« rief er. »Friede in unserer Zeit!«

Das Papier enthielt die feierliche Versicherung Hitlers, daß er keine weiteren Ansprüche stellen würde, und bezog sich ausdrücklich auf Paragraph sechs des Münchner Abkommens, der eine Viermächtegarantie für die neuen Grenzen der Tschechoslowakei vorsah.

Jetzt brach Rabin zusammen, und Allon wurde entlassen. Ihren Platz nahm Dr. Emil Hacha ein, ein zweitrangiger Politiker, von dem keinerlei Widerstand zu erwarten war. Die deutschen Truppen besetzten den Mitla- und Giddipaß im Sinai, ohne einen Schuß abzufeuern.

Der Rest ist Geschichte.

Im Frühjahr 1939 wurde die Tschechoslowakei mehrerer Verstöße gegen das getroffene Abkommen für schuldig befunden. »Die Tschechen vergießen aufs neue deutsches Blut«, meldete in großen Schlagzeilen der »Völkische Beobachter«. Die englischen und französischen Geheimdienste unterrichteten ihre Regierungen, daß Deutschland Vorbereitungen für eine Invasion der Tschechoslowakei treffe. Diese Information wurde nicht zur Kenntnis genommen.

Am 14. März wurde der altersschwache Präsident Hacha nach Berlin befohlen und genötigt, die Rumpf-Tschechoslowakei als »Protektorat« an Hitler auszuliefern.

Tags darauf erklärte Chamberlain im englischen Parlament, daß die tschechoslowakische Republik sich im Zustand völliger Auflösung befinde.

Von den hinteren Bänken ertönte eine Stimme: »Was ist mit unseren Garantien für die Tschechoslowakei?«

»Da der Staat als solcher nicht mehr besteht«, antwortete Chamberlain mit unwidersprechlicher Logik, »sind auch unsere Garantien hinfällig geworden. Die Regierung Seiner Majestät wird weiterhin bemüht bleiben, alle internationalen Probleme mit friedlichen Mitteln zu lösen.«

Auf diese Weise ist, wie jedermann in jedem Geschichtsbuch nachlesen kann, der Zweite Weltkrieg verhindert worden.

Die folgende Episode spielt im Haus eines prominenten skandinavischen Schauspielers, der sich gelegentlich auch als Schriftsteller und als Bewunderer Israels betätigt. Vor einigen Monaten hatte er eines meiner Lustspiele übersetzt und es einem Theater angeboten. Als ich ihn auf meiner jüngsten Europareise besuchte, sah er ein wenig verlegen drein: »Der Direktor des Theaters hat mich gefragt, ob ich den jetzigen Zeitpunkt für geeignet halte, ein israelisches Stück anzusetzen. Bitte mißverstehen Sie mich nicht.«
Er lächelte traurig und hob die Hände zu einer entschuldigenden Gebärde.
Für mich war das ein merkwürdiger Fall von déjà vu. Das alles hat es doch schon einmal gegeben, irgendwo in Mitteleuropa, wann war das nur, es muß ungefähr vierzig Jahre her sein ...
Na schön. Dann bin ich also wieder zum Juden geworden.

Ein petrochemischer Verwandlungsprozeß

Wir wollen die Sache nicht übertreiben und wollen in keine Panik verfallen. Die Haltung dieses Theaterdirektors rührt zweifellos daher, daß Israel sich im Kriegszustand befindet und daß jeder, der kann, ein Embargo über uns verhängt. Als verantwortungsbewußter Mann mag er auch an mögliche Schwierigkeiten mit möglichen Terroristen gedacht haben. Aber *er* ist kein Antisemit, nein, ganz gewiß nicht.

Die Sache ist nur die, daß er *vor* dem Jom-Kippur-Krieg keinen Augenblick gezögert hätte, ein israelisches Stück in seinen Spielplan aufzunehmen.

Merkwürdig. Weil wir an jenem blutigen Samstag verabsäumt haben, unsere Reserven einzuberufen, werden wir jetzt von den skandinavischen Bühnen boykottiert.

Das soll nun keineswegs heißen, daß die Europäer nicht nett zu uns wären. Im Gegenteil, sie bringen uns nach wie vor – zumindest in Privatgesprächen – gewisse Sympathien entgegen und zeigen großes Verständnis für unsere schwierige Lage. Trotzdem hat sich etwas geändert. Es läßt sich nur schwer definieren. Ihr Blick verrät es noch am ehesten. Sie sehen uns an, als wären wir eine Fußballmannschaft, die einmal die Meisterschaft gewonnen hat und jetzt vom Abstieg bedroht ist.

Irgendwie fühlen sie sich erleichtert über diese Wendung unseres Schicksals, auch wenn sie's nicht zugeben. Irgendwie war es ihnen unbehaglich, was diese Juden dort unten in Palästina geleistet hatten. Es ließ sich nicht recht mit ihren althergebrachten Vorstellungen von Juden vereinbaren. Aber jetzt ist alles wieder in Ordnung. Jetzt entsprechen wir wieder dem alten Klischee, und sie müssen uns nicht länger bewundern, sondern können uns bemitleiden: »Euch geht's nicht gut, was? Man macht euch das Leben zur Hölle, wie?«

Und sie erwarten, daß wir daraufhin in Weinen und Wehklagen ausbrechen.

»Stimmt«, bestätigen wir, ohne zu weinen. »Im Augenblick ist es nicht einfach für uns. Aber für wen auf der Welt ist es schon einfach?«

»Die anderen haben immerhin Öl. Und Geld.«

»Richtig. Öl *und* Geld. All die Milliarden, die ihr ihnen zahlt.«

»Und wie lange werdet ihr das noch durchstehen?«

»Höchstens zwei-, dreihundert Jahre.«

»Auch militärisch?«

»Warum nicht? Wir verlassen uns auf unser Atompotential.«

An dieser Stelle wird die Reaktion unserer Gesprächspartner frostig. Was sie von uns hören wollen, sind keine Äußerungen der Zuversicht und des Selbstvertrauens, sondern Hilferufe. Tewje der Milchmann, mit dem sie uns seit Jahrhunderten identifizieren, hat sich nicht zu wehren. Er hat andere um Schutz vor dem bösen Polizeikommissar anzuflehen. So verlangt es die Regel. Von »Atompotential« ist dort nichts erwähnt.

Wir haben die Welt wieder einmal enttäuscht.

Manchmal begegnen wir auch einer offen und eingestanden feindlichen Haltung, und zwar von der Linken. Das ist seit Jahrzehnten die einzige wirkliche Neuerung auf dem Gebiet der politischen Ideologie. Bisher schien wenigstens eines festzustehen: daß Antisemitismus etwas Reaktionäres ist. Jetzt kann man gleichzeitig antisemitisch und fortschrittlich sein.

Daß der Neo-Antisemitismus auch in der Sowjetunion und den ihr angeschlossenen Ostblockstaaten lebhafte Unterstützung findet, versteht sich schon aus dem fortschrittlichen Charakter des kommunistischen Lagers. Es kommt hier noch eine merkwürdige politische Konstellation hinzu: Die Araber möchten Israel gerne vernichten, können aber keinen Krieg gegen uns gewinnen; die Russen könnten das sehr wohl, müssen aber aus sozusagen technischen Gründen unsere Existenz, zumindest im Kleinformat, anerkennen.

Also ergänzen sie einander. Man darf gespannt sein, zu welchen Ergebnissen das Zusammenwirken arabischer Feudalmonarchien mit dem Weltproletariat noch führen wird.

Nicht geändert hat sich die Haltung der über die Welt verstreuten Juden. Zwar bedrückt es sie, daß sie sich nicht länger in unserem Ruhm sonnen können, aber sie stehen nach wie vor zu uns. Sie haben entdeckt, daß die Wechselbeziehung zwischen ihnen und Israel noch stärker ist als damals in den glorreichen Zeiten des Sechstagekrieges und daß ihr Ansehen unter den Nichtjuden vom israelischen Kurswert abhängt.

Manchmal können sie sich allerdings nicht enthalten, uns Vorwürfe zu machen: »Ihr tut aber auch wirklich alles, um eine friedliche Lösung zu verhindern!«

Damit meinen sie unsere Weigerung, mit Arafat und seiner Mörderbande zu verhandeln. Das verstehen sie nicht. Die einzigen, die es verstehen, sind die Flüchtlinge aus der Tschechoslowakei. Denen braucht man das nicht zu erklären. Bei denen genügt ein wortloser Händedruck und ein wehmütiges Lächeln. Sie wissen, was gemeint ist.

Dschungeltiere und Juden haben ein besonders stark entwickeltes Witterungsvermögen. Am letzten Weihnachtsabend, den ich zufällig in Wien verbrachte, war ich bei einem nichtjüdischen Ehepaar eingeladen. Die Gastgeberin empfing mich unter deutlichen Anzeichen eines noch nicht ganz überwundenen Schocks. Die Ursache war, wie sie mir gestand, ein kurz zuvor erfolgter Anruf ihres Vaters und eine bissige Bemerkung, die er am Telefon gemacht hatte:

»Ausgerechnet am Weihnachtsabend mußt du einen von denen einladen?« (Natürlich hatte er nicht »einen von denen« gesagt, sondern etwas Krasseres.)

»Ist Ihr Vater Antisemit?« fragte ich.

»Nein, überhaupt nicht! Er war nie ein Nazi, er hat nie so dumme Bemerkungen gemacht. Was ist da passiert?«

Ich hätte ihr sagen können, was passiert ist: daß Sadat unsere Festungen auf der Ostseite des Suez-Kanals erobert hat.

Oder war es das drohende Ölembargo des Scheichs von Kuweit, das hinter der väterlichen Bemerkung steckte? Oder ist es nur der Aspekt jener öffentlichen Meinung, der planmäßig auf uns, die Unruhestifter, böse macht, um den Verrat an Israel vorzubereiten?

Wir sind mittels eines merkwürdigen petrochemischen Verwandlungsprozesses aus Israelis wieder zu Juden geworden.

Das Sinai-Abkommen hat das freundschaftliche Verhältnis zwischen Amerika und Israel zweifellos gestärkt, hat viel zur Nervenberuhigung der EG-Staatsmänner beigetragen, hat eine gewisse Annäherung zwischen Washington und Moskau bewirkt und wird möglicherweise auch die Wahlkampagne Gerald Fords günstig beeinflussen. Nur an den Beziehungen zwischen Israel und Ägypten hat sich nichts geändert. Niemand weiß das besser als Prof. Dr. Henry Kissinger.

Ein Alptraum

Der amerikanische Außenminister war längst zu Bett gegangen, aber er fand keine Ruhe. Man hatte ihn noch am späten Abend benachrichtigt, daß der Frachter »Israel Ahoi« unter liberianischer Flagge mit einer Ladung von Jaffa-Orangen in den Suezkanal eingefahren war. Gemäß einer Geheimklausel des oben zitierten Abkommens bildeten die 24 israelischen Matrosen weniger als die Hälfte der Besatzung, die 49 Mann zählte, nicht eingerechnet den norwegischen Kapitän Olaf Goldberger. Zur Sicherheit hatte Kissinger den ägyptischen Präsidenten angerufen, aber der war gerade mit der Niederschrift einer Rede zur Feier des fünften Jahrestages seiner letzten, vor drei Wochen gehaltenen Rede beschäftigt und nicht zu sprechen.

»Diese Israelis soll der Teufel holen«, murrte Kissinger und schluckte zwei Schlafpillen. »Ich habe ihnen doch gesagt, daß sie kein Testschiff losschicken sollen, ohne sich vorher das Einverständnis Syriens zu holen ...«

Es war kurz vor Mitternacht, als Staatssekretär Sisco ihn wachrüttelte: »Die Kanalbehörden haben das Schiff gestoppt!«

Sisco hatte bereits mit Fahmi telefoniert. »Klarer Fall«, lautete der Bescheid des ägyptischen Außenministers. »Orangen sind ein kriegswichtiges Nahrungsmittel, da sie auch von Soldaten gegessen werden.« Sisco gab ihm zu bedenken, daß der Zwischenfall den Sturz des verhandlungsbereiten Kabinetts Rabin zur Folge haben könnte. Daraufhin äußerte Fahmi etwas unverkennbar Vulgäres in arabischer Sprache und legte auf.

Soweit der Bericht des Staatssekretärs an seinen Minister.

Kissinger schickte ihn um die fünf Bände der »Geheimen Zusatzvereinbarungen zum Sinai-Abkommen« und blätterte sie hastig durch. In einer schwarz kuvertierten Beilage mit der Aufschrift »Absichtserklärungen des Vorsitzenden« entdeckte er schließlich die gesuchte Stelle: »Die Vereinigten Staaten sind entschlossen, im Fall einer Schiffahrtsbehinderung von seiten Ägyptens zweckdienliche Schritte zu unternehmen.« Der Nachdruck »zweckdienlich« klang einigermaßen unbestimmt. Die Israelis verstanden darunter einen Bombenangriff auf Kairo, dem State Department schwebten finanztechnische Maßnahmen der Chase Manhattan Bank vor. Zum Glück fand sich in einem anderen Geheimabkommen mit Kairo unter »Nähere Definitionen« eine Klarstellung zu eben diesem Punkt; sie lautete: »Die Regierung der USA verpflichtet sich, keine wie immer gearteten Schritte gegen Ägypten zu unternehmen, falls israelische Schiffe im Suezkanal gestoppt werden.«

Kissinger dachte nach. Dann wandte er sich an Sisco: »Ja, ich erinnere mich. Diese Definition war ein Nachtrag zur Absichtserklärung. Bitte handeln Sie in Übereinstimmung mit beiden.«

Damit stieg er wieder ins Bett.

In diesem Augenblick erspähte Sisco einen Zettel, der mit einer Klammer an der Mappe »Material für Enthüllungen der New York Times« befestigt war und folgendes besagte: »Sollte die Regierung der Vereinigten Staaten im Falle einer Schiffahrtsbehinderung von seiten Ägyptens keine zweckdienlichen Schritte unternehmen, steht es der israelischen Regierung frei, in Washington unbehindert zu protestieren.«

Sisco reichte den Zettel an Kissinger weiter und bemerkte, daß bereits mehrere israelische Protesttelegramme in Washington eingelangt wären.

»Ich erwarte Ihre Instruktionen«, sagte er.

»Handeln Sie«, sagte Kissinger, »in Übereinstimmung.«

Als zielführend erwies sich jetzt Absatz 607 des vertraulichen Gedankenaustausches zwischen dem amerikanischen und dem ägyptischen Außenminister: »Falls Israel gegen eine etwaige Schiffahrtsbehinderung im Suezkanal protestiert, ist die Regierung der Vereinigten Staaten entschlossen, zweckdienliche Maßnahmen gegen Israel zu ergreifen. Andernfalls steht es der Regierung Ägyptens frei, die Ausrüstungsgeräte aller amerikanischen Überwachungsstationen zu beschlagnahmen.«

Kissinger betätigt den heißen Draht zu Präsident Ford.

»Was gibt's, Henry?«

»Folgendes«, sagt Kissinger und läßt eine Schilderung der Sachlage folgen. »Vielleicht sollten Sie das selbst in die Hand nehmen, Herr Präsident.«

»Tut mir leid. Ich gehe zu einem Footballmatch.«

»Jetzt? Um drei Uhr früh?«

»Ja. Auf Wiedersehen.«

Kaum hat Kissinger aufgelegt, als eine chiffrierte Nachricht des Geheimdienstes eintrifft: »frachter israhoi an land gezogen kapitaen olaf goldberger in gewahrsam.«

Der Vorsitzende des außenpolitischen Senatsausschusses ruft an und möchte sofort alle Geheimklauseln des Sinai-Abkommens kennenlernen, die noch nicht an die Öffentlichkeit durchgesickert sind.

Kabel aus Jerusalem: Eine israelische Delegation befindet sich auf dem Flug nach Washington.

Ein Gratulationstelegramm von Gromyko.

Der Radarschirm, der den israelischen Botschafter Dinitz ständig überwacht, gibt Signal: Dinitz hat soeben das Botschaftsgebäude verlassen.

Alarmzustand im Pentagon.

Funknachricht aus Kairo: Die Gesundheitsabteilung der Kanalbehörde hat festgestellt, daß die 24 israelischen Besatzungsmitglieder des aufgebrachten Frachters nicht gegen Maul- und Klauenseuche geimpft sind. Sie wurden in Isolationshaft genommen.

»Entschuldigen Sie mich, Herr Staatssekretär«, sagt Sisco. »Ich muß hinaus.«

»Sie bleiben hier«, sagt Kissinger, steigt in seine Hose und findet in der Gesäßtasche ein Blatt Papier mit einer einschlägigen Mitteilung: »Für den Fall, daß die Kanalbehörden auf einem für Israel bestimmten Schiff mangelnde Impfung gegen Maul- und Klauenseuche feststellen, wird vereinbart, daß die amerikanische Regierung an Israel weittragende Boden-Boden-Raketen liefert ...«

Kissinger faltet das Blatt zusammen.

»Beinahe hätte ich vergessen«, sagt er und beendet hastig seine Toilette. »Ich habe Mao versprochen, ihn zu besuchen.«

Damit wendet er sich zur Tür.

»Und ich?« brüllt Sisco hinter ihm her. »Was soll ich tun?«
»Fragen Sie Dr. Waldheim.«

Der Außenminister reißt seinen Handkoffer an sich und saust ab. Zum Teufel mit diesen Geheimabkommen und ihren vertraulichen Klauseln. Zum Teufel mit dieser Handvoll Juden, die alle Welt verrückt machen. Die Ölgesellschaften haben mehr Angestellte als Israel Einwohner.

Unten angelangt, springt Kissinger in seinen Wagen, neben den Chauffeur: »Nach Peking!«

Aus dem Fond ertönt eine Stimme: »Hallo, Dr. Kissinger!«

Es ist Dinitz.

Kissinger springt aus dem fahrenden Wagen und rennt, von Dinitz verfolgt, davon.

»Sie bekommen ein anderes Schiff«, keucht er. »Treten Sie den Tiberiassee an Syrien ab, und wir ersetzen Ihnen das Wasser.«

»Aber Sie haben uns freie Durchfahrt versprochen!«

»Wenn Sie darauf bestehen, stürzt Sadat. Was dann? Was für eine Alternative haben Sie?«

Der Botschafter äußert etwas unverkennbar Vulgäres in hebräischer Sprache.

Kissinger rennt immer schneller: »Sie bekommen ein Dutzend F 15 ... F 16 ... F 17!«

Kissinger rennt und rennt. Am Horizont tauchen vertraute Gestalten auf ... Rabin und Allon ... Sie schütteln die Fäuste ... Golda schwenkt drohend ihre Einkaufstasche ... Senator Mansfield will ihm in den Weg treten, die Senatoren Javits und Ribicoff reißen ihn zurück ... Von links erscheinen drei arabische Terroristen, Maschinengewehre im Anschlag ...

»Dr. Kissinger! Dr. Kissinger! Warum schreien Sie?«

Joseph Sisco steht am Bett und rüttelt ihn. Kissinger richtet sich, schweißgebadet auf: »Was ist mit dem israelischen Schiff?«

»Glatt durchgekommen.«

Kissinger putzt seine Brille: »Das überrascht mich nicht, Jot. Ein solides, klar und eindeutig formuliertes Abkommen *muß* funktionieren. Es hat keine Alternative.«

Die Erfolgsgeschichte unseres Landes enthält eine Reihe von Fehlschlägen, die sich besonders seit dem Jom-Kippur-Krieg gehäuft haben. Militärische Fehlschläge, politische Fehlschläge, wirtschaftliche und soziale Fehlschläge ... Alles, was Sie wünschen. Sie bestellen, wir liefern. Wir haben auch den Fehlschlag auf Lager, die Ursache unserer Fehlschläge nicht zu erkennen. Er ist unter dem Kennwort »Auslandsinformation« verbucht.

Ein Lautsprecher unter jedem Kissen

Wer mit der Modeindustrie zu tun hat, weiß, daß eine Mode nicht entsteht, sondern gemacht wird, daß sie das Ergebnis sorgfältiger, detaillierter Planung ist. Das gilt auch für eine der jüngsten Modeerscheinungen, die es jedem, der up to date sein will, zur Pflicht macht, Israel zu beschimpfen und zu diffamieren. Daß diese Mode sich in der ganzen Welt durchgesetzt hat, von Moskau bis Damaskus und von Peking bis Paris, ist den erstklassigen Fachleuten zu danken, die da am Werk sind.

Gewiß, sie arbeiten nach Richtlinien, die bereits von Dr. Goebbels festgelegt wurden. Aber auch ihre eigene Schöpferkraft läßt es an Einfällen nicht mangeln. Sie wissen Bescheid über einen der wichtigsten Grundsätze jeder Publicity: Tatsachen sind nebensächlich – worauf es ankommt und was die Leute sich merken, ist der Text, der ihnen unablässig eingebleut werden muß. Nach dieser Methode kann man sogar Fremdsprachen erlernen. Man braucht nur einen Lautsprecher unter das Kopfkissen zu tun und das Tonband die ganze Nacht laufen zu lassen. Am Morgen steht man auf und apostrophiert seine Gattin plötzlich in fließendem Italienisch: »Quanto costa questo bello fazzoletto, Signorina?«

Unsere Freunde in Moskau und ihre Schüler rings um uns verfahren ganz ähnlich. Seit Jahr und Tag plärrt es in aller Welt aus jedem Lautsprecher und unter jedem Kissen:

»Israel erobert fremdes Gebiet ... Israel annektiert ... Israel bombardiert ... Israel unterdrückt ... Israel zerstört ... Israel ist expansionistisch ... Israel ist imperialistisch ... Israelis sind Nazi ... Ende der Durchsage.«

Und so mancher harmlose Zeitgenosse wendet sich beim Frühstück zerstreut an seine Frau: »Israel aggressore, Signorina.«

Es gibt, in allen möglichen Zusammenhängen, eine psychologische Reaktionsprüfung. Sie verläuft ungefähr so: »Bitte sagen Sie mir, was Ihnen zu den folgenden Ausdrücken als erstes einfällt. Achtung, wir beginnen. Guerilla?« – »Che Guevara.« – »Dollar?« – »Entwertung.« – »Aggression?« – »Israel.« – »Danke, Sie haben die Prüfung bestanden.«

Israel ist bereits so unlöslich mit Aggressionspolitik verbunden wie Coca mit Cola. Über kurz oder lang wird Jerusalem »Hauptstadt der israelischen Aggression« heißen.

Wir haben das Recht auf unserer Seite. Sie haben das Management, das uns fehlt.

Vielleicht sollten wir aufhören, uns an hoffnungslos überholte Moralbegriffe zu halten. Unsere Lehrer haben uns falsch unterrichtet, als sie uns all die billigen Weisheiten beibrachten, von denen es in den Psalmen und in den Werken der großen Dichter und in den Sprichwortsammlungen nur so wimmelt: »Recht muß Recht bleiben«, »Die Wahrheit siegt«, »Lügen haben kurze Beine«, »Unrecht Gut gedeiht nicht« und dergleichen mehr. Das Buch der Geschichte enthält keinen einzigen Beweis für diese Thesen. Die Wahrheit verliert, Lügen haben lange Beine, und die Gerechtigkeit ist längst in den Archipel Gulag verbannt, wo sie zu Tode friert. Nur wir glauben noch immer an sie, statt uns endlich ein brauchbares Informationsministerium anzuschaffen.

Es scheint, als ob unsere politischen Führer zur sogenannten »Imagepflege« die gleiche Beziehung hätten wie Ben Gurion zum Eishockey – er wußte nicht, daß so etwas existiert. Es scheint, als ob wir zu dumm wären, die Wichtigkeit informativer Selbstdarstellung zu erkennen. Daher wird die gerechte Sache von Saudi-Arabien in New York von den Publicity-Virtuosen der Madison Avenue repräsentiert, während unsere Sache in den Händen von israelischen Vollblut-Amateuren ruht. Das einzige jüdische Köpfchen in unseren Breiten ist Anwar el Sadat.

Vor einigen Jahren, als der amerikanische Verteidigungsminister wieder einmal auf seinem Amtsschimmel ausgeritten war, während wir ums Überleben kämpften, gab ich meinem Zorn durch einen Artikel in der amerikanischen Presse ungehemmten Ausdruck. Später habe ich diesen Akt der Undankbarkeit bedauert. Aber mein Bedauern ist offenbar nicht groß genug, um mich davon abzuhalten, den Artikel hier nochmals zu veröffentlichen. Eine Berichtigung bringe ich in meinem nächsten Buch.

Der große Bruder

Irgendwo in einer Vorstadtgegend am Mittelmeer steht ein kleiner Junge vor einem Haus, den Rücken zur Mauer. Ein paar gleichaltrige Strolche treffen Anstalten, auf ihn loszugehen. Der Kleine hebt abwehrend die Hände: »Verschwindet – oder ich rufe meinen großen Bruder!« Und da die anderen nicht zurückweichen, läßt er einen schrillen Pfiff ertönen.

Daraufhin steckt eine alte Kinderfrau den Kopf durchs Fenster heraus: »Dein Bruder läßt dir sagen, daß du ihn nicht stören sollst.«

Der Sinn dieser Parabel liegt auf der Hand. Wir stehen mit dem Rücken zur Wand, und unser großer Bruder heißt Sam. So weit, so richtig. Hingegen stimmt es nicht ganz, daß er uns nie zu Hilfe gekommen ist. Er kommt nur immer zu spät. Das ist schon eine Tradition bei ihm, auch bei der Lösung seiner internen Probleme. Den Kampf gegen sein eigenes Gangsterunwesen hat er erst fünf Minuten vor zwölf aufgenommen, um zwölf wäre Al Capone in den Senat gewählt worden. Mit der Behandlung der Negerfrage ließ er sich so lange Zeit, bis es zu Straßenschlachten kam und beinahe ein zweiter Bürgerkrieg ausgebrochen. wäre. Und wie unendlich lange es dauert, ehe er sich zu einem bewaffneten Engagement entschließt, hat man bereits im Ersten Weltkrieg gesehen und dann wieder in Pearl Harbor. Sam kommt immer zu spät. Er ist eben doch mehr ein guter alter Onkel als ein großer Bruder. Auf dem Friedhof der Nationen, dort, wo die Imre-Nagy-Straße in die Dubček-Allee mündet, steht ein Denkmal mit folgender Inschrift: »Hier ruhen die Freunde der Vereinigten Staaten von Amerika. Sie starben, während in Washington über die Lage beraten wurde.«

Wir nehmen es den Arabern nicht übel, daß sie etwas gegen uns haben. Wir verstehen den Standpunkt der Russen, die ja schließlich die letzten überlebenden Berufsimperialisten sind. Aber unseren großen Bruder verstehen wir nicht. Auf unseren großen Bruder sind wir wütend.

Und das fällt uns gar nicht leicht – eben weil er unser Bruder und noch dazu ein anständiger Mensch ist. Wahrscheinlich könnten wir ohne seine Hilfe nicht existieren. Wenn sie nur nicht immer so spät käme! Warum zögert er gerade bei uns? Das korrupte Regime in Südvietnam hat er viel rascher und reichlicher unterstützt. Dem alten Faschisten Franco hat er keine Schwierigkeiten gemacht. Mit den arabischen Feudalherrschern verständigt er sich, bevor sie »Standard Oil« sagen können. Nur wenn Israel auf die Tagesordnung kommt, wird zuerst einmal die Lage beraten, dann wird sie eingeschätzt, dann wird sie untersucht, und dann, vielleicht, fallen für den einzigen loyalen Freund Amerikas ein paar Brosamen ab.

Der manische Untersucher sollte sich einmal selbst untersuchen lassen, am besten von einem Psychiater. Vielleicht würde ihm dann klarwerden, daß er – um nur ja nicht in den Verdacht der Eigensucht zu geraten – gegen seine eigenen Interessen handelt. Er hat die merkwürdige Fähigkeit entwickelt, genau zur richtigen Zeit das Falsche zu tun. Und wenn er endlich das Richtige tut, dann tut er's zur falschen Zeit, nämlich zu spät. Wenn er Geschenke macht, tritt er den Beschenkten dabei so schmerzhaft auf die Zehen, daß er statt des fälligen »Dankeschön« ein wütendes »Geh zum Teufel!« zu hören bekommt. Er ist der unbestrittene Weltmeister im Verscherzen von Sympathien. Seine Unsicherheit wird nur von seiner Selbstgerechtigkeit übertroffen, und umgekehrt. Er hat es fertiggebracht, sich als immer noch größte Macht dieser Erde vom erbärmlichsten Zwergstaat im finstersten Afrika kujonieren zu lassen. Und wenn er gegen die Unbill, die man ihm zufügt, einmal ganz zaghaft aufmuckt und den Übeltätern zu bedenken gibt, daß er sich's vielleicht überlegen könnte, für den Schimpf auch noch zu zahlen, dann heißt man ihn in gerechter sittlicher Empörung einen Erpresser. Er läßt sich's gefallen. Und zahlt weiter. Aus Angst, daß man ihn sonst einen Erpresser heißen könnte.

Er ist auch für moralische Kriegsführung, also Krieg ohne Sieg. Wir verstehen seinen Gedankengang so gut, wie wir Baseball verstehen.

Härte und Standfestigkeit zeigt er nur seinen Freunden gegenüber. Die müssen winseln, wenn sie etwas von ihm haben wollen, die müssen warten, bis er mit seiner Lagebetrachtung und Situationsanalyse fertig ist, die müssen beten, daß das noch halbwegs rechtzeitig geschieht. Sie haben keine andere Wahl. Außer die Russen. Aber sie sprechen nicht mit uns.

Wie sagt doch das Sprichwort aus dem klassischen Altertum? Es sagt: »Wen die Götter strafen wollen, den machen sie zum Verbündeten der Vereinigten Staaten.«

Was den großen Bruder wirklich groß macht, ist sein riesiges nukleares Potential. Doch gerade dieser Vorzug wurde recht fragwürdig, weil man bald zu der simplen Einsicht kam: Wenn zwei große Brüder Atomwaffen haben, hat sie keiner von beiden. Kommt hinzu, daß heute jeder die Bombe haben kann.

Die Bombe für alle

Schulz hielt mich an der Ecke Arlosoroffstraße an: »Nehmen Sie mich mit?« fragte er, »ich muß dringend zur Post ...«

Ich ließ ihn einsteigen. Schulz war sehr aufgeregt. Ich fragte ihn, was los sei.

»Fragen Sie mich nicht! Mein Schwager hat mir aus Deutschland eine Atombombe geschickt.«

»Was?«

»Ja, entsetzlich, nicht wahr? Ich habe zwar in einer Zeitschrift gelesen, daß es in Deutschland ein Verfahren gibt, das es jedermann möglich macht, Atomwaffen einfach und billig herzustellen. Aber so etwas verschickt man doch nicht per Post!«

»Sehr merkwürdig, muß ich sagen.«

»Neuerdings sieht es so aus, daß sich tatsächlich der kleine Mann die Bombe leisten kann. Sehen Sie, was mein Schwager schreibt: ›P. S.‹, schreibt Friedrich da. ›Ich habe auch eine kleine Überraschung für Dich. Per Luftpost geht heute eine Atombombe an Dich ab. Alles Gute!‹«

»Er übertreibt.«

»Friedrich war schon immer großzügig«, sagte Schulz, »aber was soll ich mit der Bombe anfangen?«

»Weiß ich auch nicht. Ich habe noch nie eine gehabt.«

»Josepha macht mich ganz verrückt. ›Ich will keine Atombomben im Haus‹, schrie sie mir nach, als ich das Haus verließ, ›ich habe genug Ärger mit dem Kleinen!‹ Weiß Gott, sie hat recht. Ich sehe es selbst nicht gern, wenn Danny mit einer Atombombe spielt. Da könnte ich für nichts garantieren. Er nimmt nämlich alles auseinander, was ihm in die Finger kommt. – Und außerdem: wo soll ich die Bombe aufbewahren? Im Kühlschrank vielleicht?«

»Ist sie groß, Ihre Bombe?«

»Keine Ahnung. Ich bin schließlich kein Fachmann. Ich werde die Gebrauchsanweisung lesen. Jedenfalls hoffe ich, daß er nicht das größte Modell gekauft hat. Unser Kühlschrank ist nämlich sehr klein. Aber Josepha will sowieso einen neuen. Eines können Sie mir glauben, wenn Friedrich nicht so empfindlich wäre, würde ich ihm die Bombe sofort zurückschicken. Wer braucht schon eine Atombombe? Glauben Sie, ich darf sie ausprobieren?«

»Wenn Sie die richtigen Beziehungen haben …«

»Ich weiß nur, daß ich noch eine Menge Ärger kriegen werde. Sie wissen ja, wie unsere Nachbarn sind, die halten uns jetzt schon für eingebildet. Deshalb kann ich es Josepha nicht übelnehmen, wenn sie die Bombe loswerden will. ›Verkauf sie doch‹, sagte sie. Wären Sie vielleicht interessiert?«

»Nicht direkt.«

»Schon gut. Josepha meint, die Regierung würde sie uns gern abkaufen. Aber ich antwortete ihr: ›Das wäre ein schönes Geschäft.‹ Und soll ich meinem Schwager erzählen, wenn er uns besucht und fragt: ›Wo ist die Bombe, die ich euch geschickt habe?‹ – ›Die habe ich verkauft, Friedrich‹?«

»Dann verkaufen Sie sie eben nicht.«

»So einfach ist das auch nicht. Es ist eine große Verantwortung dabei und viel Schererei. Zunächst einmal die Teilnahme an all diesen Abrüstungskonferenzen. Das ist doch absurd. Wer hat schon Zeit für solchen Unsinn?«

»Amerika, China, England, Frankreich«, begann ich in alphabetischer Reihenfolge, »die Sowjetunion und Schulz.«

»Nein, ich fahre nicht hin.«

»Warum nicht?«

»Ich bin zu schüchtern. Und ich kann keine Reden halten. Davon abgesehen habe ich nur eine einzige Bombe. Was werden sie also von mir verlangen? Daß ich meine Bombe vernichten soll. Ich weiß doch, wie die sind. Aber ich mache nichts kaputt. Wer sagt mir, daß die Chinesen ihren Bombenvorrat auch vernichten, stimmt's?«

»Stimmt.«

»Glauben Sie mir, diese deutsche Erfindung stellt die ganze Welt auf den Kopf. Ein normaler Mensch kann die Kosten gar nicht aufbringen.«

»Was für Kosten?«

»Denken Sie nur an die Versicherung. Ich kann unmöglich das Risiko einer Explosion der Bombe in meinem Haus auf mich nehmen. Und wenn die Bombe kaputtgeht? Wer soll sie reparieren? Unser Klempner vielleicht?«

»Warum sollte sie kaputtgehen? Sie ist doch brandneu?«

»Ich nehme an, sie hat ein Jahr Garantie. Aber in der Regel gelten solche Garantien nicht bei Naturkatastrophen oder Krieg. Es ist einfach lächerlich – denn wann benutzt man schließlich eine Atombombe? Im Krieg!«

»Wollen Sie sie denn wirklich benutzen?«

»Was denn sonst?«

»Wie stellen Sie sich die Beförderung vor?«

»Per Post.«

Schulz bekam sich wieder in den Griff.

»In Wirklichkeit ist es mir egal«, sagte er. »Dann habe ich eben eine Bombe im Haus. Die Großmächte benutzen sie ja auch nicht. Ich werde sie aufheben – für alle Fälle. Wenn Sie's genau wissen wollen, ist der Gedanke, eine Bombe im Haus zu haben, ein schönes Gefühl.«

»Warum?«

»Ich weiß es selber nicht. Ich fühle mich wohl dabei. Es verschafft einem eine Menge Selbstbewußtsein. Vorausgesetzt, Danny findet sie nicht …«

Wir waren am Paketschalter angekommen. Schulz bezahlte 46 Pfund Zoll und 26 Pfund Luxussteuer.

»Vorsicht«, warnte er die Beamten, »da drin ist eine Bombe.«

Das Paket war klein. Zwei Polizisten halfen uns beim Öffnen. Mit angehaltenem Atem holten wir eine in allen Farben schillernde Geschenkpackung hervor, auf der zu lesen stand: »Lang lebe das Atom! Eine perfekte Nachbildung der Atombombe inklusive Blitz und Knall … Ein Spaß für Kinder und Erwachsene!«

»Friedrich ist verrückt«, schnaubte Schulz, »das ist für Danny zum Geburtstag.« Dann fügte er mit träumerischem Blick hinzu: »Und ich hatte mich schon so an den Gedanken gewöhnt.«

Verfolgen wir den eben beschriebenen Gedanken einmal weiter. Stellen wir uns einen Augenblick lang vor, Schulz hätte wirklich eine hausgemachte Bombe.
Wir hoffen, er hat eine.

Die unbequeme Wahrheit

Es ist nichts Neues, daß unsere Nachbarn uns aus dem Nahen Osten hinauswerfen wollen. Das ist hierzulande vielmehr eine alte Tradition. Neu ist dagegen, daß die gemäßigten Araberführer wie Sadat sagen: »Nicht jetzt. Später.« Sie wissen, daß die Zeit für sie arbeitet.

Wäre ich der gemäßigte Präsident Sadat, würde ich das militärische Problem sich selbst überlassen und auf den unaufhaltsamen Prozeß vertrauen, in dem jede überlegene Streitmacht von weiterentwickelten Waffensystemen überholt wird. Die öffentliche Meinung würde ich ignorieren, da sie sowieso nicht mehr bedeutet als ein paar wehklagende Juden und ein Dutzend eingeschlagener Fensterscheiben. Der Rest wird in der Aufregung über den neuen Ölpreis untergehen. Was nun die UN-Truppen angeht, über deren Mandat alle drei Monate im Sicherheitsrat abgestimmt wird, so genügt ein Telefonat mit Moskau oder Peking, um sie loszuwerden ...

Die Vereinigten Staaten allerdings mögen eine härtere

Nuß sein, die es zu knacken gilt. Hier heißt es warten, bis Washington in sich selbst mürbe wird oder seinerseits in einen weltweiten Konflikt gerät oder – und das wäre die eleganteste Lösung – wenn die Amerikaner wieder einmal einen isolatorischen Präsidenten aufläsen, der sich in sein Weißes Haus einschlösse. Die Araber haben viel Zeit. Sie rechnen sich aus, daß früher oder später der Augenblick kommen wird, in dem Israel allein dasteht, von nichts und niemandem beschützt. Und dann werden wir die Judenfrage endlich wie beschrieben lösen können.

Ein glänzender, wohlüberlegter, weitsichtiger Plan. In einem Fall lediglich wird zweifelhaft, ob er auch durchführbar ist, dann nämlich, wenn Israel eine nukleare Abschreckungswaffe besäße, die ganz natürlich jeden quantitativen Vorteil einer Partei beseitigte. Dies ist in der Tat der einzige Punkt, in dem die Zeit für die Juden arbeitet. Deshalb müssen wir fordern, daß Israel den Atomwaffensperrvertrag unterschreibt. Wenn es das nicht tut, können wir allen unseren schönen arabischen Träumen ade sagen, verflucht. Das würde ich sagen, wenn ich dieser gemäßigte Sadat wäre, und – wollen wir wetten – genau das sagt er auch.

Der ägyptische Präsident hat bei uns eine Reihe enthusiastischer Befürworter gefunden, die im Namen von Sanftmut und schlichter Menschlichkeit gegen unsere nukleare Aufrüstung protestieren. Sie sehen sie als ein nationales Unglück an und fordern ganz einfach die atomare Abrüstung für alle. Sie wissen nicht, was sie sagen.

Zugegeben, nichts ist heutzutage besser, menschlicher und *leichter*, als diese infernalische Waffe zu verdammen, die niemanden glücklich macht und nur Uran kostet, auch wenn die Bombe vielleicht den Ausbruch eines Dritten Weltkrieges bisher verhindert hat. Der Protest gegen die Bombe gehört zu unserem Zivilisations-Verhalten. Ich würde mich selbst dieser Protestwelle anschließen, wäre ich nicht Israeli und nicht gefangen von der kalten Logik unserer Situation.

Beginnen wir mit dem Ende: Wir können nichts gegen die Einführung von Atomwaffen in unsere Breiten tun. Was wir noch tun können, ist, uns selbst zu hindern, an der Entwicklung aktiv teilzunehmen. Indien hat die Bombe, der Iran wird sie bekommen, und es gibt keinen Grund anzunehmen, daß Ägypten – das Lieblingskind des internationalen Jet-sets – sie nicht schon bald erwirbt. Es geht schon lange nicht mehr um das Know-how, um Genehmigung oder Gewissen, es ist alles nur eine Frage des Geldes. In zwanzig Jahren wird fast jedes Land seine eigene Bombe besitzen, und dann werden wir den Weltfrieden erleben oder den Jüngsten Tag. Wer es nicht ertragen kann, unter dieser Bedrohung zu leben, kann sich gleich einen anderen Planeten suchen. Der Himmel segne alle, die rechtzeitig dafür gesorgt haben, daß unser kleines Land auf dem Gebiet der Atomforschung nicht hinterherhinkt.

Das nukleare Gleichgewicht des Schreckens zwischen uns und den Arabern ist nur eine Frage der Zeit, so wie es an anderen Spannungsfeldern der Welt ist. Tatsächlich könnte dieses Gleichgewicht nicht nur im Licht der Konzentration arabischer Eliten in wenigen städtischen Zentren, sondern auch von einem für uns günstigen psychologischen Gesichtspunkt aus betrachtet werden. Wir Israelis haben in den vergangenen 28 Jahren im Schatten eines Atomkrieges – der ausgesprochenen Drohung einer totalen Ausrottung – gelebt, währenddessen konnten unsere Nachbarn die glückliche Erfahrung machen, daß wir uns nichts mehr wünschen, als in Frieden mit ihnen zu leben. Wir haben wiederholt unser Wort gegeben, daß wir nicht die ersten sein würden, die Atomwaffen in unseren Breiten einführen, aber es ist uns doch daran gelegen, nicht mehr als ein paar Minuten im

Rückstand zu sein. Deshalb sollten wir uns ohne unnötige Skrupel vorbereiten: Wir haben die Atomkraft nicht erfunden, auch wenn es so aussieht, als sei sie speziell für uns erfunden worden – für eine kleine gepeinigte Nation, für das einzige Volk, das unter der Drohung der Ausrottung steht, als wäre das die natürlichste Sache der Welt.

Wer der endlosen Reihe von Kriegen müde ist, wer seinen Söhnen die Ängste seiner eigenen Generation ersparen möchte, wer für eine Regelung betet und sich wünscht, diese Regelung hinge nicht von den Präsidentschaftswahlen in den USA ab, der muß von ganzem Herzen wünschen, daß unser wissenschaftliches Potential für die nukleare Forschung nutzbar gemacht wird. Denn wir haben keinen besseren Weg zum Frieden.

Das Wort »Afrika« steht auf der umfangreichen Liste unserer Enttäuschungen ganz oben. Jahrelang sind wir mit den Völkern des Schwarzen Kontinents gut ausgekommen, und es sah fast danach aus, als hätten wir ohne jeden Zusatz von Öl ihre Sympathien gewonnen. Wir schickten ihnen landwirtschaftliche und militärische Ausbilder, technisches Know-how, Ärzte, Maschinen und fertige Produkte. Sie schickten uns das Rohmaterial ihrer Studenten. Alles schien bestens geregelt. Nur im diplomatischen Verkehr ergaben sich – und zwar auf unserer Seite – schon damals gewisse Schwierigkeiten.

Ein diplomatisches Rezept

»Nehmen Sie Platz, Ziegler.«

»Danke, Exzellenz.«

»Wie lange arbeiten Sie schon bei uns im Außenministerium?«

»Vier Monate.«

»Sehr gut. Es freut mich, Ihnen mitteilen zu können, daß wir Sie für einen Posten außerhalb unserer Grenzen vorgesehen haben.«

»Mich ...? Im Außendienst ...? Wirklich ...? Ich danke Ihnen, Exzellenz! Ich danke Ihnen!«

»Kein Anlaß, Ziegler. Es ist der gebührende Lohn für die vorzügliche Arbeit, die Sie geleistet haben. Gewiß, einige Ihrer Kollegen wären eigentlich vor Ihnen an der Reihe, aber auf der letzten Exekutivsitzung, die darüber zu entscheiden hatte, gab es keine Opposition gegen Sie. Sogar Birnbaum sagte: ›Ich trete zugunsten Zieglers zurück.‹ Das waren seine Worte.«

»Herr Birnbaum ... Zu meinen Gunsten ...«

»Freiwillig und ohne Vorbehalt. Wir werden Sie also mit der Stellung eines Gesandten betrauen.«

»Ich soll ... Gesandter ... mir fehlen die Worte.«

»Schon gut, Ziegler. Sie kennen ja unser Prinzip: Freie Bahn dem Tüchtigen, auch wenn er jung ist. Morgen früh reisen Sie ab.«

»Gleich morgen? Das ist ja wunderbar! Ich versichere Ihnen, Exzellenz, daß ich mein Bestes tun werde, um unser Land würdig zu vertreten.«

»Davon bin ich überzeugt.«

»Und darf ich fragen, wohin ich gehen soll?«

»In den Kongo.«

»Kongo?«

»Kongo.«

»Morgen?«

»Ja. Warum?«

»Ich dachte, wir hätten dort schon einen Gesandten.«

»Es ist möglich, daß wir ihn noch haben. Unsere Funkverbindung mit ihm hat bis gestern funktioniert. Seine letzte Nachricht lautete: ›Afrikanische Soldaten sind in das Gebäude eingedrungen und suchen nach fetten weißen Männern.‹ Das war um 2.45 Uhr nachts.«

»Und dann?«

»Dann brach die Verbindung ab ... Ist etwas los, Ziegler?«

»Ich frage mich, Exzellenz, ob ich geeignet bin, eine so

schwierige Mission zu übernehmen. In unserer Partei gibt es Leute mit ungleich größerer Erfahrung.«

»Nicht so bescheiden, Ziegler. Wir setzen große Hoffnungen in Ihre Fähigkeit, die Beziehungen zwischen uns und den vom Kolonialjoch befreiten Völkern auszugestalten.«

»Das Vertrauen Eurer Exzellenz ehrt mich und erfüllt mich mit Stolz. Trotzdem bin ich der Meinung, daß Herr Birnbaum mir in jeder Hinsicht überlegen ist. Auch würde ich ihn nur ungern um die Entsendung auf einen so verantwortungsvollen Posten bringen.«

»Darüber haben wir bereits entschieden, Ziegler. Und wir haben uns diese Entscheidung sehr genau überlegt. Die freundschaftlichen Beziehungen zu den kongolesischen Stämmen liegen uns sehr am Herzen. Stellen Sie auch unbewaffnet Ihren Mann?«

»Wer – ich? Wieso?«

»Wir lassen Sie morgen noch rasch einen Karatekurs absolvieren, und übermorgen fliegen Sie ab.«

»Mit einer Linienmaschine?«

»Mit einem Jagdflugzeug. Sie landen dann mit Ihrem Fallschirm irgendwo in der Nähe von Kinshasa. Von dort haben Sie nur noch wenige Meilen durch den Dschungel vor sich. Im Gebiet des Kutschi-Mutschi-Stammes.«

»Vielleicht sollten Sie doch noch einmal mit Birnbaum sprechen, Exzellenz.«

»Lassen Sie mich in Ruhe mit diesem Feigling. Sie, Ziegler, dessen bin ich sicher, laufen schnell wie ein Hase, sind ein hervorragender Schwimmer und können auf Bäume klettern. Sie sind unser Mann.«

»Mir fehlen die nötigen Sprachkenntnisse.«

»Brauchen Sie nicht. Was Sie brauchen, ist eine gewinnende Persönlichkeit und diplomatisches Geschick. Sollten Sie unterwegs auf Stammeskrieger stoßen, dann heben Sie die Hand und rufen: ›Israel!‹ Der Häuptling wird sofort grinsen, in die Hände klatschen und seinen Kriegern ein Zeichen geben, von ihren Keulen und vergifteten Pfeilen keinen Gebrauch zu machen.«

»Und was, wenn er weder grinst noch in die Hände klatscht? Was mache ich dann?«

»Dann singen Sie die Hatikwah.«

»Ich habe keine Singstimme.«

»Schadet nichts. Jedenfalls müssen Sie Ihr Beglaubigungsschreiben überreichen, bevor Sie es mit weniger friedfertigen Eingeborenen zu tun bekommen. Bieten Sie ihnen Stipendien für das Technikon in Haifa an. Oder lassen Sie sich sonst etwas einfallen. Die Hauptsache sind Raffinement und Taktgefühl.«

»Birnbaum ...«

»Birnbaum ist zu Ihren Gunsten zurückgetreten. Ich gratuliere Ihnen, Ziegler. Viel Glück. Und lassen Sie gelegentlich einmal von sich hören.«

»Exzellenz!«

»Ja?«

»Wird man mich nicht auffressen?«

»Ich bin kein Prophet. Aber ich vertraue darauf, daß Sie sich unter allen Umständen als Mann von Geschmack erweisen.«

Inzwischen ist Ziegler aus dem Kongo zurückgekehrt, weil dessen Regierung die diplomatischen Beziehungen zu Israel abgebrochen hat. Sie ist nicht die einzige. Zahlreiche Hände, die noch vor wenigen Jahren die unseren dankbar gedrückt haben, erheben sich jetzt automatisch, wenn in der New Yorker Glasmenagerie über eine Verurteilung Israels abgestimmt wird, applaudieren dem Mörder, der mit einem geladenen Ölzweig die Rednertribüne besteigt, und schreiben das Wort »Rassist« auf die Stirn der Naziopfer ... Es ist ein absurdes Theater, das da aufgeführt wird. Die Vorstellung, daß und wie die Absurdität sich einmal auch zu unseren Gunsten auswirken könnte, ist nicht ohne Reiz.

Eine neue Staatenföderation

Optimisten glauben, daß die Anti-Zionismus-Resolution der Vereinten Nationen unsere innere Einheit gestärkt hat. Ich, im Gegenteil, bin der Meinung, daß sie uns früher oder später aufspalten wird.

Unsere politischen Führer haben in ihrer bewährten Kurzsichtigkeit übersehen, daß seit dem Tag, an dem wir zum selbständigen Staat und zum UNO-Mitglied wurden, 94 andere Staaten ins Leben getreten sind und gleichfalls in der UNO sitzen, ganz zu schweigen vom arabischen Block, der mittlerweile auf zwanzig erhobene Hände angewachsen ist. Und wie die Praxis der internationalen Völkergemeinschaft beweist, ist man um so mehr im Recht, je mehr Hände man hat. Die Sowjetunion, beispielsweise, hat ihrer drei, eine für die Ukraine, eine für Weißrußland und eine für Rußland nur so. Folgerichtig müßte beispielsweise auch Jemen mit zwei Stimmen vertreten sein. Und von den Emiraten am Persischen Golf ist bekanntlich jedes einzelne selbständig.

Inmitten dieser Selbständigkeitsexplosion wird das eine armselige Stimmchen Israels kaum noch hörbar. So weit hat es die Kunst unserer Staatsmänner gebracht.

Aber vielleicht wird uns jenes Abstimmungsergebnis weiterbringen, das uns zu Rassisten gestempelt und als solche verurteilt hat. Es könnte sogar dazu führen, daß unsere öffentliche Meinung gegen das zionistische Establishment rebelliert, daß die Masse der Bevölkerung diesem korrupten rassistischen Regime ihre Gefolgschaft verweigert. Die Möglichkeit von Sezessionsbewegungen läßt sich nicht ausschließen. Bestimmte Volksgruppen könnten sich selbständig machen und ihre Unabhängigkeit verlangen. Es wäre gut denkbar, daß etwa der Bürgermeister von Tel Aviv eines Tags auf den Balkon des Rathauses tritt, die Republik Tel Aviv proklamiert und alle bisherigen Bindungen an die Regierung in Jerusalem für null und nichtig erklärt. Und da der neue Staat immerhin mehr Einwohner hat als Comoro und Barbados zusammen, müßte er auch in die Vereinten Nationen aufgenommen werden.

Hat dieser Zersetzungsprozeß erst einmal begonnen, ist er nicht mehr aufzuhalten. Warum sollte nicht auch Jerusalem volle Selbständigkeit beanspruchen und sich als Monarchie unter Teddy I. konstituieren? Wenig später wird Bat-Jam das Kolonialjoch des Innenministeriums abschütteln und als 148. Mitglied in das erlauchte Haus am Hudson einziehen. Es folgen Natania, die Volksrepublik Haifa und Obergaliläa, das es an staatlicher Substanz getrost mit Obervolta aufnehmen kann. Daß Rechovoth schon kraft seiner wissenschaftlichen Bedeutung eine eigene Flagge beanspruchen darf, ist klar.

Die neuen Staaten werden in einem Commonwealth nach britischem Muster lose zusammengeschlossen sein, jeder mit eigener Politik, jeder mit eigener Stimme in den Vereinten Nationen. Was sie gemeinsam haben, ist lediglich das Fernsehen und die Einkommensteuer.

Manche mögen diese Entwicklung beklagen, aber auf die Dauer kann man uns Individualisten nicht unter die gleichmacherische Herrschaft eines vor aller Welt bloßgestellten Rassistenregimes zwingen.

Nach vorsichtigen Schätzungen wird die »Föderation Israelischer Staaten« aus 38 freien und unabhängigen Teilstaaten bestehen, wobei Jaffa – das den erniedrigenden Bindestrich mit Tel Aviv schon längst loswerden will – vermutlich als 39. Mitglied hinzukommen und um Aufnahme in die Vereinten Nationen ansuchen wird. Der so geschaffene jüdische Block wird die künftigen Abstimmungsergebnisse nicht unerheblich beeinflussen.

Er wird auch mit interessanten Vorschlägen aufwarten, etwa mit einem Antrag der Republik Naharia, Teile der arabischen Ölmillionen zum Ausbau der Badestrände am Mittelmeer zu verwenden, oder mit einem dramatischen Appell des Königreichs Jerusalem zur Internationalisierung des Vatikan.

Das einzige und ein wenig heikle Problem, das sich aus dieser neuen Konstellation ergeben könnte, besteht darin, daß die 39 Mitglieder des jüdischen Blocks sich nicht hindern lassen würden, gegeneinander zu stimmen.

Es muß einen Grund geben, warum die westliche Welt nur gegen die amerikanische Intervention in Vietnam demonstriert hat und nicht gegen die sowjetische in Angola; nur gegen Todesurteile in Franco-Spanien und nicht gegen die Massenmorde der Roten Khmer in Kambodscha. Es muß einen Grund geben. Aber es ist mir noch nicht gelungen, ihn aufzuspüren. Ich bin darüber völlig verzweifelt. Auch ich wäre gern ein fortschrittlicher Mensch.
Neulich – es könnte in Amsterdam gewesen sein oder vielleicht in Stockholm – begegnete ich auf der Straße plötzlich der öffentlichen Meinung. Ich hielt sie an, packte sie an den Rockaufschlägen und schüttelte sie: »Warum sehen Sie immer nur das, was im einen Teil der Welt vorgeht? Warum sehen Sie nie das Unrecht, das im anderen Teil geschieht?«
Die öffentliche Meinung senkte verlegen den Kopf. Als sie aufblickte, sah ich, daß sie auf dem linken Auge blind ist.

Die verlorene Schlacht

Vielleicht bin ich ein wenig borniert – aber wann immer ich mir ein Urteil über ein bestimmtes politisches Regime bilden soll, frage ich mich nicht nach seiner parlamentarischen oder sonstigen Struktur, nicht nach den Leistungen seiner Industrie oder nach der Stärke seiner Armee. Sondern ich frage: Gestattet dieses Regime seinen Bürgern die Auswanderung?

Wenn die Antwort nein lautet, dann habe ich keine weiteren Fragen. Dann ist es in meinen Augen ein schlechtes Regime, ja sogar das denkbar schlechteste.

Nehmen wir beispielsweise die Moskauer Version des kommunistischen Regimes, fälschlich auch »Diktatur des Proletariats« genannt. Dieses Regime ist ein kompletter Versager, in menschlicher, in sozialer, in wirtschaftlicher und jeder anderen Hinsicht. Es ist ihm in den sechzig Jahren seines Bestandes nicht gelungen, die ihm unterstellten Menschen glücklicher zu machen, außer auf Werbeplakaten und auf den Ölgemälden des sozialistischen Realismus. Es hat die Menschen von ihren gesellschaftlichen Übelständen nicht befreit. Es hat diese Übelstände institutionalisiert. Es hat die Armut in Permanenz erklärt, hat aus der Bürokratie einen Lebensinhalt gemacht und aus der Geheimpolizei eine Autorität für Fragen der Moral. Es hat den Menschen seiner Freiheit beraubt und ihm nichts dafür gegeben. Es hat ihn in einen Käfig gesperrt und von der übrigen Welt isoliert. Es ist das heuchlerischste Regime aller Zeiten. Obwohl es über Gebiete verfügt, die einmal als der Brotkorb des Ostens galten, kann es heute nicht einmal genügend Nahrung für die Bewohner dieser Gebiete produzieren. Es ist ein Regime, das von der Kunst mehr verstehen will als die Künstler, das seine Bürger für die Herkunft ihrer Eltern verantwortlich macht, ein unmenschliches Regime, dessen Grenzen mit Minenfeldern, Wachtürmen und Bluthunden bestückt sind.

Es ist ein Regime, das demnächst die Welt erobern wird.

Die sowjetische Verfassung strotzt geradezu von Rechten, die sie dem Bürger gewährt: vom Menschenrecht, vom

Streikrecht, vom Recht auf freie Meinungsäußerung, von allem, was gut und teuer ist. Wenn die Leute dort auch noch das Recht zu lachen hätten, würden sie das alles komisch finden.

Der Kommunismus ist eine großartige Theorie. Das Unglück besteht darin, daß er sich in die Praxis umsetzen läßt. Und in der Praxis hat ein kommunistisches Regime keinen anderen Zweck als die Selbstbehauptung. Es geht nicht darauf aus, den Lebensstandard zu heben oder die physischen und geistigen Bedürfnisse der Bevölkerung zu befriedigen. Worauf es ausgeht, ist die Erhaltung der eigenen Existenz, sonst nichts. Erstmals in der Geschichte wird das Individuum durch absolute Kontrolle über seine Lebensgrundlagen versklavt, denn die Partei hat nicht nur alle politischen Machtmittel in der Hand, sondern auch alle wirtschaftlichen – und wahrlich, sie ist ein grausamer Brotgeber, ganz in den Traditionen der frühkapitalistischen Ära. Ein solches Regime kann man einem Volk nur mit Waffengewalt aufzwingen. Und man kann es auch nur mit Waffengewalt beseitigen.

Hier aber liegt der Haken. Denn es gibt nichts, was die westliche Welt heute so sehr fürchtet wie die Anwendung von Waffen. Woraus folgt, daß der Westen früher oder später vom Kommunismus beherrscht sein wird. »Lieber rot als tot« lautet einer der populären Slogans, die das Politbüro in Umlauf gesetzt hat. Der Westen wird beides sein: rot und tot.

Das Regime der Pharaonen hat fünftausend Jahre gedauert. Die westliche Demokratie besteht erst seit zweihundert Jahren und wackelt bereits in ihren Grundfesten. Manche Leute halten sie für ein vorübergehendes Phänomen, das spurlos verschwinden wird. Andere sehen in ihr den endgültigen Beweis, daß die Menschheit unfähig ist, sich auf der Basis persönlicher Freiheit zu organisieren. Betrachtet man die Selbstzerstörung, die in den letzten Jahren von der pluralistischen Gesellschaft der Vereinigten Staaten begangen wird; die Streikwellen, die das Wirtschaftsleben der freien Welt von Rom bis Jerusalem lahmlegen; die würdelosen Kniebeugen Europas vor den gerunzelten Brauen des Scheichs von Abu-Dabi – dann wird man mit jenen übereinstimmen müssen, die in der westlichen Demokratie nichts weiter erblicken als eine verunglückte Episode in der Entwicklung unserer Welt.

Zwei Systeme stehen einander gegenüber: eines, das der weitaus größte Teil der Menschheit wünscht, aber nicht verteidigen kann; und das andere, das nur eine kleine Minorität hinter sich hat, die aber willens ist, es mit Gewalt durchzusetzen. Das Ganze ist kein ideologischer Streit, sondern ein Machtkampf in seiner nacktesten Form.

Auf der Welt leben große Mengen von Menschen, die den Kommunismus zutiefst verabscheuen. Leider leben sie in Diktaturstaaten, wo sie das nicht sagen dürfen. Leider leben sie unter kommunistischer Herrschaft. Jene, die *für* den Kommunismus sind, leben im demokratischen Westen, in den verwirrten, verweichlichten Ländern, die um jeden Preis entschlossen sind, an einer lieben, nun schon dreißig Jahre alten Illusion festzuhalten: an einem Frieden, der in Wahrheit nichts anderes bedeutet als die Bereitschaft zur Selbstaufgabe.

Als das tschechische Volk sich einmütig an die Schaffung eines anderen Kommunismus machte, eines Kommunismus mit menschlichem Antlitz, wurde es von den Truppen des Warschauer Paktes (zu dem auch die Tschechoslowakei gehörte) rücksichtslos niedergerannt, während der Westen erschrocken dreinsah. Denn mehr als erschrecken kann der Westen nicht. Erschrecken oder beten. Und wenn ein einzelner aufsteht und verzweifelte Warnungsrufe ausstößt, dann wird Alexander Solschenizyn vom Präsidenten der Vereinigten Staaten nicht empfangen.

Der Kampf spielt sich nicht zwischen ebenbürtigen Gegnern ab. Nur die eine Seite betreibt ihn professionell. Sie wird ihn gewinnen. Es ist nur eine Frage der Zeit und der Geduld. Und des Öls.

Uns, den Vätern, wird es vielleicht noch gestattet sein, unser Leben in Freiheit zu beenden. Aber es steht zu befürchten, daß Solschenizyns Söhne unter jenem üblen, unmenschlichen, verhaßten Regime leben werden, das sich vor unseren krampfhaft abgewandten Augen zur Weltherrschaft anschickt.

Wenn man den westlichen Staatsmännern, besonders den superwestlichen, Glauben schenken darf, ist alles nur halb so schlimm. Leider fällt dabei dem Westen immer die schlimme Hälfte zu.

Kraft durch Schwäche

Die Internationale Kooperative für geistigen Waffenstillstand, besser bekannt unter dem Namen »Entspannung«, wurde von den beiden Supermächten ins Leben gerufen, um das sowjetische Expansionsbedürfnis in geordnete Bahnen zu lenken. Den Anstoß zu diesem Gentleman-Agreement gab das Vorgehen Breschnews, als Ungarn und die Tschechoslowakei sich von ihrer Befreiung befreien wollten. Damals wurde auch die ideologische Basis der Entspannungspolitik festgelegt: »Die Sowjetunion duldet keine westliche Einmischung innerhalb des sozialistischen Lagers, und außerhalb auch nicht.«

Allerdings machten die Vereinigten Staaten kein Hehl aus ihrer Auffassung der neu geschaffenen Sachlage. Sie beruhigten vor allem die vom Kommunismus bedrohten Länder Südostasiens: »Es wäre ein Irrtum zu glauben«, erklärte ein Sprecher des Weißen Hauses, »daß Amerika sich auch in künftigen Fällen ebenso verhalten würde wie beim Fall Ungarns und der Tschechoslowakei.«

Aus diesen bescheidenen Anfängen entwickelte sich die Entspannung. Sie wuchs und gedieh, und sie hat wie alle internationalen Abkommen neben einer großen Menge von Vorzügen auch einige Nachteile. Als ihren Hauptvorzug könnte man die Tatsache bezeichnen, daß die beiden Supermächte ihre Differenzen am Verhandlungstisch regeln, ihr Wettrüsten eindämmen und die allgemeine Kriegsgefahr verringern. Der Hauptnachteil des Abkommens besteht darin, daß sich das nicht so verhält. Im besten Fall liefert die Entspannung eine Grundlage zur Koexistenz, das heißt, daß unter ihrer Flagge Friedensgespräche und Kriegshandlungen koexistieren können, was sich beispielsweise im Jom-Kippur-Krieg gezeigt hat.

Deshalb gab Dr. Kissinger unmittelbar nach Kriegsende mit aller Entschiedenheit folgendes bekannt: »Wer aus unserem Verhalten in diesem Krieg etwa den Schluß zieht, daß wir der Sowjetunion in Hinkunft freie Hand lassen würden, macht einen schweren Fehler.«

Tatsächlich gingen die Vereinigten Staaten sofort zu energischem Handeln über. Sie steigerten ihre Rüstungsproduktion um dreihundert Prozent auf nicht weniger als 230 Panzer pro Jahr, sorgten jedoch im Geist der Entspannung dafür, daß die Sowjets mit ihnen Schritt halten und ihr eigenes Kriegspotential gleichfalls steigern konnten, und zwar auf 230 Panzer pro Tag.

Die Sache mit Vietnam hatte eine leichte Störung des Zweimächte-Gleichgewichts zur Folge, aber da war es abermals Dr. Kissinger, der eine eindeutige Klarstellung vornahm: »Niemand soll glauben, daß wir unsere Verbündeten immer auf die gleiche Weise im Stich lassen werden, wie wir Südvietnam, Kambodscha, Laos und andere im Stich gelassen haben.«

Vielleicht als Gegengewicht gegen diese übermäßig harten Worte beschloß der Kongreß, jede antisowjetische Tätigkeit des amerikanischen Geheimdienstes zu unterbinden. Gleichzeitig erreichte die landwirtschaftliche Zusammenarbeit zwischen Washington und Moskau einen neuen Gipfel, der um so bemerkenswerter war, als er ausschließlich durch amerikanische Getreidelieferungen erreicht wurde.

Dann kam Helsinki, wo jedermann alles unterschrieb, was die Aktionsfreiheit aller sicherte, solange es den sowjetischen Interessen nicht zuwiderlief. Rundum herrschte Freude, Friede und Ausgewogenheit.

»Die Entspannung«, verkündete Kissinger, »hat triumphiert. Wie man sieht ist der Kommunismus sehr wohl bereit und in der Lage, seine Ziele auch ohne gewaltsame Begleiterscheinungen zu verwirklichen.«

Die idyllische Atmosphäre gegenseitigen Einverständnisses wurde alsbald von Fidel Castro getrübt, dessen Truppen in Afrika eingriffen, um den Schwarzen Kontinent gegen militärische Eingriffe von außen zu schützen. Das brachte den Westen in eine peinliche Situation, weil er den 11 700 kubanischen Söldnern nichts entgegenzusetzen hatte – außer einer unverblümten Warnung Präsident Fords: »Die Annahme, daß wir künftigen Aggressionen tatenlos zusehen würden, wäre ein verhängnisvoller Irrtum.«

Und um seinen Worten Nachdruck zu verleihen, beschloß der Präsident, mit sofortiger Wirkung nicht mehr von »Entspannung« zu sprechen, sondern von »Frieden durch Stärke«.

Dementsprechend steigerte sich der amerikanische Rüstungsausstoß auf 460 Panzerwagen jährlich, und die Säuberung der CIA wurde noch intensiver fortgesetzt. Prompt zeigten sich die ermutigenden Resultate: Bei den Wahlen in Frankreich und Italien gewannen die Kommunisten nicht mehr als 48 Prozent der Stimmen.

Angesichts der unaufhaltsamen Eroberung Afrikas durch 11 700 Marxisten sah sich Dr. Kissinger zu seiner bisher deutlichsten Drohung veranlaßt: »Wer immer mit dem Gedanken spielt, daß wir ähnlich wie Angola, Rhodesien, Somalia und Moçambique auch weiterhin das Feld räumen und der sowjetischen Strategie keinen Widerstand leisten würden, könnte sich bitter getäuscht haben.«

Im NATO-Hauptquartier beriet man über eine mögliche Invasion der 11 700 Kubaner in Asien, sobald sie ihre afrikanischen Geschäfte erledigt hätten. Einige Scharfmacher vertraten die Meinung, daß man die Sowjetunion an ihre Verantwortung erinnern sollte, aber das Gegenargument, daß die Zeit für den Westen arbeite, setzte sich durch. Schließlich würden die Kubaner mindestens acht Monate brauchen, um Berlin zu erreichen, so daß noch genügend Zeit blieb, um mit den Sowjets zu verhandeln, ehe die Wirtschaftshilfe für Kuba anrollen würde. Oder, mit den Worten Dr. Kissingers: »Unser Entschluß, Berlin aufzugeben, darf keinesfalls dahin mißdeutet werden, daß wir Miami Beach an Kuba abzutreten gedenken.«

In diesem Zusammenhang prägte er den Slogan: »Widerstandslosigkeit durch Stärke« und gab zu bedenken, daß die Entspannung unbedingt aufrechterhalten werden müsse, da der Westen keine andere Wahl habe und wegen einer Ortsveränderung von 11 700 Kubanern keinen Weltkrieg entfesseln könne.

Damit schloß die NATO ihre Sitzung, nicht ohne eine einstimmige Resolution zu verabschieden, in der Israel aufgefordert wurde, sich aus allen besetzten Gebieten zurückzuziehen.

Es gibt zwei Standpunkte, von denen aus man das Staatswesen Israel betrachten kann: aus der Nähe und aus der Ferne.
Aus der Nähe ist es ein Haufen Sand, auf dem sich allerlei Geschöpfe verschiedenster Herkunft tummeln, schwitzend und schimpfend, ständig am Rand eines Nervenzusammenbruchs, mit unordentlichen Lebensgewohnheiten und mühsam beherrscht von einem bürokratischen Durcheinander, das sich als Regierung bezeichnet.
Aus der Ferne sieht man einen Glanzpunkt des zwanzigsten Jahrhunderts, einen Staat, dessen Einwohnerschaft nicht einmal halb so groß ist wie die von London, New York oder Tokio, ein Volk, das trotzdem inmitten von Nichts eine musterhafte Demokratie aufgebaut hat, ein blühendes Land, das sich unter ständiger Kriegsdrohung und unendlichen Schwierigkeiten trotzdem immer weiter entwickelt, ein Land voll Schönheit und Geschichte, von tödlicher Lähmung bedroht und trotzdem voll Leben.
Schauen wir es uns erst einmal aus der Nähe an.

Traktat über das Land Trotzdemia ...

Der typische Bewohner des Landes Trotzdemia ist dadurch charakterisiert, daß er um 15.30 Uhr in Haifa erwartet wird und zu spät kommt. Genaugenommen kommt er nicht zu spät, sondern gar nicht. Man findet ihn, wenn überhaupt, hinter einer Tür mit der Aufschrift »Kein Eintritt«.

Wo immer er auftaucht, greift er sofort alles an, um festzustellen, ob es echt ist. Sieht er ein Sandwich, so beißt er hinein, sieht er einen Lichtschalter, so dreht er ihn an. Er steckt seine Nase in fremde Taschen, fremde Schubladen, fremde Schachpartien. Wenn nichts da ist, wo er sie hineinstecken kann, bohrt er in ihr.

Nicht minder typisch für ihn ist die Flasche zu seinen Füßen. Wenn irgendwo auf der Welt in einem Kino oder Konzertsaal das störende Geräusch einer davonrollenden Flasche hörbar wird, darf man sicher sein, daß dort ein Trotzdemianer sitzt.

Zu seinen weiteren Kennzeichen gehören die Schlüssel, die er bei sich trägt. Es sind mindestens einundzwanzig, von denen er zwölf nicht identifizieren kann. Wenn er nach Hause kommt und die Tür aufsperren will, muß er acht Schlüssel ausprobieren, bevor er auf den richtigen stößt. Dieser quälenden Prozedur entgeht er dadurch, daß er alle 21 verliert. Überhaupt liebt er es, Dinge zu verlieren. Ein Beamter der trotzdemianischen Regierung begab sich vor kurzem mit einer Anzahl wichtiger Geheimdokumente nach Istanbul. Angekommen, öffnete er seinen Diplomatenkoffer und mußte feststellen, daß es der Schminkkoffer seiner Gattin Selma geb. Friedmann war. Daraufhin behauptete er, mit dem Transport von Kosmetikartikeln beauftragt zu sein, über deren geheimen Zweck man ihn nicht unterrichtet hatte. Er wurde entlassen und betätigt sich seither als Versicherungsagent.

Ein hervorstechendes Merkmal des Trotzdemianers ist seine Abneigung gegen Gebrauchsanweisungen und Instruktionen jeglicher Art. Eine Kiste mit der Aufschrift »Oben« stellt er grundsätzlich so auf, daß das »Oben« nach unten zeigt. Pakete mit dem in roter Farbe angebrachten Vermerk »Achtung, zerbrechlich!« wirft er in die Luft, steckt die Finger in die Ohren und tritt zur Seite. Die Anweisung »Kalt und trocken aufbewahren«, veranlaßt ihn, die betreffende Schachtel auf dem Boiler seines Badezimmers zu deponieren – was keine weiteren Folgen hat, da der Boiler nicht heizt. Dies wiederum veranlaßt ihn, den Boiler zu übermalen. Er übermalt leidenschaftlich gerne. Wenn etwas schmutzig ist, übermalt er es. Wenn es rostig ist, legt er noch eine zweite Farbschicht auf. Für Reparaturen, die elektrische Schweißarbeit erfordern, verwendet er Klebstoff, die nötigen Schrauben ersetzt er durch Heftpflaster. Es hält.

Der Trotzdemianer ißt laut, spricht laut, geht laut und beklagt sich über den Lärm. Wenn sein Radio wie ein Teekessel pfeift, wartet er ein Jahr, bevor er den Mechaniker holt. Dieser empfiehlt ihm, den Apparat links ein wenig anzuheben. Er hebt ihn an, und da der Lärm tatsächlich aufhört, legt er eine Zündholzschachtel unter die linke Seite. Wenn der Lärm wieder beginnt, wechselt er die Zündholzschachtel, oder er versetzt dem Kasten einen leichten Schlag mit der Hand. Auch mit dem Plattenspieler verfährt er ebenso, und ebenso erfolgreich (einschließlich Stereo). Bei größeren Maschinen arbeitet er mit Fußtritten. Seine Zentralheizung funktioniert überhaupt nur noch nach einem Tritt in den Thermostat. Jeden Morgen geht er in den Keller, um zu treten. Schließlich bricht er sich die große Zehe. Daraufhin ruft er den Installateur Stucks, der aber nicht kommen kann, weil er um 15.30 Uhr in Haifa zu tun hat. Daraufhin kauft der Trotzdemianer sechs kleine Petroleumöfen, von denen sich nur zwei in Betrieb setzen lassen. Heimisches Erzeugnis.

Heimische Erzeugnisse zeichnen sich überdies durch eine Vielfalt an Nebenprodukten aus. Im Brot sind Nüsse (oder Sägespäne). In der Milch: Abwaschwasser. Im Kuchen: Käfer. Im Koffer: doppelter Boden.

Die Trotzdemianer gelten als das Volk des Buches. Sie behandeln ihre Bücher sehr behutsam und schneiden sie in den meisten Fällen gar nicht auf.

Wenn ein trotzdemianischer Wasserhahn nicht tropft, so liegt das daran, daß die Wasserzufuhr unterbrochen ist. Auch der elektrische Strom wird einmal am Tag abgestellt, denn die Turbinen des Elektrizitätswerks sind falsch installiert und müssen übermalt werden.

Der echte Trotzdemianer benützt zum Eindrehen von Schrauben seine Nagelfeile und zum Putzen seiner Nägel den Bleistift. Wichtige Telefonnummern notiert er auf einer angefangenen Zigarettenpackung, die er verliert. Bei Anfällen hochgradiger Nervosität wählt er eine Nummer des telefonischen Notrufs, weil ihn das Besetztzeichen beruhigt. Wenn kein Besetztzeichen ertönt, hat er eine falsche Nummer erwischt und legt auf.

Der Trotzdemianer ist stolz und freiheitsliebend. Er reist viel, bestellt in vegetarischen Gasthäusern mit Vorliebe Beefsteak, kauft auf Raten und legt größten Wert auf Reinlichkeit und Hygiene. Zum Verpacken von Käse verwendet er kein beliebiges Zeitungspapier, sondern Illustrierte mit Mehrfarbendruck. Auch im Theater läßt er sich von den Grundsätzen des guten Benehmens leiten und wirft die Orangenschalen nicht auf die Bühne, sondern unter den Sitz.

Die trotzdemianische Sprache ist reich an blumigen Wendungen und Hintergründigkeiten. »Seien Sie unbesorgt!« kündigt eine Katastrophe an. »Vertrauen Sie mir!« einen verlorenen Rechtsfall. »Sofort!« bedeutet zwei Stunden. »Ein paar Tage« bedeutet ein Jahr. »Nach den Feiertagen« bedeutet nie.

Der Trotzdemianer gewinnt Kriege, wenn ihn der Sicherheitsrat nicht daran hindert. Er lenkt seinen Panzerwagen verschlafen in eine falsche Richtung, nimmt den feindlichen Generalstab gefangen und kehrt immer noch verschlafen als Sieger zurück. Außer für militärische Fragen interessiert er sich nur noch für Fußball und für die Bar Mizwah seines Sohnes Avigdor. Am liebsten würde er den ganzen Tag in einem Liegestuhl am Strand faulenzen, wenn der Liegestuhl nicht kaputt wäre. Er hat ihn schon wiederholt mit Klebestreifen repariert, aber die Beine halten nicht. Man wird sie übermalen müssen. Seien Sie unbesorgt.

Der Trotzdemianer ist ein netter Mensch. Er hat einen eigenen Lebensstil entwickelt, an den man sich erst gewöhnen muß. Dann geht es ganz gut. Es ist vielleicht nicht der beste Lebensstil der Welt, aber für einen Humoristen ist er ungemein ergiebig.

... und ein kleines Nachwort

Das war Israel aus der Nähe. Aus der Ferne sieht es etwas vorteilhafter aus. Und der Israeli, beinahe von Natur aus schizophren, hat die sonderbare Fähigkeit entwickelt, sein Land gleichzeitig aus der Nähe und aus der Ferne zu sehen.

Er sieht es als das einzige Land, das ihm gehört, das einzige Land auf Erden, in dem er nicht zu Gast, sondern zu Hause ist und das ihm niemand streitig machen kann, obwohl die ganze Welt nichts anderes im Sinn zu haben scheint als eben dies. Es ist das Land, das ihm seine Menschenwürde wiedergegeben hat, und die ist für seine Kinder bereits etwas so Selbstverständliches, daß sie gar nicht mehr verstehen, worüber die Eltern sich aufregen. Es ist das Land seiner Väter und seiner Söhne, es ist seine Heimat, seine historische und seine gegenwärtige und seine zukünftige Heimat. Er liebt sie mit einer Liebe, die in zweitausend Jahren der Zerstreuung nichts von ihrer Innigkeit eingebüßt hat. Er liebt es mit all seinen Fehlern und Defekten, die ihm sehr wohl bewußt sind und über die er sich mit den Vorzügen, die es aufweist, keineswegs hinwegtrösten möchte. Aber er möchte auch diese Vorzüge lieben dürfen, auch die Leistungen, die er vollbracht hat. Er möchte stolz darauf sein dürfen, daß er die Wüste fruchtbar gemacht und Felder und Weingärten angelegt und Städte gebaut hat, stolz sein dürfen auf seine Universitäten und Bibliotheken, auf seine Theater und Konzerte, auf seine Künstler und seine Bauern. Und auf seine Soldaten, die das alles verteidigen.

Er möchte, kurzum, ein Mensch sein dürfen wie alle anderen auch.

Das wollte ich zum Schluß noch gesagt haben. Ich danke Ihnen für Ihre Geduld.

Sich auf den Handel mit dem Teufel einzulassen kann gefährlich werden

Eines Nachts setzt sich der Teufel höchstpersöhnlich zu Kati auf den Badewannenrand und bietet ihr die berühmten drei Wünsche an – natürlich nicht umsonst. Kati winkt ab. Nicht, daß sie Bedenken hätte, einen solchen Handel mit dem Teufel einzugehen, aber sie hat alles, was sie zum Leben braucht – und was ihr noch fehlt, glaubt sie über kurz oder lang auch ohne teuflische Hilfe zu bekommen.
Doch der – übrigens äußerst charmante – Teufel gibt so schnell nicht auf. Er begleitet Kati hartnäckig auf ihren abenteuerlichen Streifzügen durch die Stadt und wittert endlich seine Chance, als sie sich heftig in Frederic verknallt. Der hat sich in die Mädchen-WG, bestehend aus Kati und ihrer charakterfesten Freundin Cosima, eingeschlichen, indem er vorgab, schwul zu sein ...

ISBN 3-404-12919-9

Um die Gesetze des Dschungels kennenzulernen, muß man nicht erst auf Safari gehen. Ein Blick in den Rückspiegel reicht völlig aus. Oder der Besuch in einem Fitness-Center. Oder der Zusammenstoß mit einem Schnäppchenjäger. Oder, oder, oder …
Mit spitzer Feder rückt die Autorin dem Homo sapiens auf den Pelz – auf höchst vergnügliche Weise und frei nach dem Motto: Der Dschungel rückt täglich näher. Rette sich, wer kann!

ISBN 3-404-12816-8

BASTEI LÜBBE

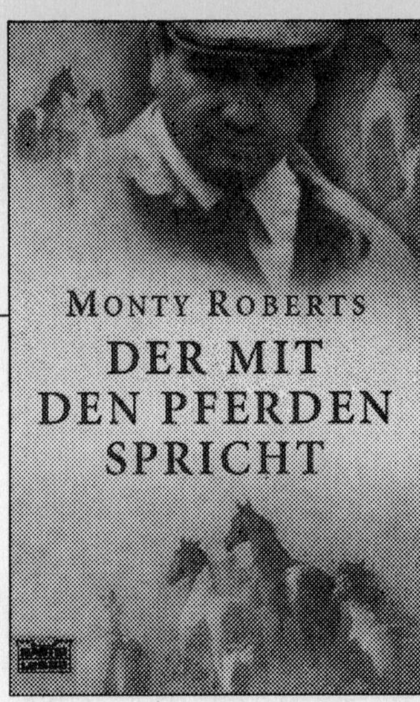

Dies ist die faszinierende Lebensgeschichte des Mannes, der die Sprache der Pferde beherrscht und mit seinem Körper ausdrückt. Monty Roberts ist der wahre »horse whisperer«, der echte Pferdeflüsterer.

Seit frühester Jugend arbeitet er mit Pferden. Seine dabei entwickelte Trainingsmethode ist revolutionierend: Sie ist ein ständiger Dialog, ein geduldiges, respektvolles Eingehen auf den Partner Pferd.

Der Erfolg bestätigt Monty Roberts. Seine Arbeitsweise kennt keine Verlierer und ist der überzeugende Beweis, daß zwischen Mensch und Natur ein gewaltfreier, friedlicher Dialog möglich ist.

»Der 62 Jahre alte Kalifornier hat den Umgang mit Pferden revolutioniert. Er hat vorgemacht, daß jedes Pferd bereit ist, mit Menschen zusammenzuarbeiten, wenn sie dessen Sprache verstehen und auf Gewalt verzichten.«

Süddeutsche Zeitung

ISBN 3-404-60466-0

BASTEI
LÜBBE